Michel Crespy

Chasseurs de têtes

Denoël

Né en 1946, Michel Crespy enseigne la sociologie à l'université de Montpellier.

Les sapins descendent en pente douce vers le lac. Le ciel, gris et plat, et l'eau, grise et plate aussi, se rejoignent quelque part à l'horizon et cette molle fourrure verte s'alanguit entre eux comme un édredon. Édredon. Ce doit être l'influence de la technique des associations d'idées qu'ils ont tant utilisée lors des tests préliminaires : je tombe de sommeil.

D'ici peu, ils vont revenir. Le grand silence vide de la nature sauvage va se fissurer peu à peu. D'abord, de nouveau le ronronnement étouffé des moteurs sur le lac. Ensuite, peut-être, le froissement des pales d'un hélicoptère... Et enfin, quand ils auront débarqué, les voix, lointaines au début, puis plus proches, accompagnées de piétinements. Il y a sept ou huit siècles, quand un cerf traqué se blottissait au fond de ces forêts pour échapper aux chasseurs, la poitrine palpitante et le souffle court, il devait éprouver de la peur, une attention aiguë au moindre son. Je ne ressens qu'une morne indifférence.

Je n'ai de commun avec ce cerf que les chiens à mes trousses et les bois sur la tête. De vastes ramures, il faut le reconnaître. Je les mérite : ils m'ont bien eu. C'est de ma faute. Je n'ai pas su m'enfuir avant le début de la courre. Ils savaient dès le commencement comment tout cela finirait. Ils nous ont obligés à en venir là. Nous n'avions pas d'autre issue. Quand j'ai pointé mon fusil sur Charriac, je ne l'ai pas laissé m'expliquer que c'était un malentendu. J'éprouve un grand réconfort à l'idée qu'il a quitté cette terre sans avoir pu se repentir de ses nombreux péchés. Dont le premier, le plus grave : être ce qu'il était. Ce serait une délicieuse satisfaction que d'être sûr qu'il en sera puni. Mais d'un autre côté, si Dieu existait, nous n'en serions certainement pas là.

Rien pour l'instant. Pas un bruit. Ce que je vais faire maintenant n'a plus beaucoup d'importance J'ai du mal à y songer. Je pense trop à ce qui s'est passé. S'ils m'avaient laissé l'ombre de l'espoir d'une porte, l'aurais-je saisie ? J'aurais dû y réfléchir plus tôt. Tout a été rigoureusement logique. Analyse prospective insuffisamment profonde, voilà mon drame, Charriac n'avait pas tort.

Au début, pourtant, il aurait fallu être le diable pour flairer le piège. Nous avons été appâtés de manière anodine. Les uns par petite annonce dans les magazines spécialisés, les autres via les bureaux officiels et la plupart directement au téléphone, à domicile.

Un jour, j'ai reçu un coup de fil d'une de ces assistantes qui ont des voix d'hôtesses de l'air et qui font traîner des « e » superflus à la fin de chaque phrase, ce qui est le signe qu'elles appartiennent à une grande entreprise parisienne. Elle voulait savoir si j'étais toujours libre et si une proposition éventuelle serait susceptible de retenir mon attention. Autant demander à un explorateur perdu dans le désert si une carte et une gourde d'eau l'intéresseraient, ai-je pensé en souriant. Dans ce cas, a-t-elle poursuivi, pouvais-je lui fournir mon adresse, elle allait m'envoyer un mail. J'aime beaucoup les e-mails. Je les préfère au langage verbal. On a le temps de relire, d'examiner chaque mot, de soupeser les nuances, d'étudier les termes de la réponse. Dans le dialogue téléphonique, on transmet malgré soi des éléments de communication indésirables : une intonation, une inflexion, ou même l'accent, la tonalité de la voix, qui renseignent indiscrètement sur l'interlocuteur, son âge, son origine, son milieu social, son état moral. Le mail se borne au sens, sans parasitage aucun, sans rien qu'on n'ait voulu expressément. Avec un mail, on est enfin non ce que l'on est, mais ce qu'on veut être et montrer. Si tout s'était passé uniquement par mail, je ne serais pas là en train de lutter contre le froid et le sommeil sous la branche hérissée d'un sapin impassible.

Malgré les objurgations de ma femme qui voulait absolument faire des économies, j'avais tenu à conserver Internet. Oh, pas un site avec des photos de famille et le nom de mon chien, juste une adresse, froide et professionnelle. C'est là qu'une heure après j'ai reçu un message dont j'ai retenu chaque mot. Je voudrais bien l'avoir aujourd'hui oublié mais les choses importantes s'impriment automatiquement dans la mémoire et nous n'avons pas de reformatage possible de notre disque dur cérébral. À part celui, radical, qu'ils sont en train de me préparer ce matin.

Nous sommes chargés de recruter l'encadrement au meilleur niveau de plusieurs dizaines de sociétés européennes. Votre profil est susceptible de nous intéresser. Voulez-vous prendre contact avec nous ?

De Wavre International

Suivait la trilogie habituelle : téléphone, fax, e-mail. Comme il se doit pour un mail, aucune formule de politesse, ni avant ni après. De Wavre était un nom du nord de la France, des Flandres ou de Belgique, qui sentait la sidérurgie reconvertie dans le tertiaire à coups de crédits communautaires.

J'étais en *stand-by* depuis deux mois. Et puis, non, pourquoi continuerais-je à utiliser leurs euphémismes civilisés alors qu'ils me cherchent pour me tuer ? Je n'étais pas en *stand-by*, attendant paisiblement le prochain avion avec mon billet dans la poche. J'étais au chômage. Viré comme un malpropre. La cotation boursière de ma société ne progressait pas assez vite au goût des fonds de pension américains. Le staff avait décidé de dégraisser. Je ne leur en veux pas : quelqu'un devait sauter, eux ou nous, et j'aurais certainement fait la même chose.

Deux mois sans salaire n'ont l'air de rien quand on a accumulé un matelas suffisant. Mais aucun matelas ne résiste à la perspective de plusieurs années sans salaire. C'est le principal problème de l'inactivité : on ne sait pas quand ça va s'arrêter. Ni même *si* ça va s'arrêter. Au début, on passe quelques coups de fil à ceux qui, à l'époque où l'on travaillait, vous ont fait des propositions ou même laissé entrevoir des ouvertures.

Et là, c'est bizarre, tout à coup, on ne les intéresse plus du tout. Les premiers, ignorant votre infortune, vous prennent encore au téléphone. Ensuite, la rumeur se répand et il devient impossible de passer le barrage des secrétaires. C'est là qu'on se rend compte qu'on a la peste. On était un produit recherché, disputé, qu'on s'efforçait d'attirer chez soi. On devient quelqu'un qu'il faut *aider*. Simplement parce qu'on n'appartient plus à personne. Voilà une époque qui n'a que la liberté à la bouche et qui, quand on confirme qu'on est libre, vous regarde comme un rat mort dans du potage.

La première proposition, on la refuse avec un dédain amusé. Comment, la moitié de mon salaire précédent, c'est une blague ? Malheureusement, il n'y en a pas de deuxième. Alors, comme le téléphone ne sonne plus, on commence à chercher. On cesse d'attendre le prochain avion en *stand-by* dans une confortable salle d'attente et on se demande comment s'introduire sur la piste pour se glisser dans une soute. N'importe quoi, Air Cameroun ou le Sri-Lanka. On lit les petites annonces et on se rend compte qu'on ne sait rien faire : ni technicien en climatisation, ni pâtissier, ni couvreur, et aucune expérience de la vente de chaussures en rayon. On rencontre des conseillers officiels qui fuient votre regard et vous expliquent que la conjoncture est difficile, que le créneau n'est pas porteur, qu'on est trop diplômé, trop vieux, trop cher.

Mais, disent-ils en vous raccompagnant à la porte avec un grand sourire, ils ne se font pas de souci pour vous. On a une réputation, un réseau, des relations, rendez-vous compte, la plupart des gens n'ont même pas ça. On fait partie du chômage frictionnel, ceux qui vont très vite retrouver un emploi. Ce n'est pas comme les jeunes sans expérience professionnelle ou les plus de cinquante ans qui sont ab-so-lu-ment impossibles à caser.

Et puis votre femme vous réconforte. Elle va voir une cartomancienne qui aperçoit à l'horizon de nouvelles opportunités et beaucoup d'argent – n'oubliant pas d'en prendre un peu tout de suite pour elle-même. On a l'impression d'être un cancéreux à qui on annonce avec optimisme que, pour l'instant, il n'y a pas de nouvelles métastases.

Et un beau matin De Wavre International se manifeste. On n'en a jamais entendu parler. Mais il y a tant de choses dont on n'avait jamais entendu parler et qui font maintenant partie du quotidien. On soupèse la réponse à leur faire, veillant à ne pas suggérer l'idée d'un lion voyant passer une gazelle. Et on obtient un rendez-vous avec une dame très bien habillée qui serait tout à fait jolie si elle posait ses grosses lunettes d'écaille.

– Voilà, vous dit-elle, nous sommes un cabinet de chasseurs de têtes. Notre concept est un peu différent. Nous inversons l'*input* et l'*output*. Au lieu de répondre à une demande, nous sélectionnons impitoyablement les meilleurs et nous nous chargeons de les proposer aux entreprises qui ont des projets de développement.

– Comme une agence de mannequins ?

Elle sourit, étirant la bouche sans montrer les dents, et répond :

– Je dirais plutôt comme un *talent scout* de clubs sportifs ou un imprésario. Nous avons des gens en portefeuille que nous garantissons. S'ils sont mauvais, c'est nous qui sommes mauvais. Nous ne pouvons pas nous le permettre et les entrepreneurs le savent. Ce ne sont pas eux qui s'adressent à nous, c'est nous qui les démarchons et nous ne leur proposons que la crème. On isole une pépite et on la met sur le marché. Si quelqu'un passe notre crible, il est fiable à cent pour cent et surtout nous savons exactement où et pour quoi faire. Je ne vous dis pas : on va vous vendre. Je vous dis : nous allons voir si vous avez ce qu'il faut pour qu'on vous vende. C'est ça, le challenge. Vous passez ? On vous place dans le mois. Vous ne passez pas ? Au revoir et merci.

— Et qui paie ?

— L'entreprise. Vous, rien. Pas un cent. Elle paie le transfert en échange d'une totale sécurité. Nous prenons en charge tout le reste, le séjour pendant les tests. Notre pari, c'est que sur quinze ou vingt présélectionnés, on en trouvera quatre ou cinq qu'on pourra vendre et qui nous rembourseront largement. Mais attention : on va vous retourner sous tous les angles et ce ne sera pas forcément très amusant. Au pire, vous saurez exactement ce que vous valez. Gratuitement.

On demande où et comment ça se passe.

— Eh bien, d'abord, il y a un questionnaire à remplir. Il est assez long parce que nous voulons le maximum de détails. Tout le monde aujourd'hui sait faire une lettre de motivation et rédiger un CV flatteur. Ce n'est pas ce que nous désirons. Nous exigeons une absolue sincérité. Rien n'est éliminatoire, sinon la dissimulation. Si nous nous apercevons que vous nous cachez quelque chose, quoi que ce soit – et nous nous en apercevrons, nous recoupons tout –, ça s'arrête là aussitôt. On fait traiter ça par nos spécialistes. C'est le premier filtre. À ce stade, on en tombe à peu près la moitié. Si vous êtes retenu, il y a un petit examen médical et un entretien. Il en reste alors un tiers, et ceux-là sont invités à un stage d'une semaine. Au bout du stage, nous en gardons environ un sur trois. Et voilà, c'est tout.

— Finalement, si je vous ai bien suivie, il en restera un tiers du tiers. Dix pour cent.

Elle sourit encore, de cette grimace d'automate.

— Voilà. Vous comptez vite. C'est à peu près ça.

— Les meilleurs, c'est dix pour cent du total, c'est ça ?

— Non. Moins que ça. Nous ne ramassons pas tout ce qui traîne sur le marché de l'emploi, loin de là. Nous avons des antennes. Quand un licenciement se produit, collectif ou même individuel, nous nous renseignons. De temps en temps, une boîte licencie un type bien. Parce qu'elle ne peut plus le payer ou, plus souvent, parce que c'est le patron lui-même qui est nul. Ou alors il y a une charrette qui entasse tout et on jette en même temps les orchidées et les fleurs fanées. Disons que, sur les dossiers que nous examinons, nous en retenons, quoi, un sur dix. Naturellement, nous nous sommes informés assez complètement à votre sujet, et c'est pourquoi nous vous avons fait cette proposition.

D'un côté, c'est rassurant et même plutôt flatteur. On est déjà dans les dix pour cent de types bien et on a une chance d'être dans les un pour cent. Comment résister ?

Je n'ai donc pas résisté. Les risques me paraissent nuls (j'y pense ce matin avec ironie, j'avais mal évalué celui de me faire abattre par le GIGN) et l'expérience divertissante. Au pire, j'avais affaire à des charlatans, de ces « experts » pompeux et surrémunérés qui jettent de la poudre aux yeux des gogos, et je pourrais me retirer à tout instant. Par acquit de conscience, j'ai demandé s'ils avaient quelques références ou si c'était un concept innovant, autre manière d'insinuer que des amateurs se lancent dans un projet aux suites plus que douteuses. La dame a souri une troisième fois.

– Tout à fait normal. Prudent, n'est-ce pas ? C'est un bon point pour vous, que je n'oublierai pas de mentionner. Car, naturellement, cette première prise de contact figurera elle aussi à votre dossier, vous voyez, je ne vous cache rien. Voyons voyons...

Elle a sorti d'un tiroir une épaisse chemise et me l'a tendue. À l'intérieur, il y avait des lettres de remerciement enthousiastes des plus grosses entreprises françaises et européennes, signées par des gens très haut placés dans la hiérarchie. J'en connaissais plusieurs de nom, de ceux qui ne me prenaient pas au téléphone. J'ai regardé les petites lettres, en haut à gauche, qui servent à conserver trace du courrier. C'est un excellent indicateur du niveau qui vous répond et tout le monde ne connaît pas le truc. On y trouve, par exemple, AD/BG 99/124. Cela signifie que la lettre a été dictée par quelqu'un dont les initiales sont AD, tapée par une dactylo dont les initiales sont BG, et qu'elle est la 124e dans ce cas en 1999. Si les initiales de celui qui signe sont également AD, il l'a dictée lui-même. Si ses initiales sont, mettons, JH, cela signifie que la lettre a été rédigée par un collaborateur plus ou moins éloigné, formalité négligeable confiée à un subalterne, et que le responsable s'est contenté de la signer – la plupart du temps sans la lire, ou même sans la voir, via une machine à signer maniée par sa secrétaire. Mais là, sauf une, toutes les initiales correspondaient. De Wavre traitait donc d'égal à égal avec les maîtres du pays, les plus puissants féodaux de la société postindustrielle. Naturellement, il restait une minuscule possibilité pour que tout cela soit une escroquerie, mais je n'en voyais pas la finalité. On ne me demandait rien, sinon de tout dire de moi, et je n'avais pas d'argent que l'on pût convoiter.

Nous avons pris un nouveau rendez-vous pour la semaine suivante. Devant elle, je l'ai noté sur mon agenda, au vol. Si je l'avais simplement enregistré mentalement, elle aurait compris que je n'avais strictement rien d'autre à faire – ce qui était d'ailleurs le cas. Et un chômeur (pardon, un cadre supérieur en *stand-by*) ne peut pas avoir un agenda plein au point de vérifier s'il a le temps d'examiner une offre d'emploi. J'avais déjà commencé à me surveiller. Un entretien d'embauche, c'est comme un premier rendez-vous amoureux. Ni trop ni trop peu de déodorant, pas d'alléchantes liasses de billets pour régler l'addition mais une carte Gold, des demi-vérités et des demi-mensonges, jusqu'à l'issue finale : on va « prendre un dernier verre chez moi » et non « coucher ensemble », on va « examiner attentivement votre dossier » et non « lever les bras au ciel en hurlant de rire ». C'est ce qu'on appelle la civilisation. Et, voyez-vous, adossé à mon sapin, mon fusil en travers des cuisses, j'en viens à la regretter.

C'est un jeune homme extrêmement sympathique qui m'a remis les documents à remplir. J'avais rarement vu un visage aussi ouvert, souriant et dynamique, intelligent et attentif. Nous n'avons pourtant échangé que quelques phrases banales mais elles ont suffi à modifier mon état d'esprit. En retournant chez De Wavre, j'étais contracté et circonspect. Quand je me suis retrouvé seul, assis à une table, j'étais subitement devenu optimiste et résolu à collaborer. S'ils sélectionnaient tout leur personnel à l'image de ce garçon, leur méthode devait être sacrément bonne.

Le questionnaire était, comme promis, extraordinairement long et détaillé. Il suivait l'ordre chronologique traditionnel pour scanner l'ensemble de ma vie. Aucune question indiscrète, pas d'impressions ou de jugements moraux : des faits, rien que des faits. Je devais d'abord décrire la carrière professionnelle et familiale de mes parents et même celle de mes grands-parents, puis fournir quelques informations sur mes frères et sœurs. En décortiquant mon milieu familial, je suppose qu'ils cherchaient à avoir une idée indirecte des problèmes que j'avais pu rencontrer : l'identification plus ou moins facile au père, les événements de mon enfance qui avaient pu me marquer et qui, un jour ou l'autre, retentiraient sur mes choix.

Ensuite, on passait à mes études. Où, avec qui, pourquoi, et la liste de ceux que j'y avais connus. Cette partie-là devait être plus spécialement destinée aux anciens élèves des grandes écoles, dont on sait qu'ils sont recrutés sur leur carnet d'adresses. Embaucher un énarque n'a d'intérêt que s'il fréquente d'autres énarques et peut, en quelques coups de téléphone bien placés, démêler rapidement une situation délicate et frayer des pistes plus directes dans la jungle de l'administration. Un ou deux items seulement étaient un peu bizarres ; on me demandait par exemple quelles dates historiques m'avaient frappé et pour quel motif. Je mentionnai le débarquement et la conquête de la Lune, à mon avis peu compromettants.

Puis je devais rendre compte de mon parcours professionnel en indiquant les coordonnées de témoins et décrire brièvement les entreprises où j'avais travaillé, leurs points forts et leurs points faibles. L'espionnage industriel n'était qu'un bénéfice collatéral de ces questions. Ce qu'ils voulaient, c'était juger les éléments auxquels j'attachais de l'importance pour me juger, moi.

À cet endroit-là, toute l'empathie sécrétée par l'accueil du jeune homme s'était dissipée et j'étudiais chaque item en me demandant pourquoi ils l'avaient placé là et ce qu'ils en attendaient. Fidèle à mon engagement, je ne travestissais nulle part la vérité ; mais il y a longtemps qu'on sait que plusieurs vérités peuvent exister simultanément. Je ne me demandais pas quelle était la bonne réponse en général, mais laquelle était la meilleure parmi celles que je pouvais fournir sans trahir ce que j'étais.

Ils ne m'avaient pas donné de limite de temps. Pourtant, je devinais que ce paramètre n'était pas négligeable. La lenteur est une des choses dont tous les employeurs ont horreur. Fort heureusement, je réfléchis vite et je n'avais pas de souci de ce côté.

Aux deux tiers de ma rédaction, le jeune homme réapparut et me proposa un café. Je refusai d'un sourire. Ce pouvait être un geste de cordialité ou un autre test. Personne n'aime payer quelqu'un deux cents francs de l'heure et le voir passer cette heure à discuter football à côté d'un percolateur. C'est là, à cet instant, que j'ai commencé à basculer dans la paranoïa. Il me semblait que rien ici n'était gratuit, sans but précis, que chaque mot, chaque geste étaient aussi des pièges, des énigmes à résoudre. Dans une vie normale, il y a des espaces séparés, des phrases anodines et d'autres décisives, des moments où on se relâche et d'autres où on réintègre le jeu, une scène et des coulisses. Chez De Wavre, tout pouvait avoir un sens. Peut-être. Et peut-être pas. Le chien de Pavlov, quand il ne sait plus s'il a affaire au carré qui récompense ou au cercle qui punit, devient fou. C'était ce qu'ils étaient en train de me faire.

Or j'avais bigrement besoin de ce travail. Je ne pouvais pas me permettre de me faire éliminer pour avoir répondu blanc au lieu de noir quand on me montrait du gris.

Le garçon parti, j'essayai de me calmer. J'étais ce que j'étais ; s'ils en voulaient, tant mieux, s'ils n'en voulaient pas, tant pis. Il n'y avait pas que De Wavre dans le monde et si j'échouais j'aurais une autre chance ailleurs. En même temps, je me rendais compte que ce n'était pas vrai, que tous les employeurs recherchent la même chose, que s'ils me claquaient la porte au nez personne ne m'en ouvrirait une autre. Ce serait simplement plus facile et plus rapide. Toute notre organisation sociale est fondée sur le même principe : on joue sa vie sur un seul jour, trois ou quatre au maximum. Ce jour-là, un tout petit groupe de gens qui ne sait rien de vous a dix minutes pour se faire une idée de vos compétences et de la structure de votre caractère. Et vous avez dix minutes pour les convaincre. De Wavre prenait beaucoup plus de temps. C'est une chose qui aurait dû me rassurer. Mais plus on prend de temps, plus on creuse, et plus on creuse, plus on se découvre. Je me secouai. Allons, je n'avais rien à cacher, au contraire, j'étais bon et j'allais le leur montrer. Je me remis au travail.

La partie suivante concernait mes habitudes de travail, l'équipement dont j'avais besoin et dont je savais me servir (Internet, tableur, traitement de texte), les qualités que j'attendais d'une secrétaire ou d'un collaborateur. Puis on s'intéressait à mon mode de vie : combien d'heures par nuit je dormais, si je faisais du sport, si j'étais fumeur (éliminatoire pour les entreprises américaines). Et, naturellement, les hobbies, dont je n'ai jamais compris pourquoi les gens s'obstinent à les mentionner dans leurs CV, comme si un employé qui pratique le patinage artistique était plus attrayant qu'un autre qui préfère le basket-ball. Quelques passe-temps seulement sont révélateurs : le golf, qui signe la tranche sociale, ou la philatélie qui dénote un tempérament méticuleux et peu aventureux. Le reste n'a aucune importance ; celui qui adore le trekking en haute montagne sera peut-être endurant et obstiné ou peut-être inutilisable six mois par an, dévoré par sa passion. Prudent, De Wavre demandait combien de temps par semaine j'y consacrais, mais à mon avis ce n'était pas suffisant.

De là, on passait à mon mode de consommation, la marque de ma voiture et celle de mon ordinateur, et si mon appartement était hypothéqué. À peu près ce que vous demande normalement un banquier. Ce chapitre-là ne me posait pas de problèmes. Ils voulaient juste savoir comment ajuster mes prétentions salariales en reconstruisant mon budget familial, et si je n'avais pas des goûts de luxe ou des dettes accablantes susceptibles de me porter à des imprudences regrettables.

Quelques questions concernant ma femme et mes enfants : âge, études, difficultés physiques ou psychologiques avérées et traitements médicaux éventuels, rien de plus. Pas un mot de mes habitudes sexuelles, évidemment. Je suppose que le questionnaire était ensuite traité par ordinateur, et la loi Informatique et Libertés est assez sourcilleuse là-dessus.

Le pensum s'achevait par un fourre-tout : les langues que je parlais, les pays que j'avais visités, les endroits que je préférais, six items clairement tirés du questionnaire Marcel Proust, les choses qui me faisaient peur, les attitudes que je détestais le plus, enfin une volée de questions à choix multiples portant sur des situations de la vie courante. Autant tout le reste était précis, autant cette partie-là était débridée, subjective, dépourvue de rigueur, pâle et lointain démarquage de tests projectifs archiconnus. Je relus attentivement ces ultimes puérilités qui ressemblaient à un de ces quiz ridicules que les journaux publient l'été et qu'on remplit paresseusement sur la plage. Je n'avais pas besoin de me forcer pour répondre ; chaque fois que je me suis amusé à remplir un de ces jeux, le total de mes points m'a classé dans une catégorie moyenne : ni coléreux ni apathique, ni dragueur ni fidèle, ni émotif ni flegmatique. J'ai arrêté le jour où, empruntant distraitement un de ses magazines à ma femme, j'ai découvert avec stupéfaction en tournant la page que je n'étais non plus ni clitoridienne ni vaginale mais un peu des deux.

L'exercice tout entier se terminait par une page blanche réservée aux commentaires que le candidat aurait souhaité ajouter. Le piège était grossier et je me gardai bien d'y toucher. L'esprit de l'escalier est rarement apprécié des recruteurs et les interminables justifications après une erreur ne le sont pas beaucoup plus. Dans une entreprise, on vous demande de faire quelque chose, pas d'expliquer pourquoi vous n'avez pas pu le faire.

Naturellement, j'avais particulièrement soigné ma graphie. Même si la graphologie approfondie est de moins en moins utilisée, quelques-unes de ses bases, par exemple une ligne qui descend ou des caractères en sens inverse les uns des autres, sont désormais trop connues pour être négligées.

Pour le reste, c'était un mélange de CV particulièrement fouillé, d'enquête de l'INSEE ou de l'INC, et de rapport de détective privé, assaisonné d'éclats de tests projectifs et de mises en situation. Rien de très original en somme. Le secret de la sauce, comme toujours, devait résider dans la pondération des différents éléments.

J'étais en train de relire ma copie, plus pour en garder le souvenir que pour la corriger, quand le garçon sympathique est entré une nouvelle fois. Il m'a félicité d'avoir terminé, ce qui allait lui permettre, a-t-il dit, d'aller déjeuner plus tôt et il m'a donné rendez-vous pour l'examen médical de l'après-midi.

Je suis allé déjeuner à mon tour dans un snack du quartier. Salade et eau de source. Je ne m'attendais pas à une prise de sang – ils ne m'avaient pas demandé d'être à jeun – mais on ne sait jamais.

Le médecin siégeait lui aussi dans leurs locaux, à demeure. C'était plutôt une bonne chose. D'habitude, ils vous envoient dans un laboratoire que vous payez de vos propres deniers, ou à la médecine du travail.

C'était un jeune type avec des lunettes sans monture et des taches de rousseur. Il ne s'est montré ni chaleureux ni glacial. Simplement professionnel. Il m'a gardé une bonne heure. Pendant qu'il m'examinait, je me suis livré à quelques petits calculs. Supposons qu'il étudie à ce rythme cinq clients par jour, consacrant le reste du temps à la rédaction de rapports. Une centaine par mois. S'ils en éliminaient la moitié, ils devaient en conserver cinquante pour leurs fameux stages. Soit un stage par semaine. Et dix à quinze gagnants au bout de la période. Maintenant, tenant compte de leur organisation, ils avaient au minimum huit ou dix employés : la dame de l'accueil, le médecin, le jeune homme enthousiaste, nécessairement un informaticien et un gestionnaire, au moins deux animateurs de stage, et sûrement un ou deux autres quelque part dans le ventre de la bête.

En comptant des salaires moyens et les charges sociales, cela mettait la masse salariale à deux cent mille francs par mois, trente mille euros. Ajoutez les frais de structure, les loyers, les consommables, les taxes et enfin quelque bénéfice, vous pouvez doubler. Les stages, de leur côté, devaient être assez onéreux : un hôtel, même médiocre, pour une quinzaine de personnes, un petit peu de matériel, deux jours d'évaluation pour cinq jours de travail. À vue de nez, le CA annuel devait tourner autour du million d'euros minimum, en serrant tous les boulons et en calculant les ratios au plus juste. Tout cela pour sortir cent cinquante à deux cents bonshommes, dont on plaçait effectivement, quoi, la moitié ou les deux tiers. Ça mettait le scalp aux environs de dix mille euros pièce. Soit deux mois de salaire de l'heureux élu. Rien de déraisonnable. Une boîte qui paie de toute façon treize mois de salaire chargé est certainement prête à en payer quinze la première année pour être sûre d'avoir quelqu'un de valable qu'elle n'aura pas besoin de former. C'était une bonne petite affaire.

Pendant que je scannais mentalement ses employeurs, le médecin me retournait sous toutes les coutures. Après m'avoir pesé et mesuré, il me palpa le corps entier, y compris des muscles dont j'ignorais jusqu'à l'existence. Je dus souffler dans des ballons, pédaler avant et après sur un vélo d'appartement, il prit ma tension, ma température, m'ausculta. Il fallut lui montrer mes dents, ma gorge et toutes les parties de mon anatomie auxquelles il pouvait avoir accès – anus compris, façon élégante de vérifier mes goûts sexuels, comme à l'armée.

Il m'autorisa ensuite à me rhabiller et me soumit à un autre questionnaire – ces gens-là n'arrivaient pas à vivre sans un questionnaire à la main. Habitudes d'hygiène, habitudes alimentaires, passé médical. Apparemment, le point le plus important concernait le mal de dos. Les entreprises détestent les douleurs dorsales qui affectent un Français sur six, surtout à mon âge : on ne sait pas d'où ça vient, on ne sait pas le guérir, et le fringant manager qu'on vient de payer une fortune se traîne lamentablement dans les couloirs, dolent et inutilisable, errant d'opération inutile en kiné inefficace sans plus s'occuper de son travail. Contournant son bureau, le médecin passa à la vérification expérimentale, me tapant dans les reins et guettant la moindre grimace. Je restai stoïque. Je n'avais jamais eu vraiment mal au dos.

Satisfait, le toubib regagna son bureau.

— Vous avez quelques connaissances médicales ? me demanda-t-il.

— Pas vraiment, non. Ce n'est pas exactement mon secteur.

— Secourisme ?

— Non plus. Je sais ce qu'est une position latérale de sécurité, c'est à peu près tout.

— Vous avez tort. Ça peut être utile. Voyons cela.

Il me tendit une nouvelle liste de mises en situation : que faire si un collaborateur s'effondre sur la moquette (appeler le SAMU), si une secrétaire prend une crise de nerfs, si un client se met à vomir en jets (mon Dieu, est-ce que de pareilles choses peuvent arriver ?).

La fin était une puérile embuscade. Savais-je ce que traitaient les médicaments et les molécules dont énumération suivait ? Sous couvert de connaissances scientifiques, il s'agissait évidemment de découvrir si j'avais été en contact d'une manière quelconque, même indirecte, avec : le cancer, le sida, les MST, l'arthrose, la maladie d'Alzheimer, et cetera. Répondre non à tout aurait signé la volonté de dissimulation qu'ils redoutaient tant. Et répondre oui, les compétences médicales que je venais de nier. Je décidai de jouer franc jeu.

Le médecin ne regarda même pas les feuillets que je lui rendis. Ils devaient être eux aussi traités par ordinateur. Il se leva puis, comme s'il se ravisait, me tendit une ordonnance.

— Ah, il y a quelques examens que nous ne pouvons pas faire ici. Pourriez-vous vous rendre demain matin à jeun au laboratoire qui est indiqué là ? Naturellement, tout est à notre charge.

J'attendis d'être dehors pour lire la feuille. Prise de sang, radio des poumons, Doppler, échographie de l'abdomen. La totale. Ils ne laissaient rien au hasard. Au moins, j'aurais eu un check-up complet gratuit. S'il n'y avait rien à réparer, j'allais pouvoir coller la vignette du contrôle sur mon pare-brise, comme pour les voitures qui ne sont plus assez récentes pour échapper aux soupçons.

La dame de l'accueil me rappela la semaine suivante pour fixer la date de l'entretien oral. Je compris que j'avais passé avec succès les épreuves précédentes. C'était très réconfortant. Nous convînmes du vendredi, trois jours plus tard, et elle me demanda de réserver ma matinée entière.

Je m'y rendis avec une sorte d'enthousiasme. Savoir qu'ils ne m'avaient jusqu'à présent pas trouvé trop nul m'avait rendu un moral qui avait eu tendance à s'ébrécher ces derniers temps. Au stade où j'en étais, le tiers de mes concurrents n'était déjà plus en course. Je commençais à visualiser la ligne d'arrivée : un patron ravi de me voir arriver et brandissant le chèque d'avance dont j'avais tant besoin. C'était une chose improbable une quinzaine auparavant, et voilà que grâce à De Wavre International la lumière du soleil devenait plus joyeuse, les rues plus gaies, les gens plus agréables et ma propre respiration plus ample. Une mauvaise nouvelle et on a l'impression que tout va s'effondrer, qu'on va mourir demain. Une bonne et on se sent invincible, immortel. C'est dans ce nouvel état d'esprit que je poussai la lourde porte de bois donnant accès au sanctuaire béni.

Cette fois, ils avaient soigné le cadre. Je n'en ai rien dit jusqu'à présent : des pièces fonctionnelles, transparentes de banalité, d'une telle neutralité qu'il n'y a pas d'adjectif suffisamment plat pour les décrire.

Mais celle-là était différente. Ces derniers temps, j'avais visité assez de bureaux de DRH pour m'amuser à en dresser une typologie : ceux qui empilent des montagnes de dossiers sur le rebord de la table pour vous montrer que vous n'êtes pas seul dans votre cas, ceux qui, au contraire, laissent le plan de travail nu pour faire entendre qu'ils n'ont rien de disponible, ceux qui se font un rempart de photos de famille pour souligner le H de Ressources Humaines, ceux qui accrochent aux murs des posters significatifs de l'état d'esprit de la boîte (jeune et moderne ou classique et sérieux).

Ici, j'avais affaire à un décor années trente : un classeur à enrouleur en bois comme on n'en trouve que chez les antiquaires, deux fauteuils de cuir écaillé, quelques bibelots usagés sur des étagères parcimonieusement garnies de livres dépareillés, des rideaux un peu jaunis, sur la cloison une petite marine dans un cadre légèrement poussiéreux. Une pièce où quelqu'un ne se bornait pas à abattre du chiffre mais vivait, paisiblement, un savant débonnaire comme on en voit dans les films noir et blanc. Ou un psychiatre compréhensif et paternel.

Sur le bureau Louis XV, un sous-main vert sombre aux coins fatigués, un petit bloc-notes et un stylo noir qui n'avait rien de ces Montblanc qu'on laisse traîner avec une discrétion ostentatoire. Pas trace d'ordinateur, d'organizer, de portable, aucun des gadgets obligatoires du siècle naissant. Et derrière le bureau, une femme au visage triangulaire et aux grands yeux attentifs.

Elle m'accueillit avec soulagement, comme si elle n'attendait que moi depuis des heures. Elle esquissa un sourire et un petit froncement de nez, de ceux qu'on réserve aux amis, me désigna un fauteuil du bout du doigt.

— Nous n'allons pas, me dit-elle d'emblée, jouer au plus fin.

Non, bien sûr, pas de ça entre nous. Après tout, nous sommes des complices, entendait-elle manifester. Sa voix était chaleureuse, teintée d'un très léger accent.

— Vos résultats actuels sont plutôt bons, je préfère vous le dire tout de suite. Nous n'avons rien noté qui nous... déçoive. Nous devrions aller assez vite. Je voudrais juste éclaircir un ou deux points de détail.

Voyons...

De son tiroir, elle sortit une feuille de papier, une seule, qu'elle ne chercha pas à cacher. Quelques lignes, ou plutôt quelques mots illisibles. Elle n'y jeta qu'un coup d'œil.

— Nous avons reçu hier vos examens médicaux. Eh bien, ça a l'air d'aller plutôt bien. D'une normalité... écœurante, j'aimerais avoir les mêmes. Pourtant, vous ne faites pas beaucoup de sport, je crois...

Ce n'était pas une question et elle n'obtint pas de réponse. Sans se décourager, elle reprit :

— C'est assez rare, vous savez. À votre âge, il y a toujours un petit bobo quelque part, du cholestérol, du sucre, un point de tension de trop.

Il fallait que je coopère un tout petit peu à ses efforts pour m'entraîner dans son jeu. Je rétorquai :

— Vous n'éliminez quand même pas les gens là-dessus ?

Elle balaya l'air de longs doigts fins aux ongles effilés.

— Non, bien sûr. Mais enfin, une fois sur sept ou huit, on repère un problème. Vous savez, de ces trucs chroniques qui vous empoisonnent la vie. C'est comme un club sportif, ils n'aiment pas engager une vedette et la voir immobilisée au lieu de jouer sur le terrain. Vous savez ce que nous regardons particulièrement ?

— Non.

— Les gamma GT.

— Qu'est-ce que c'est ?

Elle se rengorgea.

— Heureux homme, qui ignore ce que c'est ! C'est l'indice d'une consommation excessive d'alcool. Une souffrance hépatique. Ce n'est pas une cirrhose, hein, pas du tout. Ou pas encore. Seulement le signe que la personne boit un tout petit peu trop. Ça, c'est éliminatoire. Une fois, on a identifié un sida. La personne l'ignorait.

— Et vous avez le droit d'éliminer quelqu'un pour ça ? Vous n'avez pas eu toutes les associations d'homosexuels sur le dos ?

Elle haussa les épaules.

— Non, pourquoi ? Nous, nous n'engageons personne. Au stade où nous en sommes, nous faisons seulement le point. Il n'y a pas de contrat, rien de signé, rien de promis. Vous avez signé quelque chose ?

Je me rendis soudain compte qu'elle avait raison : je n'avais rien signé, il n'y avait aucun engagement, ni de part ni d'autre. Juridiquement, c'était un check-up gratuit et volontaire.

— Vous donnez les résultats aux gens ?

— Des examens médicaux ? Oui, bien sûr. C'est leur corps, non ? Ils ont le droit de savoir. Les vôtres vous attendent à l'accueil.

— Et des autres examens ?

— Ah non, ça, c'est notre méthode. Elle est sous brevet. Si vous réussissiez à vous les procurer, nous pourrions vous poursuivre pour espionnage industriel, ou Dieu sait comment les avocats appellent ça. Est-ce que je peux vous poser quelques questions ?

Une fois acquis qu'elle ne me voulait pas de mal et que les autres avaient plus de difficultés que moi, je devais être assez détendu pour pouvoir entrer dans le vif du sujet.

Je m'attendais à devoir fournir des informations supplémentaires sur ma famille ou les raisons exactes qui m'avaient fait licencier mais elle me surprit en me demandant :

— Vous avez peur en avion ?

Je marquai le coup une seconde.

— Euh, pas vraiment... Mais j'ai toujours une petite crispation à l'atterrissage. C'est grave ?

Elle se mit à rire, d'un rire un peu caverneux, étrangement profond pour une femme aussi frêle.

— Ah non, non, c'est un pari. Un de nos analystes tire toujours des examens des conclusions à la Sherlock Holmes, vous savez, la personne a vécu aux Indes et boite du côté gauche. Nous, nous le taquinons pour ça. Il pense que vous devez avoir peur en avion. Et moi non. Il y a une bouteille de bordeaux sur la table. L'enjeu. Une crispation à l'atterrissage... Il a perdu, non, clairement ? Tout le monde ressent ça. C'est rationnel : c'est à l'atterrissage que se produisent cinquante pour cent des accidents. Mais vous prenez l'avion sans réticence, n'est-ce pas ?

— Oui, bien sûr.

Elle eut une moue de chatte satisfaite.

— Alors, il a perdu. Combien de vols, cette année ?

— Pas beaucoup. Mais l'an dernier, six, non, sept.

Elle répéta comme une petite fille :

— Il a perdu, il a perdu, je suis bien contente. Bon, soyons sérieux. Vous avez arrêté de fumer, n'est-ce pas ? Quand ?

— Il y a six ans.

— Quelle date, exactement ?

— Je ne m'en souviens plus. En août, je pense. Pendant les vacances.

— Si vous ne pouvez pas donner la date exacte, vous êtes guéri. Tous les anciens fumeurs peuvent vous dire : j'ai arrêté le 24 novembre 1982. Ils ont oublié la date de leur mariage et l'anniversaire de leurs enfants, mais ça, ils s'en souviennent. Vous fumiez beaucoup ?

— Un paquet.

— Et quelle méthode avez-vous suivie ? Les patchs ?

— Non, rien. J'ai arrêté, c'est tout.

— Bravo. Un héros. Vous savez que vous êtes un héros ? Un cas rarissime ?

J'avançais pas à pas, guettant les pièges. Nous avions l'air de discuter de tout et de rien comme deux vieux amis, mais c'était un entretien d'embauche. Je n'avais pas en face de moi une fofolle évaporée mais un prédateur dangereux qui essayait de m'endormir avant de me sauter dessus.

— Je n'ai pas le sentiment d'être rarissime, dis-je prudemment.

— Qu'est-ce qui pourrait vous le donner ?

— Je ne sais pas. Un exploit que personne d'autre n'aurait pu réaliser.

— Quoi, par exemple ?

— Réussir quelque chose dont je ne croyais pas être capable.

— Et on ne vous a jamais donné cette chance-là, n'est-ce pas ?

Je souris intérieurement. Nous y étions.

— Si, bien sûr. J'ai redressé la situation d'une boîte à la dérive dont personne ne donnait un kopeck. Vous avez ça dans vos dossiers.

— Et vous avez sauvé combien d'emplois, ce jour-là ?

Piège.

— Je n'aime pas cette expression, sauver des emplois. Il ne s'agit pas de sortir de l'eau des gens qui se noient. Il s'agit de stabiliser une activité de telle sorte qu'elle continue à être utile et rentable. Ensuite, les emplois viennent tout seuls. Mais si vous cherchez seulement à sauver l'emploi, vous coulez la boîte.

Je n'étais pas trop mécontent de ma réponse, équilibrée : humaniste, mais avant tout économique. Dans les yeux de mon interlocutrice, rien ne transparaissait.

— Intéressant, dit-elle. Alors, vous n'êtes pas hostile au *down-sizing* ?

— Ça dépend. Si c'est pour gagner un pour cent de plus tout de suite en mettant en danger les profits futurs, ça ne me semble pas intelligent. Mais s'il faut dégraisser une entreprise dont des charges irréfléchies mettent la survie en péril, eh bien, je le comprends.

— Vous avez du mérite. Pourtant, c'est ça qu'on vous a fait, non ?

Elle avait dégainé son scalpel et elle commençait à trancher dans la chair, précise et implacable.

— En quelque sorte, oui.

— Et vous ne leur en voulez pas ?

— Je m'en veux à moi de ne pas l'avoir senti venir assez tôt. On a toujours tendance à se croire indispensable. Vous savez pourquoi ? Parce qu'on est indispensable à soi-même.

Elle se renversa en arrière sur son fauteuil, regardant le plafond.

— Superbe, dit-elle. Je n'avais pas pensé à ça. Vous me permettez de le ressortir ?

— Allez-y. Ce n'est pas sous copyright.

Elle sourit gentiment, subitement redevenue amicale. Il paraît que c'est de cette manière que procèdent les toreros : ils enchaînent quelques passes et puis ils laissent respirer la bête un instant.

Un instant seulement. Elle revint au centre de l'arène.

— Et la boîte que vous avez redressée, ils vous ont licencié aussi, en remerciement ?

— Non. Je suis parti. J'avais fait une bonne saison, alors je valais plus cher, trop cher pour eux. C'est comme un club sportif, n'est-ce pas ?

Elle évita la corne qui la menaçait en souriant de nouveau.

— Bien. Vous comprenez vite. Ou vous avez compris depuis très longtemps. Parlez-moi de votre licenciement, là, le dernier. Comment avez-vous réagi ?

— À votre avis, qu'est-ce que je fais ici ?

— Ça doit être plutôt décourageant, non ?

— Vous n'avez jamais essayé ?

— Pas encore.

On aurait pu entendre cliqueter l'acier des épées qui s'entrechoquaient.

— Eh bien, en effet, ça prélève un peu de courage. Ça dépend du stock qu'on a. « Si tu peux voir détruite l'œuvre de ta vie et sans dire un mot te mettre à rebâtir, tu seras un homme, mon fils. » Kipling. Ils avaient affiché ça dans ma chambre, quand j'étais petit. Tout le poème. Un parchemin. Encadré.

Elle leva les mains, paumes en l'air.

— Ah, l'Angleterre victorienne, soupira-t-elle. Des hommes, des vrais. Comment ont-ils réussi à perdre l'Inde ?

— Ils n'avaient pas une chance. Ils étaient quelques milliers et les autres cinq cents millions. Il ne faut jamais accepter un combat qu'on va perdre inévitablement.

— Machiavel, proposa-t-elle.

— Non, ce serait plutôt un Chinois, je ne sais plus lequel. Mais tout le monde aurait pu le dire.

— Alors, vous n'aimez vous battre que si vous êtes le plus fort ?

— Pas exactement. Si j'ai une chance sérieuse d'être finalement le plus fort.

Elle posa ses coudes sur la table et me dévisagea, mi-sérieuse mi-égayée.

— Aidez-moi. Il y a forcément un défaut dans cette cuirasse. Où est-il ?

— Le défaut, c'est qu'il n'y a pas de défaut.

Elle se redressa.

— Vous n'avez peut-être pas tort. C'est, en effet, probablement un défaut. On vous téléphonera pour vous fixer la date du stage.

J'eus du mal à dissimuler ma satisfaction. Mais je ne baissais pas ma garde pour autant. Tant que je n'aurais pas franchi la porte, je n'étais pas encore en sécurité. Beaucoup de gens ont reçu l'ultime flèche mortelle en se détendant prématurément.

La jeune femme me fixa droit dans les yeux.

— Vous avez saisi ce que je viens de dire ?

— Oui, je crois. Ça signifie que je n'ai pas échoué à l'examen.

— Au match. Un match contre moi.

— C'est bien ainsi que je l'entendais.

— J'ai vu. Je vais vous raconter une histoire. Quand j'étais DRH, un jour, j'ai vu arriver un jeune type. C'était dans le Midi. Le gars n'était pas vraiment convaincant. Il faisait chaud, il avait des manches courtes. Tout à coup, j'ai vu une cicatrice sur son bras. Je lui ai demandé ce que c'était. Il m'a répondu qu'il était razeteur. Vous savez ce que c'est ?

— Non.

— Là-bas, dans le Midi, ils organisent des courses de taureaux. Mais ils ne les tuent pas. Ils leur accrochent des ficelles entre les cornes et il faut aller les chercher avec une sorte de crochet. De temps en temps, le taureau attrape un de ces razeteurs.

— Ce doit être désagréable.

— Assez. Il y a même des morts. Ce garçon s'était fait prendre par un taureau qui lui avait laissé cette estafilade. Je lui ai demandé s'il avait arrêté après cet accident et il m'a répondu non, pas du tout, j'y suis retourné et je le fais encore. Je l'ai embauché aussitôt. Si ce type a assez de fierté pour retourner se planter devant un animal qui l'a envoyé à l'hôpital, on doit pouvoir en tirer quelque chose.

— Et ?

— Rien. C'est tout. C'est ça qu'on va vous faire, au stage. Des estafilades, et voir comment vous réagissez. Je vous le dis parce que vous le savez déjà. J'aurais pu vous poser cinquante questions de plus et nous aurions perdu notre temps tous les deux. Vous êtes trop bien préparé. Mais là-bas ce sera une autre musique. À balles réelles.

— On dirait que vous avez envie que je me casse la gueule.

— Non, pas du tout, ne croyez pas ça. J'ai seulement envie de savoir ce qu'il y a à l'intérieur de l'armure, par curiosité. Mais ne le prenez pas pour une invitation à dîner. Peut-être qu'il n'y a tout simplement rien.

Ce n'était pas très gentil mais il n'y eut pas d'autre flèche, et je passai la porte la tête haute.

De retour chez moi, Anna, ma femme, me demanda comment les choses s'étaient passées. Je répondis « bien, je crois ». C'était la phrase qu'elle entendait le plus souvent depuis deux mois – ou peut-être depuis le début de notre mariage. Je n'ai jamais attendu d'aide particulière de personne et la meilleure manière d'en écarter la tentation reste de répondre « bien, je crois » à toutes les questions, quel que soit leur objet. Kipling, toujours. Le sociologue américain Riesman a écrit un jour un livre pour expliquer que nous sommes passés d'une société composée d'hommes qui n'avaient besoin de rien pour se construire *(inner-determined)* à une société composée d'hommes dépendant totalement des autres *(other-determined)*. J'appartiens résolument à la première catégorie.

Je sais qu'Anna en souffre – non, c'est exagéré : en ressent du dépit. Elle pense que je ne lui demande pas de me réconforter parce qu'elle n'est pas assez importante pour moi. C'est tout à fait faux. C'est même le contraire. C'est parce que je l'aime, parce que j'ai peur de la perdre, que je ne veux pas lui montrer mes faiblesses. C'est le système d'éducation en vigueur dans les années soixante, celui que j'ai subi, qui a donné le *la* à toute notre organisation : on est fort, on gagne et on est récompensé ; on est faible, on perd et on est puni. Anna ne m'a pas épousé parce que je sanglotais contre sa poitrine, mais parce que je réussissais et qu'elle avait de moi une image positive. Je veux la conserver. Les conserver : l'image et Anna. J'ai connu trop de types qui ont perdu leur boulot et puis, tout de suite après, leur femme. Parce que leur caractère avait changé et qu'ils ne lui apportaient plus ce qu'elle désirait. Il y a une satisfaction psychologique réciproque, mais temporaire, à échanger un rôle d'épouse contre un rôle de mère consolatrice. Mais on s'en lasse vite ; on ne peut pas réviser durablement toute l'architecture sur laquelle un couple est construit. « Que la Force soit avec toi » : à l'aube du troisième millénaire, c'est encore la phrase la plus connue du film le plus connu de l'année. Nous n'avons pas fait beaucoup de progrès depuis les grands singes anthropomorphes.

C'est la même chose en affaires. Ce n'est pas nécessairement le plus intelligent qui gagne, mais le plus brutal, celui qui veut quelque chose plus que les autres.

Anna dit qu'elle veut tout partager avec moi, que – elle s'en souvient très bien – elle s'est engagée pour le meilleur et aussi pour le pire. Que si je garde un jardin secret elle ne pourra pas m'aimer tout entier. Je suis certain qu'elle le croit et qu'elle est parfaitement sincère. Je suis également certain qu'elle se trompe. Si je suis éliminé de la course, elle ne cessera pas de m'aimer : elle m'aimera différemment. Elle aimera quelqu'un d'autre, un autre moi. C'est un trop gros risque.

Anna a pourtant été exemplaire. Quand je lui ai annoncé que je n'avais plus de travail, elle n'a pas aussitôt conclu, comme beaucoup de ses amies dans la même situation, que nous n'aurions donc plus de revenus – ou beaucoup moins, la trousse de survie des Assedic. Elle n'a pas pensé d'abord à elle. Elle a passé un long moment à me déculpabiliser – ce qui était inutile, je ne me sentais pas du tout coupable – et à me remotiver – inutile aussi. Je l'ai priée assez sèchement d'arrêter cette assistance psychologique d'urgence et nous n'en avons plus parlé. Depuis deux mois, elle me demande de temps en temps où j'en suis, feignant la distraction, et je réponds inévitablement que j'ai des pistes. Je vois bien qu'elle se fait du souci. Pour moi. D'ici quelques semaines, quand les premiers impayés arriveront, elle commencera à s'en faire pour elle et pour nos enfants. C'est là que les choses sérieuses commenceront, quand elle pensera que les enfants sont en danger, à cause de moi.

Nos deux filles ne risquent pourtant pas grand-chose. L'aînée, brillante, achève une école de commerce après une mention Bien au bac. À la fin de l'année, on la mettra sur le marché et elle croulera sous les propositions. La cadette pose plus de problèmes. Elle essaie vaguement d'étudier l'histoire de l'art dans une faculté de lettres, ce qui me paraît assez peu prometteur. Je ne la vois qu'une fois par semaine et elle me reproche de l'étouffer. Peut-être l'avons-nous fait malgré nous, sa mère, sa sœur et moi, et faut-il qu'elle s'en libère. Mais je trouve ça long. On aurait pu penser que mon chômage la rapprocherait de moi : je n'étais plus, comme son aînée, celui qui a tout réussi, mais comme elle celui qui était en train de tout saccager. Eh bien, pas du tout. Elle a eu la délicatesse de mettre un bémol à son agressivité mais on voit bien qu'elle se retient – de quoi ? De m'enfoncer ? De se venger ? De danser sur mon cadavre ? Mon échec est son triomphe et en même temps elle m'en veut de me dérober à sa colère. Le résultat est qu'elle ne me parle à peu près plus. L'atmosphère des déjeuners dominicaux est devenue plutôt pesante ces derniers temps.

D'autant plus qu'Anna continue à travailler. Elle a eu la sagesse d'entrer dans l'administration, où le salaire est modeste mais régulier. Elle dirige un bureau au rectorat, un morceau de service technique composé à 95 % d'hommes comme tous les services techniques. Elle le mène à la baguette, ce qui est la seule possibilité dans une telle situation. À la maison, elle peut redevenir femme. Ce m'est une raison de plus de ne pas vouloir changer de rôle.

La psychologue de De Wavre n'a pas cherché à approfondir ma situation familiale. Au premier abord, je n'ai pas bien compris pourquoi. La force de la famille est telle en France que tous les prédateurs vous expliquent qu'ils n'agissent ainsi qu'en pensant à leurs enfants. Ce n'est d'ailleurs pas tout à fait faux : un père ferait n'importe quoi pour conserver l'affection de sa fille et si cela passe par l'acquisition d'un haras parce que la donzelle éprouve de l'affection pour les poneys, il arrachera le haras à coups de couteau. Rien n'est plus humiliant que de refuser un plaisir à un enfant, non parce qu'on l'a décidé pour des raisons pédagogiques mais seulement parce que, financièrement, on ne peut pas.

Mais De Wavre savait tout cela, comme ils savaient qu'ils n'avaient aucun moyen de vérifier ce que j'aurais pu leur raconter. Quand le meilleur de vos amis divorce brutalement, avouant soudain que sa vie était un enfer depuis des années, on tombe des nues : on n'en avait rien perçu. Comment pourrait-on l'enregistrer avec trois croix sur les cases d'un questionnaire ? D'ailleurs, ils se moquaient bien de ce que je vivais. Un seul point les intéressait : y aurait-il des répercussions sur l'efficacité de mon travail et lesquelles ? Pour en juger, ils n'avaient pas besoin d'étudier le caractère des membres de ma famille : seulement le mien.

Ce que je vivais était d'ailleurs parfaitement anodin : un couple sans nuages, deux enfants convenablement équilibrées (l'une un peu moins que l'autre), pas de drogue, pas de prison, pas de relations douteuses, pas de handicaps, une gestion prudente des finances du ménage. Aucun défaut dans l'armure, malgré les appréhensions de la psychologue. Clean. Et j'avais envie de continuer comme cela, parce que j'y trouvais sans doute une sorte de bonheur, ou au minimum l'absence de malheur que souhaitaient les stoïciens.

Un des grands inconvénients du chômage est qu'on a du temps pour réfléchir. On se retourne sur son passé, on le scrute, on le décortique. C'est une erreur. Car on en vient alors à la conclusion qu'on est responsable de la situation dans laquelle on se trouve et on commence à tout détruire, juste parce que cette situation est temporairement mauvaise et qu'on a donc dû faire une gaffe quelque part. Je n'avais fait aucune gaffe – ou une seule : sous-estimer la stupidité de mon ultime employeur. Sauf évidemment à tout reprendre de zéro, à travailler plus dur à l'école, à choisir un meilleur lycée, à préparer l'ENA et à devenir inspecteur des Finances, poste dans lequel on ne paie jamais aucun errement, même le plus monstrueux. Mais si ç'avait été à refaire, j'aurais tout refait de la même façon : j'aurais encore épousé Anna, j'aurais repris les mêmes places (sauf la dernière), j'aurais acheté le même appartement. J'aurais peut-être seulement essayé de mieux laisser respirer ma petite cadette. En somme, j'étais assez d'accord avec moi-même.

C'est pourquoi je répondis à Anna :

— Bien, je crois.

J'avais confiance.

Le stage commençait un dimanche. Au début, c'était une chose que je ne pouvais pas croire : beaucoup de cadres s'absentaient dès le week-end pour d'improbables séminaires. Je pensais qu'ils les passaient blottis au fond d'un hôtel de campagne en compagnie d'une mignonne secrétaire et je plaignais leurs épouses d'avaler des hameçons aussi gros. Pas du tout. Les organisateurs de réunions se sont plaints du temps perdu en voyage, accueil, prise de possession de la chambre d'hôtel, douche d'arrivée, et autres formalités qui occupaient toute la matinée du lundi et faisaient perdre au minimum une demi-journée. C'est pourquoi, désormais, on commence le dimanche soir, après le dîner. Je pense que dans vingt ans on commencera le samedi matin avec réception des congressistes entre quatre et six heures, juste avant le lever du soleil. Et au XXIe siècle on trouvera bien le moyen de supprimer le sommeil, cette désastreuse perte de temps.

Nous avions rendez-vous à la gare de Lyon en

début d'après-midi. Là, une jeune Antillaise en tailleur bleu – pas exactement un uniforme d'hôtesse, mais quelque chose qui y ressemblait – nous a délivré des billets de TGV. Nous étions une quinzaine mais, dans le train, nous n'avons échangé que quelques mots : nous n'étions pas encore un groupe.

Ensuite, nous avons embarqué dans un autocar qui a pris l'autoroute des Alpes. Un peu après Grenoble, il a bifurqué dans les bois sur une départementale. Plus nous avancions et plus la nature devenait sauvage. Les paisibles herbages à vaches faisaient place à des précipices menaçants, les arbres assombrissaient les rayons du soleil, nous longions des cascades, des éboulis. Nous nous enfoncions entre des montagnes de plus en plus hautes, rapidement couronnées de neige, et l'air devenait plus frais.

Tout à coup, en sortant de la forêt, nous avons atteint les rives d'un lac. Il était parfaitement immobile, une plaque de zinc plus blanche que bleue. Le car s'est arrêté et on nous a fait descendre. La dame à côté de moi a frissonné et a ouvert une grosse valise pour en tirer un gilet vert. Ensuite, elle a dû courir derrière le chauffeur qui était déjà en train de charger les bagages sur un chariot.

Quatre pilotis étaient plantés dans l'eau, supportant une jetée aux planches disjointes. À l'un d'entre eux s'amarrait une petite vedette. Un homme en est descendu, très noir de poil. Il a sauté sur l'embarcadère d'un mouvement souple et s'est avancé vers nous en se dandinant un peu.

Un jeune homme dégingandé a marmonné, pas loin de moi :

— Le train, le bus, le bateau... Je suppose que de l'autre côté on va trouver des chiens de traîneaux ou un ULM...

Un autre, plus rondouillard, a pris le matelot à partie :

— Y a pas de route ? On va traverser le lac ?

Le matelot a répondu :

— *Non capisco.*

Le petit gros s'est retourné vers nous.

— Y a quelqu'un ici qui parle italien ? Je crois que c'est de l'italien. On est en Italie ? On a passé la frontière ?

Une autre femme s'est détachée du troupeau hébété que nous formions. Il y avait peu de femmes avec nous, quatre seulement. Celle-là était la plus jolie, remarquai-je brièvement.

— Moi.

Elle a commencé à baragouiner avec le marin avant de revenir vers nous.

— Bon, voilà. On va dans une île qui est au milieu du lac. C'est là que se trouve l'hôtel. Le bateau ne peut pas nous embarquer tous, il n'a que dix places, il fera deux voyages. Il faut qu'on se coupe en deux. Qui veut y aller en premier ?

Les plus courageux ont fait un pas en avant. J'en étais. Par curiosité : ce ne pouvait pas être déjà un test.

La traversée fut aussi tranquille qu'une promenade sur les canaux de Venise. Nous étions tous debout dans la vedette – il n'y avait pas de places assises –, accrochés au bastingage et respirant une brise piquante chargée d'odeurs de sapin. Sans lâcher la barre, le matelot a pointé le doigt vers une bosse de verdure plantée dans l'eau.

— *E li che andiamo.*

Le rondouillard a insisté, s'adressant à la jolie femme :

— Mais c'est en France ou en Italie ? Demandez-lui.

— Non, non, c'est en France, c'est lui qui est italien.

En approchant, nous distinguâmes les tuiles d'une construction, puis les premiers murs, noyés entre les arbres. De l'autre côté du lac, il y avait un embarcadère exactement semblable au premier, tout aussi rudimentaire et tout aussi vermoulu.

Le matelot lança adroitement un cordage, l'enroula autour d'un des pieux et sauta sur le plancher.

— *Siam'arrivati. Tutti giù*, clama-t-il gaiement sans couper le moteur.

Il aida la jeune femme à enjamber le garde-fou, la portant presque, et resta au même endroit, prêt à secourir quiconque aurait eu une jupe étroite.

Quand il nous vit tous en sécurité sur la terre ferme, il entreprit de restituer les bagages, lançant les valises sur la jetée avec les délicats ménagements habituels au personnel de piste. Puis il relança le moteur et sauta dans la barque.

— Eh, dit le rondouillard, ma valise, elle n'est pas là, qu'est-ce que vous avez fait de ma valise ?

Le grand jeune homme se mit à rire.

— C'est comme les compagnies d'aviation : déjeuner à Paris, dîner à New York et bagages à Hongkong.

— Ça me fait pas rire, dit le rondouillard.

La femme intervint.

— Les bagages aussi, ils font deux voyages. Ils n'ont pas trié les valises, je crois. Vous la récupérerez dans dix minutes.

— Vous êtes déjà venue ici ? questionna le jeune homme.

— Non. J'observe, c'est tout.

Moi aussi, j'observais. Chez De Wavre, ils m'avaient dit que les deux tiers d'entre nous passeraient à la trappe à la fin du stage. Le rondouillard en ferait partie à coup sûr. Mais la femme se montrait d'emblée dangereuse. En trois mots d'italien, elle avait déjà commencé à prendre un leadership. Dans quelques instants, si on la laissait faire, elle allait nous donner des ordres. Je n'avais pas non plus ma valise mais à aucun moment je n'oubliais pourquoi j'étais ici.

Avant de virer de bord, le matelot tendit le bras en direction d'une allée qui remontait vers les bâtiments.

— *Su, dai, andate...*

Un oral d'italien était peut-être la première épreuve. À leur place, j'aurais plutôt choisi de l'anglais ou du chinois. Ou – quelle langue parle-t-on à Hongkong ? L'américain, probablement...

— Il faut qu'on passe par ce chemin, dit la femme.

Elle n'avait pas commencé sa phrase que j'étais déjà devant elle, ouvrant la marche. Le rondouillard s'adossa à l'un des pieux, bras croisés, attendant résolument sa valise au lieu de nous suivre.

En haut de l'allée, quatre marches livraient accès à l'hôtel lui-même, bâti à flanc de coteau. C'était là que nous attendait le comité d'accueil, réduit à une jeune fille en blue-jean, réplique féminine du garçon qui faisait la même chose chez De Wavre : un visage ouvert, rieur, mobile, qui attirait spontanément la sympathie. C'était rassurant : s'ils parvenaient à recruter à chaque endroit des réceptionnistes capables de désarmer d'un sourire les plus grognons, ils devaient être capables de discerner, en effet, les compétences utiles à n'importe quel niveau. Il est parfois plus difficile de trouver un bon steward qu'un bon analyste financier.

La jeune fille nous confia qu'elle s'appelait Nathalie. Elle avait l'air vraiment ravie de nous voir et elle nous reçut comme si elle avait invité personnellement chacun d'entre nous. Elle s'inquiéta des conditions du voyage, regretta le temps un peu gris, puis, tenant à la main un grand cahier rouge, nous distribua nos chambres. Elle répéta chaque nom plusieurs fois tout en fixant dans les yeux la personne interpellée. Vieux procédé mnémotechnique. Comme le savent les agents commerciaux et les politiciens, la seule chose qui ne se pardonne pas, c'est d'oublier un nom. L'interlocuteur n'existe plus, il ne se distingue pas de la masse, son individualité est anéantie, son ego humilié ; la plupart des gens ne le supportent pas. Nathalie avait été correctement formée : au bout de cinq minutes, elle nous connaissait tous.

— On va stocker les bagages dans le vestibule au fur et à mesure qu'ils arriveront, nous dit-elle. Nous avons un problème, le garçon d'étage est tombé malade ce matin, il faudra que vous veniez les récupérer.

Un cadre à lunettes dorées et cravate sombre haussa les sourcils.

— Ah bon ? Dites-moi : il y a encore d'autres problèmes ?

Nathalie lui décocha un sourire radieux.

— Bien sûr. Le chauffage est en panne, la cuisinière vient d'accoucher, on ne nous a pas livré de nourriture et à la télé nous n'avons plus que la cassette de Fort Boyard. Non, je blague, tout le reste baigne.

Mouché, le cadre n'eut pas d'autre solution que de se joindre à son sourire.

— Les chambres sont à l'étage, reprit Nathalie. Si le numéro commence par un, c'est au premier, s'il commence par deux, c'est au second. Ils ne se sont pas vraiment cassé la tête. Pas d'ascenseur et pas d'air conditionné. Mais il y a une piscine là-derrière. Si quelqu'un a un harpon et réussit à casser la glace, il a une chance de pêcher un phoque. Sans moi, si ça ne vous ennuie pas. Mais on a de la chance, il n'y a pas encore de neige.

— Est-ce que le lac gèle, en hiver ? demanda le cadre.

— Non. Trop grand, trop profond. Pas assez froid. Il faudra aller faire du patinage ailleurs.

— Ah, c'étaient les patins à glace, je me demandais ce qui pesait aussi lourd dans votre valise, dit un petit type râblé à la jolie femme qui parlait italien.

— Non, c'est mon encyclopédie en quinze volumes, répliqua-t-elle du tac au tac, pour réviser avant les tests.

En quelques mots, Nathalie avait réussi à nous détendre, lançant cet insupportable badinage ironique qui inaugure les relations sociales dans notre genre de milieu. Elle virevolta gracieusement.

— Vous pouvez aller dans vos chambres prendre une douche dès maintenant, si vous le souhaitez. Ce n'est pas un ordre, hein, si vous préférez boire un verre au bar, il est ouvert. Ah, voilà le reste de l'escouade...

Nos compagnons d'infortune envahissaient le hall à leur tour, soufflant et ahanant : la pente était raide, ils avaient voulu nous rattraper et étaient montés trop vite. Nathalie reprit son cahier.

J'avais hérité de la chambre 211, l'avant-dernière au bout du couloir. Elle était meublée dans le style des hôtels de campagne, à l'opposé des Hilton et des caravansérails internationaux. Un grand lit de bois, une couette épaisse, une table de nuit rustique dont le tiroir jointait mal, deux petits rideaux rouges masquant une fenêtre étroite et, à la place des placards muraux, une énorme armoire qui dévorait la moitié de l'espace et bouchait à demi l'entrée de la salle de bains, un téléphone. Je testai le matelas en sautant dessus deux ou trois fois (dur, mais pas inconfortable), puis je décrochai le téléphone noir accroché au-dessus de l'oreiller, seule concession à la modernité. Je laissai sonner une dizaine de fois. Personne ne répondit. Peut-être Nathalie était-elle seule à la réception, occupée à répartir les troupes dans leurs campements. Ou peut-être voulaient-ils nous isoler du monde civilisé.

Obéissant à Nathalie, je pris une douche dans la minuscule cabine cachée derrière l'armoire et me changeai. Quel genre de look fallait-il envisager ? On me l'avait jadis appris, le vêtement est le premier des éléments de communication, celui qu'on enregistre avant tous les autres. Autre façon de dire que l'habit fait le moine, s'il existe encore des moines. Le cadre m'interdisait l'uniforme habituel, costume gris-cravate sombre. J'optai pour un blouson beige et un pantalon bleu, décontractés mais chic, intermédiaire acceptable entre le costume de ville et le battle-dress. Un soupçon d'after-shave et j'étais prêt à descendre.

La jeune Nathalie, ayant achevé de nous affecter nos quartiers, officiait maintenant derrière le bar. Mes compagnons-concurrents arrivaient un par un, hésitaient un instant sur le seuil avant de plonger puis se lançaient dans la mêlée. Le salon-bar était assez grand mais ils le remplirent rapidement. Sous les poutres apparentes, ils tournoyaient d'un air embarrassé, feignant d'examiner longuement le paysage à travers la vaste baie vitrée ou scrutant trop attentivement les petits chromos montagnards qui ornaient les murs. J'avais l'impression d'assister à un vernissage où personne ne connaissait personne et où il n'y avait même pas le prétexte de toiles à admirer. Apparemment, les autres en étaient au même point : ils réclamaient tous un verre d'eau gazeuse puis cherchaient un petit coin tranquille d'où ils pourraient observer la foule sans se compromettre.

Finalement, l'atmosphère un peu lourde qui était en train de s'installer fut dissipée par l'inévitable boute-en-train que comporte normalement tout groupe touristique : un Méridional extraverti commentant à haute voix tout ce qu'il voyait. Il nous apprit qu'il s'appelait Morin, qu'il trouvait le temps bien frisquet et qu'il travaillait dans l'emballage. Dans un numéro de comique troupier dont la vivacité désamorçait mal la vulgarité, il multiplia les jeux de mots sur sa profession, se disant prêt à emballer Nathalie si, comme il eût été naturel, elle le trouvait emballant. Nathalie sourit sans répondre. Quatre ou cinq personnes s'agglutinaient autour de lui, pressées d'entamer une joute de plaisanteries. La jolie femme qui parlait italien se tourna vers moi pour me glisser :

— C'est pas possible, il est payé par le syndicat d'initiative, non ?

Je ne trouvai rien de spirituel à répondre. Derrière moi, deux cadres plus âgés examinaient le portrait d'un animal campé sur une arête rocheuse. Pour l'un, c'était un chamois, pour l'autre un isard, mais leurs connaissances zoologiques limitées ne leur permettaient pas de trancher la controverse. Le petit homme rondouillard avait pris possession de l'un des trois fauteuils et feuilletait une revue touristique avec une moue excédée.

Au bout d'un moment, Nathalie frappa dans ses mains pour réclamer notre attention.

– Nous allons maintenant passer à table. Après le dîner, à huit heures et demie, vous avez rendez-vous dans la salle de travail qui est au premier, juste à droite de l'escalier, pour recevoir les instructions. Je vous souhaite un bon appétit.

Un grand type maigre avec une pomme d'Adam outrageusement proéminente soupira à côté de moi :

– Je vous parie qu'on va avoir de la fondue. Dans les Alpes, ça commence toujours comme ça : la fondue, pour que les gens se mélangent.

Il perdit. C'était de la raclette.

La salle à manger était décorée dans le même style que tout le reste : des boiseries couvraient les murs, des poutres massives soutenaient le plafond, une grande cheminée, pour l'instant vide, occupait un pan de mur, encadrée d'instruments rustiques et anciens aux fonctions énigmatiques. Il y avait quatre grandes tables rondes, habillées de lourdes nappes rouges. Six places par table et la quatrième était nue. Nous nous installâmes un peu au hasard, Morin le Méridional au milieu du petit groupe qui l'entourait déjà au bar.

J'étais placé à côté du monsieur à la pomme d'Adam extravagante, pour la simple raison qu'il avait passé la porte en même temps que moi. À peine assis, il me tendit la main et se présenta :

— Hirsch. William Hirsch. Je suis dans l'informatique.

Il avait une voix très basse et très sonore. Je n'y connais pas grand-chose en anatomie, mais il me semblait que ça ne pouvait pas avoir de rapport avec les dimensions de sa pomme d'Adam. Je lui rendis la politesse.

— Carceville. Jérôme Carceville. Moi, je fais dans le conseil en organisation.

— Alors, vous allez avoir besoin de moi, conclut Hirsch.

En face de nous, un homme mince habillé très strictement, l'un des rares à avoir conservé cravate et costume sombre, sourit derrière ses lunettes sans monture.

— Oui, en général, dit-il, il faut commencer par réparer les aberrations de l'informatique.

Hirsch sursauta devant l'agression.

— Il n'y a pas d'aberrations dans l'informatique. Au contraire, c'est totalement logique. L'aberration, c'est que les hommes ne le sont pas toujours, c'est de là que viennent les erreurs.

— Oui, oui, railla le costume sombre, c'est ce qu'ils prétendent tous. Il n'y a jamais de bug, n'est-ce pas ? Windows est un système stable et rationnel. Quand il plante, c'est-à-dire dix fois par jour, c'est la faute de l'usager.

Hirsch rougit légèrement, désarçonné. Le costume sombre se tourna vers son voisin, un grand costaud au visage rougeaud.

– Je ne voulais pas embarrasser notre ami. Les informaticiens font un peu comme les hommes avec leurs femmes : chacun dit pis que pendre de la sienne mais n'accepte pas que quelqu'un d'autre la critique. Ce n'est pas vrai ?

Le grand costaud opina vaguement et Hirsch se détendit.

– C'est vrai qu'il y a de temps en temps quelques problèmes, avoua-t-il. Même nous, on ne les comprend pas tous. Mais la plupart des gens ne les situent pas là où ils sont vraiment. Ils ne se plaignent pas de quelque chose qui ne marche pas, ils se plaignent de quelque chose qui marche mais qu'ils ne savent pas faire marcher. Neuf fois sur dix, ils ont simplement raté une manip.

Le costume sombre signa la trêve.

– Tout à fait exact. Mais ne me dites pas qu'il n'y a jamais aucun problème hard.

– Le hard ne pose pas de difficultés, observa Hirsch. Si une nappe est défectueuse, on la remplace et c'est tout. La seule vraie difficulté du hard, c'est l'absence de standard, de sorte que les matériels ne sont pas toujours compatibles et il y a des conflits. Mais si vous essayez de monter une pièce de Peugeot sur une Renault, c'est pareil. Non, le vrai emmerdement, c'est le soft, les logiciels. C'est là qu'il peut y avoir des bugs.

– D'où viennent-ils, vous qui êtes spécialiste ? demanda notre cinquième convive, un petit homme aux yeux sournois.

Hirsch, flatté d'être reconnu comme spécialiste, se lança dans un long exposé sur la quantité excessive de lignes que comporte un programme. Pendant ce temps, un serveur muet en tenue bleue déposait sur une desserte des quantités de victuailles : fromage coupé en tranches, jambon, bacon, pancetta, cornichons et petits oignons. À la table voisine, il y eut une explosion de rires : le Méridional avait tout empilé sur la même coupelle avant de l'enfourner dans l'appareil.

— Il se croit au McDo, cria quelqu'un.

Les rires continuaient. Maintenant, Morin essayait de dégager l'amas qui s'était coincé et qui commençait à fumer. Je croisai le regard de l'homme en costume sombre. Il devait se faire la même réflexion que moi : Morin avait réussi les tests préliminaires, il ne pouvait pas être aussi idiot qu'il tentait de le faire croire et le coquin cachait son jeu derrière sa faconde. Ou alors il y avait deux catégories : ceux qui voulaient vraiment gagner et qui avaient compris que le combat était commencé, et ceux qui étaient venus là après repêchage pour prendre un peu de bon temps avant d'être inévitablement éjectés. À aucun moment ne me quittait la raison de ma présence : les deux tiers d'entre nous ne finiraient pas la semaine. Et moi, j'avais absolument besoin de survivre.

Tout en mastiquant mes tranches de fromage, j'examinai les participants à la dérobée. Le costume sombre était dangereux, la femme qui parlait italien aussi. Hirsch ne me menaçait pas ; il était peut-être le meilleur dans sa catégorie, pas dans la mienne, nous n'avions pas d'intérêts divergents. Le petit homme rondouillard était trop caractériel pour résister, le gros homme rougeaud trop taciturne, on devait pouvoir l'intimider facilement. La tablée de Morin ne m'effrayait pas : ils avaient envie de rire et de s'amuser, au moment M ils manqueraient de la concentration nécessaire. Morin lui-même devrait être jugé à l'usage. Trois bons, sept mauvais, un douteux : le compte y était. Il en restait cinq autres, le petit homme sournois qui n'avait probablement pas les moyens de s'imposer mais qui avait certainement ceux de nous créer des problèmes, et les quatre personnes qui avaient échoué à la troisième table, incomplète : la dame au gilet, une autre femme un peu effacée, et deux hommes qui mangeaient sans un mot, un barbu et un chauve. C'était la table des vaincus, quatre individus dont aucun ne parlait. Au mieux, il en sortirait un.

Je me tournai vers le costume sombre. Il me regardait aussi à la dérobée et, une nouvelle fois, nos yeux se croisèrent. Il n'y avait aucune expression dans les siens, des yeux de tueur, attentifs et vides.

— Et vous, vous êtes dans quoi ? lui demandai-je.

Il hésita une seconde.

— J'ai une formation de juriste, répondit-il.

Oui, moi aussi j'avais eu un biberon et ensuite j'étais allé à l'école. Ce n'était pas la réponse que j'attendais. J'ouvris la bouche pour continuer l'interrogatoire, mais Hirsch me devança.

— Juriste, hein ? Je comprends pourquoi les

informaticiens vous agacent. Vous autres, vous ne savez absolument plus quoi faire avec nous.

Au lieu de protester, le costume sombre ne répondit pas. Hirsch essaya de pousser ce qu'il croyait être son avantage.

— Parce que vos lois ne tiennent aucun compte de ce que, nous, nous sommes en train de faire. On va beaucoup trop vite. Regardez Internet, par exemple. Personne ne peut réguler ça juridiquement : c'est un réseau mondial et il n'y a pas de lois mondiales. Et quand vous aurez deux jugements dans l'Ohio et un dans le New Hampshire, expliquez-moi comment vous allez les faire appliquer à Karachi...

Le costume sombre sourit, ou plutôt étira légèrement en arrière ses lèvres minces.

— Vous avez compris. Un détail : je ne fais pas les lois. Au contraire. Moi, mon job consiste à les contourner. Et de ce point de vue, il est vrai que l'informatique ouvre des perspectives fascinantes. Il n'y a pas de règles, c'est le vide juridique absolu. La nature en a horreur, paraît-il, mais nous, nous adorons ça. Le vide. C'est là que nous nous épanouissons et que nous faisons de l'or.

J'intervins :

— Vous devriez écrire un livre. *Éloge de la vacuité*, par... comment déjà ?

Il retira sa coupelle de la plaque chauffante, gratta soigneusement le fromage et coupa en deux un petit oignon d'un geste précis. Puis il releva la tête.

— Charriac. Emmanuel Charriac. *Éloge de la*

vacuité... Intéressant. Mais si c'est vide à ce point, qui le lira ?

— Quelle importance ? dit le petit homme sournois. En général, un livre ne contient qu'une idée, étirée jusqu'à la nausée. Vous lisez l'article qui le résume, vous avez lu le livre. Les deux cents autres pages, c'est pour prouver l'idée. La démonstration du théorème. On ne s'en sert jamais, on ne se sert que du théorème.

— Si vous aviez fait une grande école mathématique, un, la théorie vous intéresserait plus que le résultat, deux, vous ne seriez pas ici, répondit Charriac avec l'expression d'une grenouille guettant un moustique.

Comme j'allais le découvrir par la suite, c'était typique du mode de raisonnement de Charriac. Allant plus vite que tout le monde, il ne répondait pas à votre question, mais directement à l'objection que vous ne manqueriez pas de faire à sa réponse. Il visualisait les implications de chaque phrase et bondissait à la conclusion en négligeant le dialogue intermédiaire. Ils n'étaient que deux dans ce cas-là : lui et le barbu à la table de quatre. Les entendre discuter était épuisant.

— Mais j'ai fait une grande école, protesta le sournois. Enfin, pas Polytechnique ni Centrale, mais une école réputée.

— Ah, moi aussi j'aime bien la province, dit Charriac avant de se taire.

Le dialogue normal eût été :

« Une école à Paris ?

— Non, en province.

— Évidemment, les grandes écoles sont à Paris

et les écoles seulement réputées en province. Et vous aimez la province ?

— Oui, bien sûr.

— Ah, moi aussi j'aime bien la province. »

Charriac avait sauté quatre phrases sur cinq. Le surlendemain, pour désarmer ce que pouvait avoir d'inquiétant une telle rapidité, il prétendit s'épouvanter du temps perdu et de la salive gâchée en propos attendus et inutiles.

Au dessert, on nous servit une part de forêt-noire. Le Méridional s'étonna bruyamment de l'absence de fromage, déclenchant de nouveaux rires effarés. Tout le monde s'amusait bien à sa table, sauf la femme qui parlait italien, et ils venaient d'entamer la troisième bouteille de vin blanc.

Ensuite, on nous apporta du café et Nathalie réapparut. Elle n'avait pas dîné avec nous. Personne ne s'en était étonné : elle faisait partie du personnel et nous étions dans un hôtel, pas dans une colonie de vacances. Mais il n'y avait non plus aucun des animateurs de De Wavre.

— Il est huit heures vingt-cinq, déclara-t-elle. À huit heures trente, réunion.

— Réglez vos montres, ajouta le Méridional.

Je ressentis au creux de l'estomac ce léger pincement d'appréhension qui précède les instants importants.

Salle de travail... C'était un curieux nom, plus approprié pour une clinique d'accouchement. Mais peut-être était-ce bien de cela qu'il s'agissait.

La salle en question était séparée en deux par une cloison mobile mal refermée. D'un côté, une vingtaine de chaises, chacune munie d'un plateau pour écrire, comme dans les lycées, faisaient face à deux fauteuils spartiates, de ces sièges ergonomiques sur lesquels il est impossible de s'asseoir quand on n'a pas exactement la taille standard. Dans un coin, un paperboard et une petite table sur laquelle trônait un bocal rempli de feutres. L'ensemble faisait plutôt, disons : économique, pour ne pas employer l'adjectif « minable ». On se serait cru dans une session de formation pour handicapés sociaux lourds.

Mais l'autre moitié de la salle, qu'on distinguait à travers la jointure du rideau, semblait beaucoup plus proche de ce que nous attendions : des rangées d'ordinateurs isolés les uns des autres par des plantes vertes et des tablettes de dégagement, un grand écran vidéo de 120 dans le fond, deux caméscopes posés sur une table, tous les hochets de la communication moderne. Ce devait être pour plus tard.

Deux inconnus occupaient déjà les lieux quand nous y entrâmes. L'un était plutôt grand, presque complètement chauve mais muni d'une barbe touffue comme si les pilosités de son crâne avaient glissé sur son menton. C'était l'autre qui attirait le regard. Il avait une cinquantaine d'années marquées par des rides profondes sur un visage buriné et bronzé de loup de mer. Des yeux verts et des dents trop blanches complétaient un physique d'acteur de cinéma. Musclé, les épaules puissantes, le ventre plat, il faisait partie de ces gens dont la seule présence modifie l'atmosphère d'une pièce. Nathalie, assise dans un angle, en paraissait presque terne.

Ainsi qu'il le précisa tout de suite après nous avoir souhaité la bienvenue, il s'appelait Joseph Del Rieco, chef de projet chez De Wavre.

— C'est moi, expliqua-t-il d'une voix profonde d'avocat, qui suis là pour vous ausculter sous toutes les coutures. Mais rassurez-vous, en général, tout se passe bien. La dernière tentative de suicide remonte à plus de six mois.

Son *opening joke* ne nous arracha que des demi-sourires compassés.

— Nous consacrerons la journée de demain à des tests, poursuivit-il. Ensuite, nous entrerons dans des phases de simulation. Un peu comme les pilotes d'avion : avant de les lâcher aux commandes d'un jumbo jet qui coûte un demi-milliard et qui transporte des centaines de gens, on les essaie en simulateur au sol, en situations critiques. Et après on leur dit : toi, tu feras une ligne transatlantique, toi on va te donner un avion de chasse et toi un ULM. C'est exactement ce que nous allons faire. Nous vous placerons en situation de crise et nous verrons comment vous réagissez. Ensuite, nous vous dirons : toi, tu peux diriger Microsoft et toi un camion de pizzas au maximum. C'est une responsabilité aussi lourde que dans l'aéronautique. Aux commandes d'une entreprise, quelqu'un qui ne tient pas le choc peut faire lui aussi des milliards de dégâts et des milliers de cadavres de salariés et d'actionnaires. On verra aussi quel est votre style de commandement et comment vous vous comportez en équipe. Au Japon, quand ils embauchent un cadre, ils l'envoient une semaine en haute montagne. Pour qu'il comprenne qu'une cordée vaut ce que vaut son élément le plus faible, que si quelqu'un tombe dans un ravin tout le monde tombe avec lui, que l'équipe ne peut pas aller plus vite que son membre le plus lent. Voilà le programme. Je ne peux pas vous en dire plus, ce sera la surprise. Quelqu'un a-t-il une question ?

Son petit discours achevé, il nous dévisagea brièvement les uns après les autres. Pas comme les conférenciers qui ont appris à regarder tour à tour chaque auditeur pour n'exclure personne, mais comme s'il cherchait déjà à nous percer à jour. Curieusement, son visage était à la fois cordial et résolu, presque agressif. Ce type-là devait être implacable. Il reprit sur un ton un peu adouci :

— Tout cela aura l'air d'un jeu. Mais, vous le savez, ce n'est pas seulement un jeu. Il y a des jeux extrêmement sérieux. Celui-ci en est un. Vous savez tous ce que nous pouvons faire pour vous si vous gagnez. Mais, rassurez-vous, si vous perdez, il ne vous arrivera rien. Vous aurez passé une semaine dans un cadre enchanteur avec des gens très sympathiques et voilà tout.

Sur la dernière phrase, il eut un sourire ironique. Ensuite, il tendit un bras négligent vers le barbu qui semblait somnoler derrière lui.

— Jean-Claude, mon assistant. Il sait faire marcher tout ce que, moi, je ne sais pas faire marcher : les ordinateurs, la vidéo, les micros, tous ces trucs qui ne sont jamais au point. Et quand quelque chose ne marche pas, c'est forcément sa faute. C'est très pratique, comme ça je n'ai jamais rien à me reprocher. Non, sérieusement, il est très fort. Si vous avez un problème technique, adressez-vous à lui. Seulement technique. Le reste, il ne sait pas. Nathalie, vous la connaissez déjà. Ne cherchez aucun réconfort auprès d'elle, nous ne l'avons pas engagée comme brancardière. Et il est inutile de lui raconter votre vie, ça ne l'intéresse pas. Nous commencerons tous les matins à neuf heures et nous finirons... eh bien, quand nous finirons. Si vous avez besoin de quelque chose de personnel, un médicament ou des chaussettes de rechange, prévenez vingt-quatre heures à l'avance, nous irons le chercher. À vos frais. D'autres questions ?

Nathalie toussota avant de prendre la parole à son tour. Après le baryton de Del Rieco, sa voix paraissait soudain menue.

— Petit déjeuner de sept heures à huit heures et demie, au restaurant. Nous ne servons pas dans les chambres. Déjeuner entre douze heures trente et treize heures, dîner entre dix-neuf heures trente et vingt heures. À un certain moment, peut-être préférerez-vous sauter le repas. Dans ce cas, demandez-moi des sandwichs une heure avant. Passez toujours par moi. Le reste du personnel n'est pas habilité à vous répondre. Il y a une salle de musculation au sous-sol et la télévision dans le salon. Je ne crois pas que vous ayez le temps de vous baigner, mais si c'était le cas, méfiez-vous, les eaux du lac sont très froides. Il n'y a que M. Del Rieco qui ait réussi à s'y lancer.

Del Rieco exhiba ses dents impeccables.

— Ah oui, la fois où j'ai eu ma pneumonie, plaisanta-t-il.

La dame au gilet leva un doigt timide.

— Et si quelqu'un tombe malade, qu'est-ce qui se passe ?

Del Rieco reprit son sérieux.

— Normalement, ça ne doit pas arriver, vous avez tous subi les examens nécessaires. Si c'est un rhume ou une cheville foulée, nous avons ce qu'il faut. Nathalie a été infirmière. Si c'est une crise cardiaque, c'est beaucoup plus ennuyeux. Le SAMU doit mettre à peu près deux heures à envoyer un hélicoptère. Dans le cas où la personne souffrirait trop, nous envisagerions de l'achever. Mais on n'a jamais eu ce problème. En revanche, il arrive que des gens craquent, ou plus simplement renoncent. Nous les évacuons tranquillement et le soir même ils sont chez eux. Ce n'est pas fréquent. Une simple correction des lacunes des tests du siège.

L'homme à la pomme d'Adam dressa le bras à son tour.

— Est-ce que vous avez des statistiques ? Sur les résultats ici ? Pour qu'on ait une idée...

Del Rieco plissa les yeux. Sans se retourner, il fit signe à son assistant.

— Jean-Claude, les stats. Vous savez, ça n'a pas beaucoup de sens. Tous les groupes sont différents. Parfois, on ne retient presque personne, parfois presque tout le monde. Nous n'avons pas de ratios obligatoires. De mémoire, on en case à peu près un tiers dans les jours qui suivent, un autre tiers reste dans nos fichiers pour le cas où l'économie aurait besoin de tout le monde, le dernier tiers est éliminé. Sur un an, c'est à peu près ça. Mais chaque session a sa propre dynamique, plus ou moins dure.

— C'est ça, confirma Jean-Claude en compulsant quelques feuillets d'imprimante.

— Bien, acheva Del Rieco, pour finir, on va sacrifier à l'usage et je vais vous demander de vous présenter. Bien sûr, nous savons tous qu'il est impossible de retenir quinze noms, non, seize, et que cette cérémonie est inutile. Mais dans la tête de chacun, il y en a deux ou trois qui vont émerger et ça nous servira plus tard. Tranquilles : ce n'est pas un test.

Le petit homme rondouillard avait tiré un organizer de sa poche. Del Rieco fronça les sourcils.

— Non, non, on ne prend pas de notes. J'ai dit que ce n'était pas un test.

L'autre ne baissa pas la tête.

— Si ce n'est pas un test, il n'y a pas de protocole, on peut faire ce qu'on veut. Vous me compliquez seulement un peu la tâche : je vais tout retenir et l'écrire sur ma machine en sortant d'ici.

Le regard de Del Rieco se durcit. Nous en avions tous conscience : le bonhomme l'avait provoqué à dessein. Avant même qu'il ne nous teste, le rebelle avait décidé de le tester, lui. C'est ce qui se passe en général le premier jour d'une classe de collège et nous étions curieux de voir comment il allait s'en tirer.

— Très bien, dit-il. Je suis censé analyser tout ce qui se passe, alors, je vais l'analyser. Je donne une consigne et ce monsieur prétend ne pas l'appliquer. Pourquoi ? Parce qu'il veut voir si je vais céder et qui est le patron. Alors, voilà : vous faites ce que vous voulez, mais dans le cadre que, moi, je définis. Si le cadre ne vous plaît pas, vous reprenez le bateau. Je n'ai pas à me justifier ni à expliquer pourquoi je fais ceci plutôt que cela. Nous ne sommes pas en démocratie participative. Ce n'était pas un test, je l'ai dit. Mais vous avez voulu créer un rapport de forces et, bon, maintenant c'en est un. Vous rentrez votre truc et si vous voulez écouter ce qui se dit et l'écrire ensuite, c'est votre affaire. Mais si je dis pas de notes, c'est pas de notes. Ai-je été suffisamment clair ?

Le petit homme lui jeta un regard de haine et rempocha son organizer. Au lieu de marquer un point, il en avait perdu un. Ce n'était pas très malin. Pour aggraver son cas, il bredouilla quelques excuses :

– Désolé, je ne voulais pas faire une histoire, ça me paraissait simplement plus pratique, c'est tout.

Del Rieco enregistra sa capitulation et se rasséréna.

– C'*est* plus pratique, vous avez raison. Mais ce n'est pas mon idée. Pour l'instant, vous êtes tous à égalité et personne ne met un pied au-delà de la ligne de départ, le starter n'a pas encore tiré son pistolet. Bon, c'est oublié, on y va.

Comme Del Rieco l'avait pronostiqué, je ne retins pas la moitié des noms. J'essayai d'associer systématiquement chaque patronyme à une caractéristique physique : Hirsch et sa pomme d'Adam, Morin et son accent marseillais, Charriac et ses lunettes sans monture. Le petit homme sournois s'appelait Pinetti et la jolie femme qui parlait italien Laurence Carré. Le gros rougeaud avait un nom qui, comme Charriac, commençait par Cha : Chamont, Chavet, Chaquelque-chose, et le barbu un nom à consonance arabe. Le petit rondouillard qui avait cherché la bagarre s'appelait Aimé Leroy et la dame au gilet parla si doucement que personne ne comprit ce qu'elle disait.

Tout le monde avait une spécialité. Hirsch répéta qu'il était informaticien et Charriac juriste, Morin était cadre commercial, Pinetti conseiller financier, et Laurence Carré avait été DRH puis directrice de la communication. Quant à Aimé Leroy, encore vexé de son algarade, il se définit comme cadre sans plus de précision. Il y avait encore une directrice de secrétariat particulier, un ingénieur (en quoi ? Mystère), un directeur de la formation, et diverses autres variétés zoologiques. Visiblement, on ne trouvait pas deux personnes avec le même métier et toute la palette des fonctions était représentée. De Wavre avait dû calculer son coup pour éviter les concurrences directes.

Seuls, deux d'entre nous n'avouèrent pas leur âge. Naturellement, c'étaient les deux plus vieux. Ils devaient friser ou avoir dépassé la cinquantaine, qu'ils savaient être une clause éliminatoire dans le milieu économique actuel (sauf pour le grand patron : lui peut avoir quatre-vingts ans sans inconvénient si ses collaborateurs en ont moins de la moitié et ses secrétaires à peine le quart).

Quelques-uns firent allusion à la région qu'ils habitaient (Paris, pour la plupart). Les autres s'en gardèrent bien. À ce niveau-là, la mobilité est indispensable, faire allusion à des racines locales pourrait vous empêcher de participer à la mondialisation. Morin s'en tira avec un petit speech qu'il avait dû répéter souvent :

— Moi, j'habite Marseille. Si je vous avais dit Rennes ou Strasbourg, personne ne l'aurait cru. J'ai pas l'accent de la télé, mais j'utilise les mêmes mots que vous, ou presque, et je vous montrerai que je suis aussi bon.

Cinq ou six déclarèrent qu'ils étaient mariés et

qu'ils avaient des enfants, ce qui est censé rassurer les employeurs. Les autres n'en parlèrent pas, même ceux qui portaient une alliance. Un grand garçon maigre et très brun assura avec fierté qu'il avait été sélectionné aux Jeux olympiques ; on ne lui demanda pas dans quelle discipline.

Le tour de table me laissa pensif. Habituellement, dans ce genre d'exercice, le premier à parler donne le ton. Les autres se contentent de reprendre les mêmes items, y ajoutant un détail personnel original. Ici, tout le monde surveillait tout le monde. Loin de vouloir briller, on s'efforçait d'en dire le moins possible. Personne ne posa de questions et Del Rieco n'intervint à aucun moment. Il est vrai qu'il devait avoir toutes nos fiches et en savoir plus long sur chacun de nous qu'on ne pouvait l'imaginer. Il ne se présenta pas lui-même plus avant et leva la séance sans commentaire.

Il n'était pas dix heures et personne n'avait sommeil. Morin trouva trois partenaires pour jouer aux cartes, Hirsch s'accouda au bar pour discuter informatique avec celui qui avait un nom arabe, Pinetti alluma la télé. Je sortis prendre l'air sur le perron.

Laurence Carré, assise sur une grosse pierre, fumait une cigarette en regardant le lac. Une petite brume gothique flottait à la surface. Je m'approchai d'elle.

— On croirait Lamartine en train de composer *Le Lac*.

Elle ne se retourna pas mais répondit :

— Ce n'est pas ce lac-là. Et Lamartine, malgré son nom, était un homme.

Je m'assis à côté d'elle, à même le sol.

— La Martine. Je n'y avais jamais pensé. Vous croyez qu'il était gay ?

Elle ne releva pas cette remarque un peu stupide. Elle regardait le ciel, illuminé d'un feu d'artifice d'étoiles.

— C'est à cause de la pollution, dis-je.

Elle finit par me jeter un regard. Dans la pénombre, je ne distinguais qu'une joue lisse et la courbe de son épaule.

— Quoi, la pollution ?

Sa voix était aussi fraîche que l'air ambiant. Visiblement, je la dérangeais dans ses méditations.

— Les étoiles. On en voit beaucoup plus parce qu'il n'y a pas de pollution.

D'un mouvement las, elle se détourna.

— Non. Faux. C'est à cause des lumières. À Paris et dans les grandes villes, il y a trop de lumières. Il y a quelques années, une comète est passée. En ville, on ne la voyait pas. Il fallait aller dans la campagne, là où il fait vraiment noir. Si vous éclairez une lumière, elle disparaît.

Machinalement, je ramassai un galet et, me levant, allai le jeter dans le lac. Au bruit, il fit un ricochet avant de s'enfoncer. Puis je revins vers elle.

— C'est un peu ce que nous allons faire, non ? Nous éclairer les uns les autres jusqu'à ce que quelques-uns disparaissent.

Comme elle continuait à ne pas répondre, je regagnai l'hôtel. Peut-être avait-elle cru que je cherchais à la draguer. Pourtant, je n'avais vraiment pas la tête à une chose pareille.

Je montai dans ma chambre et je lus quelques pages d'un roman policier avant d'éteindre. Sous la couette, il faisait chaud et je m'étirai paresseusement. Je ressentais ce mélange d'appréhension et d'excitation qu'on appelle le trac. Mais l'excitation l'emportait et je mis un moment avant de m'endormir.

Le lendemain matin, je descendis avant huit heures. J'étais pourtant parmi les derniers. La salle à manger ressemblait à un salon de coiffure : ils avaient tous les cheveux encore humides de la douche, les hommes étaient rasés de près, sentant un peu trop le déodorant frais et la lotion after-shave. Ces parfums variés se mêlaient à l'odeur des croissants chauds et du café en une étrange synthèse, la fragrance habituelle du dynamisme matinal, hygiène, santé et énergie. Laurence Carré avait revêtu ses peintures de guerre, les lèvres un tout petit peu trop rouges et les cils un tout petit peu trop noirs.

Les gens s'asseyaient aux places libres au fur et à mesure de leur arrivée. Je me trouvais entre deux personnes dont je n'avais pas retenu les noms. Eux semblaient persuadés de s'être déjà rencontrés. Ils avaient travaillé dans le même groupe pétrolier, mais pas dans le même service, et ils cherchaient où ils avaient pu avoir l'occasion de se croiser. Ils avaient l'air ravis et surpris de cette coïncidence. Ce n'était cependant pas très étonnant : tous les milieux sociaux sont suffisamment étroits pour que, en rassemblant seize personnes au hasard, on en trouve au moins deux qui aient un lien quelconque. Finalement, en comparant les dates, ils conclurent qu'ils n'avaient eu le même employeur que pendant six mois.

Après le petit déjeuner, il y eut un court moment de battement. Il n'était pas encore neuf heures. Les fumeurs sortirent sur le perron pour s'adonner à leur vice, les autres se battirent pour jeter un coup d'œil au journal local ou téléphoner à leurs familles. Charriac avait ouvert un ordinateur portable et consultait sa messagerie Internet. En passant, je lui lançai :

— Je ne sais pas si c'est très permis, ça...

Il leva à peine la tête.

— Tout ce qui n'est pas interdit par la loi est autorisé. C'est dans la Constitution.

Je ne le laissai pas avoir le dernier mot.

— Mais on vous a dit hier que ce n'était pas une démocratie.

Il s'entêta.

— Alors, comptez-moi dans les guérilleros.

J'abandonnai.

La matinée fut studieuse. Des tests, encore des tests, des quantités de pages à remplir, assis sur les chaises d'étudiants, chacun pour son propre compte. Les questions étaient très variées. On reconnaissait, ici et là, des bribes de projectifs dont on nous avait appris les pièges. Mais, la plupart du temps, il s'agissait de mises en situation. Que faire dans tel et tel cas ? Faut-il renvoyer un comptable efficace mais malhonnête ou se contenter de le sermonner ? (Le renvoyer ; impuni, il recommencera.) Faut-il porter plainte si des indélicatesses apparaissent, même si l'image de la société risque d'en souffrir ? (Oui ; tôt ou tard, ça se saura et on vous reprochera d'être resté inerte.) Comment arbitrer une tension irréductible entre un chef d'équipe raciste et un employé africain ? (Les renvoyer tous les deux : en cas de conflit, ne jamais donner raison à qui que ce soit, c'est une entreprise, pas un tribunal.) Au bout de trois pages, j'avais déjà licencié une dizaine de personnes. Ironie ou sadisme, on nous demandait, à nous, si, en quelque sorte, on avait eu raison de se priver de nos services. Mais nous étions déjà, par anticipation, de l'autre côté de la barrière, et en changeant de position on change de point de vue.

Les autres dilemmes qu'on nous soumit étaient du même tonneau. Quelques-uns abordaient la vie privée et la morale en général, mais la plupart portaient sur des problèmes que rencontraient effectivement les entreprises. Nous pouvions répondre par oui ou par non, ou bien justifier notre option. Aucune question n'était trop difficile. Il fallait seulement voir un peu plus loin que le bout de son nez et étudier les conséquences à terme au lieu de régler impulsivement le cas immédiat. Très habilement, ils n'avaient inclus aucun item concernant les syndicats ou les partis politiques, de peur d'encourir les foudres de la CNIL ou de voir quelque mécontent transmettre le document à la presse. En revanche, quelques questions apparemment anodines portaient sur la politique économique nationale. Monnaie forte ou monnaie faible, par exemple. (Faible ; seules les banques ont intérêt à une monnaie forte, et je n'avais pas envie de travailler dans le secteur bancaire.) Ou encore, les 35 heures : on se devait d'être contre, sauf si on cherchait un emploi de permanent syndical ou de ministre. Au reste, ce point ne concernait pas les cadres que nous étions.

Autour de moi, mes concurrents ne tiraient pas trop la langue. Aucun ne s'absorbait dans la contemplation de la fenêtre, comme on le fait d'habitude quand on passe un examen. Ils voulaient donner l'impression que tout cela était trop facile et qu'ils répondaient rapidement. Pourtant, la performance n'était pas chronométrée et même Del Rieco avait quitté la salle dès le début, nous laissant sous la surveillance inoffensive de son assistant : personne n'avait intérêt à copier sur le voisin.

Nous eûmes droit à un test de couleurs dont je ne compris pas le sens. Enfin, la dernière page, blanche, nous invitait à proposer librement notre appréciation. J'écrivis qu'il était délicat de fournir des réponses générales quand chaque cas était spécifique et que, s'il était bon d'avoir des principes, les données particulières pouvaient donner prétexte à dérogation.

À midi, le dénommé Jean-Claude releva les copies. Au bar, où personne ne prit d'alcool, Morin se lança dans une grande discussion avec Aimé Leroy, le petit homme rondouillard, sur la question du racisme. Dans son entreprise, disait-il, quatre-vingts pour cent des ouvriers étaient maghrébins. Si un chef d'équipe faisait preuve de racisme, il fallait le renvoyer ou affronter une grève générale. Leroy ergotait. Selon lui, un Français sur trois se définissait comme raciste et il était plus habile de convaincre que de frapper. Morin lui répondit qu'on ne pouvait pas convaincre un raciste, pas plus que rendre intelligent un imbécile. Personne d'autre n'eut l'imprudence de se mêler à la querelle.

Comme à la sortie d'une épreuve du bac, chacun cherchait à savoir ce qu'en avaient pensé les autres. Le gros homme rougeaud (finalement, il s'appelait Chalamont) déclara sentencieusement qu'il y avait quelques très mauvaises réponses mais aucune vraiment bonne parce qu'il s'agissait toujours de situations où on intervenait trop tard.

— J'ai trouvé quand même très personnelle la question sur le divorce, dit la dame au gilet.

Nous en déduisîmes qu'elle était divorcée.

— C'est comme les couleurs, dit Hirsch. Ils voulaient savoir si on était daltoniens, ou quoi ?

— Non, non, c'est le fin du fin, répliqua Pinetti. Il y a même des types qui soignent par les couleurs. Vous avez une angine, ils vous font voir du bleu et ça vous guérit.

— Et ça marche ? demanda Hirsch.

Pinetti se mit à rire.

— Non, bien sûr.

— Sauf si on y croit, intervint le barbu. Partant de l'idée que le tiers au moins des maladies est psychosomatique, si vous y croyez, n'importe quoi vous guérit, une tisane, Lourdes, pourquoi pas une couleur ?

— Oui, mais enfin, ça, c'est des trucs de charlatan, s'indigna Hirsch.

— Et l'astrologie ? demanda Pinetti. Il y a quelques années, on avait droit à tout, la graphologie, le transit de la Lune en maison quatre, tout. Vous arriviez avec un diplôme du MIT et on vous disait que votre Jupiter était mal placé.

Hirsch se tourna vers Laurence Carré.

— C'est vrai ? Je peux pas le croire ! Vous avez utilisé ça, vous, comme DRH ?

Elle répondit brièvement « non » sans lui accorder un regard. Nathalie mit fin au débat en annonçant que le déjeuner était servi.

L'après-midi se révéla beaucoup plus intéressant. Cette fois, Del Rieco officia en personne.

— Nous allons, nous dit-il, faire quelques petits jeux, juste pour nous détendre. Voici le premier. Vous êtes porte-parole d'une société de construction et vous venez d'apprendre qu'il y a eu un accident sur un chantier. Un étage s'est effondré et il y a des victimes, vous ne savez pas combien. Vous allez, en dix minutes, rédiger un communiqué et ensuite vous nous le lirez. Évidemment, comme chacun de vous pourrait être influencé par ce qu'auront raconté ceux qui vous précèdent, vous me remettrez vos communiqués tous ensemble et vous n'aurez pas le droit de sortir de votre texte. Dix minutes. Notez que c'est à peu près le temps qui sépare l'annonce de l'accident et le premier coup de fil de journaliste. Ah, naturellement, je représenterai tout seul la presse et je pourrai poser des questions. Mais pas vous. Okay ?

Aimé Leroy leva la main.

— Eh, je ne sais pas faire ça, ce n'est pas mon boulot. Ceux qui ont déjà travaillé dans ce genre seront avantagés. Moi, si j'étais chef d'entreprise, j'aurais un type pour ça et je lui laisserais le bébé.

— Oui, mais, voyez-vous, répondit Del Rieco, le type que vous payez pour ça est justement en congé et l'immeuble ne l'a pas prévenu avant de s'effondrer. Vous êtes seul à bord et les journalistes téléphonent. En général, c'est comme ça que ça se passe. Vous avez le droit de leur dire que personne n'est habilité à communiquer, ce peut être une option. À vous de voir. Rassurez-vous, il y aura d'autres jeux mieux dans vos cordes, personne ne sera lésé au bout du compte.

Leroy marmonna quelque chose d'indistinct et se rassit d'un air boudeur.

— Top, dix minutes, lança Del Rieco.

Le délai achevé, il empila nos communiqués sur sa table et pria la dame au gilet de commencer à lire le sien. Elle fut catastrophique. La plupart des autres ne se montrèrent guère meilleurs. Aimé Leroy, fidèle à son mécontentement, déclara sèchement qu'il fallait attendre les expertises et qu'il n'en savait pas plus pour l'instant. Hirsch bafouilla, entrecoupant sa performance de sourires qu'il voulait rassurants et qui lui donnaient l'air d'un trisomique. Morin eut des accents de sincérité mais, voulant trop en faire, déborda de son texte, ce qui lui attira une glaciale mise au point de Del Rieco.

Laurence Carré se révéla efficace. Il est vrai qu'elle passait juste après Pinetti, qui ne nous regarda jamais dans les yeux et dont l'air chafouin finit par nous convaincre qu'il y avait en réalité des centaines de morts et que sa société avait beaucoup de choses à cacher. Elle, au contraire, décrivit la situation d'une voix coupante, se bornant aux faits indubitables. Del Rieco, pour la première fois, intervint. Il avait laissé les autres s'enfoncer tout seuls mais il décida de la titiller.

— Combien y a-t-il exactement de victimes ?

— Nous ne le savons pas encore, répondit Laurence.

— Vous ne le savez pas encore ou vous ne voulez pas le dire ?

Elle se tourna vers Del Rieco, jouant le jeu.

— Écoutez, vous êtes journaliste, vous êtes un professionnel et moi aussi. Vous savez comment ça se passe quand se produit un drame pareil. Il arrive que plusieurs jours s'écoulent avant le bilan définitif. Je vous donne toutes les informations que j'ai, je ne peux pas vous donner celles que je n'ai pas.

— Mais c'est deux ou c'est vingt ? insista Del Rieco.

— Deux ou vingt, de toute façon c'est trop. Permettez-moi d'avoir une pensée pour ceux qui sont encore sous les décombres et que nous cherchons à dégager. C'est à eux que je songe en ce moment. J'espère que nous en sortirons vivants la plupart.

— Eh, objecta Aimé Leroy, elle sort de son texte, ça ne va pas !

Del Rieco sourit, amusé. D'un geste, il invita Laurence Carré à quitter la tribune.

Charriac lui succéda. Lui aussi sûr de lui, trouvant d'emblée la bonne distance, laissant percer une émotion contenue tout en déroulant son exposé.

— Quant aux responsabilités, conclut-il, évidemment l'enquête les établira. Si notre société devait être impliquée, si nous avions commis une faute, nous ne nous déroberions pas et nous en tirerions toutes les conséquences. Pour l'instant, rien n'est établi et nous n'avons que des hypothèses contradictoires. Mais je vous *promets* (il pesa lourdement sur ce mot) que vous saurez tout. C'est une chose que nous devons à la presse mais surtout aux familles des victimes. C'est une tragédie qui nous bouleverse tous. Nous voulons nous aussi la vérité parce que nous voulons retrouver le sommeil.

— Mais le sommeil de vos victimes, lui, sera éternel, coupa Del Rieco.

Charriac le toisa avec une sorte de mépris.

— Je vous envie d'avoir le cœur à faire des jeux de mots. Moi, je suis désolé, je viens de perdre tout sens de l'humour. Et pour longtemps.

Il regagna sa place dans un grand silence. Il avait été si bon que nous avions tous l'impression que la catastrophe était réelle, qu'il y avait effectivement de malheureux ouvriers coincés sous des blocs de béton.

J'étais le dernier. Il ne m'avait pas facilité la tâche. Del Rieco me tendit mon texte et je décidai tout à coup de n'en tenir aucun compte, rejoignant la rébellion.

Tout avait été dit et tous les registres essayés. En restant dans le même champ, je ne pouvais pas faire beaucoup mieux. Tout à trac, j'improvisai :

— À quinze heures vingt-trois, un accident s'est produit sur un chantier dépendant de notre compagnie. La police a été alertée immédiatement et a mis en place un plan de secours. Notre propre société a été prévenue à quinze heures quarante-quatre par un coup de téléphone d'un contremaître dont je vous fournirai le nom et les coordonnées. Il nous a dit qu'un étage s'était effondré et qu'il y avait des victimes. Il était très ému et il n'a pas mentionné les causes de l'accident. C'est le seul contact direct que nous ayons eu. D'après nos relevés, seize ouvriers travaillaient sur ce chantier. Ils n'étaient pas tous au même étage mais nous pensons que plusieurs d'entre eux pourraient se trouver parmi les victimes. Il n'y a pas de raisons de croire que des personnes extérieures à l'entreprise puissent être concernées, ce chantier n'était pas ouvert au public. Nous ne savons absolument rien de plus à l'heure où je vous parle. Les pompiers et les ambulanciers sont en train de travailler sur les lieux et je vais aller tout de suite les rejoindre. La préfecture ouvre une salle de presse. Je vous y rencontrerai vers dix-sept heures, à temps pour vos éditions de début de soirée. Je vous donnerai à ce moment-là des informations plus complètes et plus sûres. Je vous remercie.

Sans regarder Del Rieco, je rompis et revins à ma place. Hirsch, assis à côté de moi, me fit une moue approbatrice, glissant à mi-voix :

— Très pro.

Del Rieco me lança un long coup d'œil inexpressif. Il devait être furieux mais il ne voulait pas créer un nouvel incident.

Après avoir complété ses notes, il se leva et croisa les doigts devant lui comme un conférencier, se balançant un petit peu sur ses jambes.

— Si nous étions dans une session de formation, j'aurais un certain nombre de remarques. Mais nous ne sommes pas ici pour vous améliorer, même si quelques-uns en auraient peut-être besoin. Au point où nous en sommes, c'est trop tard. À une exception près, vous avez joué le jeu et...

— Quelle exception ? sursauta Aimé Leroy. Moi ?

— Non, pas vous. Laissez-moi piloter ce stage à mon idée et cessez de m'interrompre. Nous allons passer à un autre genre. Il s'agit cette fois d'un entretien d'emploi...

— Ça, on connaît, me glissa Hirsch. Spécialistes.

– ... où vous jouerez le rôle du DRH. Vous allez...

Inévitablement, Leroy se mit à protester :

— Écoutez, il y a une personne ici qui a été directrice de la communication et aussi DRH. Tous vos sketches sont faits pour elle. Il n'y a qu'à la déclarer hors concours et faire quelque chose qui nous intéresse, nous !

— C'est moi que vous visez ? demanda Laurence Carré.

Sauf quand elle avait parlé à l'Italien du ponton, je ne l'avais jamais vue sourire et sa voix aurait glacé un vampire. Leroy ne se déroba pas.

— Oui, c'est vous, pourquoi, il y en a plusieurs ?

— Et vous pensez quoi ? Que je suis la cousine de ce monsieur ? Ou sa maîtresse ? Qu'il a tout arrangé pour moi ? Eh bien, si c'était le cas, je serais très flattée, mais, voyez-vous...

Del Rieco tapa sur la table.

— Ça suffit ! Monsieur Leroy, faites-moi la grâce d'attendre la fin du stage. Si vous n'êtes pas content, vous pourrez toujours écrire à De Wavre International pour leur expliquer que je me suis montré d'une révoltante partialité. Comme vous l'avez remarqué, il y a de tout ici. C'est un hasard si une personne présente des caractéristiques qui l'avantagent le premier jour. Au moins en théorie. Mais c'est comme le Tour de France : il y a des rouleurs et il y a des grimpeurs. Dans les étapes de plaine, les rouleurs gagnent. On verra en montagne ce que vous nous montrerez, si vous en êtes capable et si vous arrivez jusque-là.

Leroy fit la grimace et se tut. Laurence Carré leva un menton dédaigneux.

Les entretiens d'embauche furent inégalement amusants. Del Rieco remettait à chaque candidat un CV imaginaire et observait si celui qui faisait le DRH en déjouait les pièges. Si plusieurs jouèrent volontiers le jeu, d'autres s'ingénièrent à poser des problèmes insolubles à leur interlocuteur : parcours accidentés, tares irrémédiables mentionnées en passant. Morin se livra à un numéro ahurissant de Méridional bègue mais expert mondial en métaux rares qui nous tira de grands rires. À la fin de chaque interview, le DRH rédigeait une brève note concluant ou non à l'embauche. Je tombai sur l'homme dont le nom avait une consonance arabe, El Fatawi ou quelque chose d'approchant, et je décidai de le recruter comme chef de la sécurité, à la condition qu'il m'apporte rapidement son casier judiciaire – j'avais vite compris que c'était là qu'était le bug. Puis je fis face à Chalamont, proposant ma candidature à un emploi de responsable de la formation. Le malheureux ne posa pas les bonnes questions et ne sut jamais que j'étais censé avoir été viré de l'enseignement privé pour harcèlement sexuel : il m'engagea.

Alors que le soir tombait, nous dûmes défendre des points de vue divergents au cours de trois tables rondes successives, l'une sur le dopage des sportifs, la deuxième sur la libéralisation du cannabis et la dernière sur le sort des mineurs délinquants. L'exercice s'apparentait au grand oral de l'ENA, où il faut pouvoir disserter dix minutes sur n'importe quel sujet dont on ignore tout en dissimulant du mieux possible son incompétence. J'avais participé à suffisamment de réunions de direction pour que l'exercice ne présente aucune difficulté pour moi. Je remarquai qu'une fois de plus on ne m'avait affronté ni à Charriac ni à Laurence Carré. Visiblement, ils avaient mis en place un système de poules et les meilleurs étaient protégés d'une confrontation directe. C'est tout au moins la conclusion immodeste que je tirai de la journée.

Au dîner, nous reprîmes presque les mêmes places que la veille. J'ai toujours été fasciné de voir à quelle allure se créent les habitudes. Chacun avait déjà un siège réservé, bientôt son rond de serviette. Il n'y eut que deux ou trois changements : Laurence Carré, sans doute excédée par le show de Morin, rejoignit notre table et Chalamont glissa vers le groupe de quatre. Les affinités commençaient à se dessiner : Morin et son public complaisant, seule tablée complète, plus loin les cinq laissés-pour-compte, et notre propre cercle, Carré, Charriac, Hirsch, Pinetti et moi. Le cénacle de Morin était moins bruyant que la veille ; ils devaient digérer une journée fatigante qui avait usé leur énergie. À l'autre bout de la salle à manger, Chalamont et la dame au gilet mangeaient en silence, encadrés par El Fatawi et le chauve.

— Eh bien, dit Pinetti en s'asseyant, je suis flatté d'être admis à côté des premiers du classement général.

— Ça, nous n'en savons rien, répondit Laurence Carré.

Pinetti remua sa fourchette.

— Allons, allons, tout le monde a bien vu. Parfois, c'est vrai qu'on se demande où ils veulent en venir, mais la plupart du temps c'est assez clair.

Laurence Carré eut une nouvelle moue sceptique. Un demi-sourire sarcastique flotta sur les lèvres minces de Charriac.

— Madame se méfie, commenta-t-il. Moi aussi, pour ne rien vous cacher. Ils nous observent à plusieurs degrés. On a l'impression que ce sont des poupées gigognes : il y en a une à l'intérieur de la première, une troisième à l'intérieur de la deuxième, et ainsi de suite.

— Et dans la dernière ? demanda Hirsch.

Charriac leva les yeux au plafond.

— Qui sait ? Peut-être un diamant. Peut-être rien.

— Je crois que ça dépend de chacun, dit Hirsch. Ils ne nous l'ont pas caché : ils nous épluchent, feuille après feuille, comme un artichaut. Pour voir à quel instant ça va craquer.

— Les artichauts ne craquent pas, remarqua Laurence Carré.

— Eux non, nous peut-être, conclut Hirsch.

Il y eut un moment de silence pendant que le serveur apportait une salade verte ornée de quelques morceaux de gruyère.

— Je rêve d'un repas où il n'y aurait pas du tout de fromage, mais pas du tout, lança Pinetti. Ils vont nous faire prendre quinze kilos.

— C'est à cause des vaches, dit Hirsch. Il faut bien qu'ils écoulent leur unique production. Tiens, à propos de vaches, vous savez que ce sont les vaches qui bousillent la couche d'ozone ? Leurs flatulences contiennent du méthane en grande quantité.

Laurence Carré claqua de la langue avec un air peiné.

— Je vous en prie, nous sommes à table. Si c'est pour entendre parler des ennuis gastriques des ruminants, je vais retourner avec Morin. Il est débraillé mais au moins il n'est pas vulgaire.

Hirsch rosit sous l'affront. Il chercha quelque chose de cinglant à répondre et, ne trouvant rien, se pencha sur son assiette. Charriac le regarda avec un plaisir non dissimulé, regarda Laurence Carré avec la même gaieté, et s'étira sur sa chaise.

— Ah, j'aime bien quand ça bagarre... Et avec madame, je pense qu'on va être servis.

Laurence Carré lui jeta un œil de biais.

— Je ne m'intéresse pas particulièrement aux conséquences de la digestion des bovins sur l'environnement. Maintenant, si vous souhaitez tous un exposé sur la question, je ne m'opposerai pas à cette unanimité.

Charriac, du bout de l'ongle, se gratta le sourcil. Puis, posant les coudes sur la table, il appuya son menton sur ses doigts croisés et dévisagea Laurence Carré.

— Vous êtes merveilleuse. Quand vous parlez, on dirait que vous lisez un texte.

Il se tourna vers nous, nous prenant à témoin.

— Non ? C'est extraordinaire, je l'ai rarement vu. On dirait qu'elle écrit sa réplique dans sa tête et puis qu'elle la lit. Comment faites-vous ça ?

Laurence Carré baissa la tête et avala une feuille de salade. Mais Charriac ne la lâchait pas.

— Ne le prenez pas mal, c'est même très bien. Mais vous avez une façon de vous exprimer... complètement littéraire, voilà. Quand on vous entend, on dirait qu'on lit un livre. Vous ne vous relâchez jamais ?

Elle leva lentement les yeux sur lui.

— Pas avec vous, en tout cas.

Charriac montra une main apaisante, paume en l'air.

— Oh, je ne l'espérais pas. Comme vous, je n'oublie jamais que nous sommes... eh bien, concurrents, en quelque sorte. Ce n'était pas vraiment une demande en mariage, vous voyez ?

Pinetti intervint d'une voix sombre.

— Ils vont nous faire battre entre nous. Je vous le prédis. C'est déjà commencé et c'est comme ça que ça va finir.

Charriac reporta un instant sur lui son attention.

— Naturellement. Pourquoi croyez-vous qu'ils nous ont réunis en groupe ? S'ils voulaient nous examiner individuellement, ils pouvaient continuer les tests à Paris. Ils veulent voir comment ça se passe quand on est ensemble. Et qui survivra à la jungle effrayante des relations humaines dans un climat de compétition.

— Et c'est moi qui parle comme un livre, soupira Laurence Carré.

Charriac renvoya la balle du fond du court d'un geste négligent.

— Je sais lire, moi aussi, contrairement aux apparences. Et je sais aussi surveiller chaque mot de ce que je dis. Mais ça ne me demande pas autant d'efforts, je ne suis pas obligé d'être raide comme un piquet. Vous savez, ici, chère madame, personne ne vous veut de mal. Je vais juste vous tuer si vous vous trouvez sur mon chemin, mais je vous enverrai des fleurs avant.

Charriac, avec aisance, avait indubitablement pris un ascendant sur tous les convives. Sauf moi. Je ne disais rien. Je me contentais de l'observer. Il tambourinait sur sa poitrine comme un gorille, imposant sa volonté de singe supérieur à tous ceux qui, plus tard, auraient pu le menacer. Je voyais clair dans son jeu : il essayait de leur faire peur, de les affaiblir, leur claquant le museau l'un après l'autre. Il en ramasserait les fruits ensuite. Il avait réussi à les désarçonner plus ou moins, mais moi, il ne m'impressionnait pas.

Il dut le sentir et se tourna vers moi.

— Mais notre ami, là, est bien taciturne...

J'étais en train de fabriquer une boulette de mie de pain. Du pouce, je la propulsai dans mon assiette. J'attendis trois secondes avant de répondre.

— Quand on tire, on ne raconte pas sa vie.

Charriac applaudit du bout de ses deux index.

— Bravo. Sergio Leone, non ? Quand le cowboy est dans son bain et qu'il sort un pistolet de la mousse pendant que l'autre lui explique comment il va le tuer. Une séquence magnifique. J'adore les westerns, pas vous ?

— Si. À condition d'être du bon côté du pistolet.

Il plissa le front.

— C'est dans quoi, déjà, celle-là ? Ça me dit quelque chose...

Après la salade, on nous apporta des steaks-frites.

Pinetti fit semblant de s'excuser :

— Vous voyez, encore de la vache... Franchement, je n'y peux rien...

Laurence Carré, vexée d'avoir été comparée à un piquet, décida de montrer qu'elle pouvait plaisanter :

— Je suis curieuse de voir comment ils vont faire un sorbet à la vache, pour le dessert, dit-elle d'une voix radoucie.

Pinetti rebondit :

— Mais vous savez qu'il y a de la graisse de vache dans tout ? Même les glaces ? Quand il y a eu cette crise de la vache folle, on a appris qu'ils en mettaient même dans les produits de beauté !

Charriac prit un air consterné.

— Et voilà, il recommence ! Monsieur Pianetti a décidé de nous couper définitivement l'appétit ! Pourtant, on vous a dit que madame...

— Pinetti, coupa Pinetti. Pas Pianetti : Pinetti.

— Oh, excusez-moi. Pour ma peine, vous avez le droit de m'appeler une fois Chirac au lieu de Charriac.

— J'ai connu des jeux de mots plus amusants, dit Laurence Carré, retrouvant son ton glacial.

Hirsch secoua la tête.

— Vous êtes épuisants !

Il n'avait pas tort. Mais il n'avait pas non plus beaucoup d'expérience : tous les dîners mondains fourmillent de ces joutes oratoires pour distinguer le plus fort, le plus malin ou le plus beau parleur, celui qui dominera les autres. Sauf dans les rares cas où il s'agit d'amis sincères qui n'ont entre eux aucun conflit, la nourriture n'est qu'un prétexte à l'établissement d'une hiérarchie, le paravent d'un jeu subtil dont on commente les coups, le match terminé. L'aristocratie de notre société démocratique ne fait là que reprendre les habitudes de la noblesse d'Ancien Régime, quand comtes et barons, ne pouvant plus s'affronter à l'épée, utilisaient le ridicule pour tuer, la honte comme blessure et leurs langues en place de dagues.

Une corbeille de fruits remplaça le sorbet au bœuf redouté. En choisissant une pêche qu'elle pela parfaitement, Laurence Carré nous donna un nouveau témoignage de son excellente éducation. Charriac dépiauta une banane du bout des doigts, Pinetti mordit dans une pomme, je ne pris rien.

Après le café, je sortis faire quelques pas au bord du lac. Moi aussi, je commençais à avoir des routines. La lune s'était levée. Sous sa lumière lasse, la masse sombre des sapins se pelotonnait autour de ses secrets. Je descendis jusqu'à la rive, trempai la main dans une eau glacée. Il n'y avait pas un souffle de vent, c'était l'air lui-même qui était frais.

Je n'avais pas entendu Laurence Carré arriver. Comme la veille, elle s'assit sur un rocher, déployant sa jupe rouge autour d'elle. Elle semblait s'accorder miraculeusement au paysage, le regard lointain et le profil comme découpé sur la surface du lac.

Je lui souhaitai le bonsoir et je m'apprêtais à remonter quand elle ouvrit la bouche.

— Ce Charriac, là... Il ne me plaît pas. Qu'est-ce que vous en pensez ?

— C'est normal, il vous a agressée plusieurs fois...

Elle tiqua.

— Oui, mais ce n'est pas ça. Ça, ce n'est pas grave, j'y suis accoutumée. Vous savez, dans ce genre de milieu, ce n'est jamais très facile pour une femme. Mais quand il a dit qu'il me tuerait, il avait vraiment envie de le faire... Non, vous n'avez pas eu cette impression ? C'était si... soudain...

Elle parlait en fixant l'autre rive du lac, comme si elle réfléchissait à voix haute. Je dus me rapprocher pour ne rien perdre.

— C'est une métaphore.

Elle haussa les épaules.

— Bien sûr. Des histoires de pouvoir. Ils parlent tous de baiser un concurrent, de la lui mettre où vous savez, et ce genre de choses. Quand ils croient qu'on n'écoute pas, ils ont un vocabulaire très sexuel. Mais un drôle de sexe : faire l'amour, c'est toujours rabaisser l'autre, le réduire à merci. C'est l'idée qu'ils se font des rapports amoureux. Vous n'avez jamais remarqué ?

— Si.

J'étais un peu étonné du vocabulaire cru qu'elle employait. Mais, après tout, elle ne faisait que relever des expressions que j'avais entendues mille fois dans la bouche de l'encadrement masculin. Et sans doute elle aussi, même si nos excellents collègues font un petit effort de retenue quand il y a des dames.

— Et puis, poursuivit-elle, à un autre niveau, c'est la violence : tuer, piétiner, on va les mettre minables... Bon, mais ça, c'est le jeu, le monde est comme ça. Ce sont des mots. Charriac, c'est différent. Pourquoi m'a-t-il dit qu'il voulait me tuer ? Parce qu'il ne peut pas faire autre chose de moi ?

Sur la fin de la phrase, elle me fit face, me regarda un instant puis lissa sa robe. Mon étonnement s'était changé en stupéfaction. Je ne m'attendais absolument pas à une sortie aussi directe.

D'un autre côté, réfléchis-je aussitôt, elle n'était pas arrivée là totalement par hasard. Son numéro de grande bourgeoise à cheval sur les principes valait bien le cirque méridional de Morin. Je me grattai le menton.

— Il n'a pas dit qu'il voulait vous tuer, il a dit qu'il le ferait si vous vous mettiez en travers de son chemin.

Elle soupira, tapota encore une fois un pli de sa jupe.

— C'est la même chose. Je vais m'y mettre, et vous aussi. Nous savons tous qu'il n'y a que quelques places, peut-être à peine une ou deux. Et nous les voulons tous. Sinon, nous ne serions pas venus jusqu'ici. Pourquoi l'a-t-il dit ?

— Pour vous faire peur.

Elle se leva lentement, s'approcha du lac et s'immobilisa, le dos tourné et les bras croisés.

— Peut-être. Ou pour que je comprenne bien les règles.

Elle frissonna un instant, fit quelques pas le long de la rive. Je la suivis, conservant un écart de deux mètres. Elle marchait la tête baissée, surveillant les galets. J'essayai de la rassurer :

— Charriac n'est pas au top. Pas vraiment. Sinon, il ne serait pas ici. C'est peut-être le meilleur des réservistes, mais il est sur le banc, pas sur le terrain. C'est pour ça qu'il est en colère. Vous êtes dangereuse, parce que vous avez attiré l'attention de Del Rieco, tout à l'heure. Alors il essaie de vous éliminer.

Elle s'arrêta, réduisant la distance entre nous.

— Et vous croyez qu'il va me tuer ?

— Vous avez peur ? redemandai-je.

Pour la première fois, elle sourit et la lune fit briller ses dents.

— Non. Si j'avais peur, je serais caissière au supermarché. Ou je tiendrais un magasin d'artisanat payé par un mari chirurgien. Non, c'est simplement que je sens de la violence chez ce type. Pas simplement la compétition. De la haine.

Je fis une grimace apaisante.

— Moi, je ne l'ai pas ressenti.

— C'est que vous n'êtes pas une femme, murmura-t-elle.

Éprouvait-elle vraiment de la crainte ? Au point de vouloir la partager ? Cherchait-elle un allié ? Elle ne me connaissait pas, elle ne savait rien de moi, je pouvais être tout aussi dangereux que Charriac. Tentait-elle de me circonvenir, pour ne pas avoir à lutter sur deux fronts ?

— Vous savez, moi aussi, je veux ce job, dis-je doucement.

Elle garda les yeux baissés.

— Oui, répondit-elle, je sais. Chaque mot devient une arme, chaque lueur d'humanité une faiblesse, chaque confidence une trahison. Oh, pas les autres, Morin et sa bande. Eux, ils croient qu'ils passent le bac. Ou que c'est une sorte de congrès. Vous allez voir, dans deux jours, ils vont demander s'il n'y a pas un night-club dans le coin. Ils ont envoyé cent candidatures spontanées, ils ont répondu à cinquante petites annonces, et pour eux c'en est une comme une autre. Ils ont mis cent balles sur le dix-huit, à la roulette, et ils attendent de voir si ça sort. Mais pas moi. Pas

Charriac. Pas vous. Peut-être pas Pinetti et pas El Fatawi. Ça, ce sont les finalistes. On va se déchirer, monsieur Carceville.

Elle soupira encore une fois, se frotta les bras pour se réchauffer.

— C'est ennuyeux, poursuivit-elle. Dans d'autres circonstances, peut-être aurions-nous sympathisé. Mais ce sont eux qui ont voulu ça. Ils veulent savoir si nous sommes capables d'être sans pitié. Je ne peux pas me permettre de foirer De Wavre. Tout, mais pas ça.

C'était une information intéressante. Négligemment, je l'incitai à continuer.

— Ils sont si importants que ça ?

— De Wavre ? C'est le must. Toutes les boîtes passent par eux, depuis un an ou deux. S'ils vous recommandent, on vous fait un pont d'or. Et s'ils vous balancent, vous êtes fini. En accès initial, il y a l'ENA, X-Mines et X-Ponts, c'est tout. Ah, et Harvard. En cours d'emploi, il y a De Wavre. L'ultime repêchage. Si on rate ça, on devient chef de rayon chez Tati, au mieux. Vous ne le saviez pas ?

— J'étais dans des PME Ils ont un autre mode de recrutement.

— Oui, quand ils sont petits, ça marche. J'ai été DRH, vous savez. Et j'ai vu comment ça se passait. Zut, je n'aurais pas dû vous le dire, ça va vous motiver.

Laurence Carré était la dernière Française à dire « zut » au lieu de « merde ».

— Pourquoi vous ont-ils, eh bien...

Elle battit des cils.

— Balancée ? Ah, ça, c'est mon secret. Et vous ?

Elle n'attendit pas ma réponse – d'ailleurs, il n'y en avait pas – et reprit sa marche. Nous nous étions éloignés de l'hôtel, dont on ne distinguait plus qu'un vague reflet de lumière derrière les sapins. Tout à coup, un rocher nous barra la route. Quittant la rive, le sentier s'enfonçait dans les bois. Laurence bougea la tête de droite à gauche.

— Eh bien, nous reviendrons quand il fera jour, non ?

Elle rebroussa chemin et je la suivis. À un moment, une pierre la fit trébucher. Elle s'appuya sur moi un court instant, s'excusa aussitôt.

Quand nous atteignîmes le bas de l'allée, face au ponton, je tentai de la sonder plus avant.

— Et ce Del Rieco, vous le connaissiez ?

Elle hésita.

— N... non. Pas précisément. Ils ont un ou deux gourous, chez De Wavre. J'ai connu un gars qui avait été recruté après être passé chez eux, il les appelait « Trepanator ». Ce doit être l'un d'entre eux.

— Vous avez remarqué qu'ils ne mangeaient pas avec nous ?

— Oui, bien sûr. Quand on déjeune avec quelqu'un, cela crée des liens. On aurait essayé de leur tirer les vers du nez. De sympathiser.

— De les séduire.

Elle se fâcha, me lança un regard furieux.

— Vous êtes bien tous pareils ! Vous croyez que les femmes n'ont que cet argument. Le sexe, le sexe partout !

— Non, bafouillai-je misérablement, je disais « séduire » en général...

Elle n'en tint aucun compte, continuant à plisser des yeux coléreux.

— On ne séduit pas Trepanator. Même pas la peine d'essayer.

J'écartai les bras, plaidant l'innocence.

— Je n'ai jamais pensé une chose pareille. Je vous jure. J'étais à cent lieues... Il n'y a pas que les femmes qui peuvent séduire. Il y a mille manières.

Elle me consentit un sourire narquois.

— Touchée ! De temps en temps, quand la coupe est pleine, je fais un petit accès de féminisme. C'est que nous en bavons. Il ne faut pas m'en vouloir.

Nous n'échangeâmes plus un mot jusqu'au seuil. Je regagnai ma chambre et me replongeai dans mes énigmes policières favorites.

Le mardi matin, le vrai stage commença. Del Rieco nous avait réunis comme d'habitude dans la salle de travail. Il nous expliqua que nous entrions dans une phase de simulation qui durerait trois jours. On allait nous répartir en trois équipes dont chacune constituerait le staff d'une entreprise. Placées sur le même créneau, elles se disputaient le marché et disposaient d'atouts équitablement répartis. À nous de gagner ou de perdre. Il n'y avait pas d'autres règles, sinon celle-ci : Del Rieco était le maître du jeu, lui seul nous dirait si nos initiatives réussissaient ou échouaient. Nous pouvions nous organiser et nous mouvoir comme nous l'entendions, il n'y avait aucune limite à notre ingéniosité. Il allait nous fournir tous les documents nécessaires, bilan comptable, tableau de bord, listing du personnel, état du marché, tout ce que le PDG conserve dans les tiroirs protégés de son bureau. Si nous avions besoin de quoi que ce soit d'autre, Del Rieco nous le fournirait à la demande.

C'était, nous dit-il, une méthode imitée des jeux de rôles comme Donjons et Dragons. Il y avait une petite part de hasard, mais pas plus importante que dans la vie même. Nous subirions simplement les conséquences des décisions que nous prendrions. Nous avions le droit de passer trois nuits sans sommeil si nous le souhaitions, mais Del Rieco lui-même ne serait pas disponible entre minuit et six heures.

Naturellement, Aimé Leroy s'empressa de dresser une barricade d'objections. Comment comptait-on les points ? Il n'y a pas de points, répondit Del Rieco, je me contenterai d'observer ce qui se passera. À partir de quel moment avait-on gagné ? On ne gagnait pas, on présentait des bilans finaux plus ou moins favorables. Comment avait-on composé les équipes ? Del Rieco en assuma la responsabilité. Pouvait-on en changer ? Non. Mais alors, si l'équipe était déséquilibrée, n'était-on pas défavorisé ? Quand une entreprise vous recrute, s'impatienta Del Rieco, vous ne pouvez pas choisir vos collègues ; en tout cas, pas au début. De quel matériel disposerions-nous ? D'ordinateurs, de papier et de stylos. Enfin, quel produit était-on censé fabriquer ? Peu importait, ce qui nous plairait. Des hameçons, proposa Pinetti pour plaisanter. Okay, dit Del Rieco, des hameçons.

Ensuite, il nous annonça les équipes. Charriac se retrouvait avec Pinetti, Morin, et deux olibrius de la bande à Morin. C'était l'équipe A. L'équipe B comprenait Laurence Carré, El Fatawi, Chalamont, Aimé Leroy et deux autres Morin's boys.

J'héritais, pour l'équipe C, de Hirsch, de la dame au gilet qui nous confia s'appeler Marilyn (mais pas Monroe, précisa-t-elle aussitôt, au cas très improbable où quelqu'un aurait pu avoir un doute), du sportif brun et trapu finalement dénommé Mastroni, et de la dernière femme, une rousse effacée au regard las qui se présenta sous le nom de Brigitte Aubert. Mentalement, je tirai un coup de chapeau à Del Rieco : dans chaque team, il y avait un bon, un ou deux plutôt pas mauvais et une paire de pannes.

Nous avions chacun notre étage et chacun notre salle : au second pour Charriac, au premier pour Laurence Carré, au rez-de-chaussée pour nous, un tout petit local encombré d'une grande table, juste à côté des cuisines.

— Au moins, on pourra aller au ravitaillement, se consola Hirsch.

Pendant que nous nous installions, Nathalie nous apporta une pile de documents. La petite salle sentait la peinture. Dans un coin, il y avait un ordinateur, de l'autre côté de la table un paperboard et, comme Del Rieco l'avait promis, du papier blanc et des stylos à bille.

J'attendis que mes collègues soient tous assis et je pris d'emblée la direction des opérations.

— Bon, écoutez-moi, je suis consultant en organisation. Nous perdrons moins de temps si vous me laissez organiser. Si je fais des bêtises, dites-le-moi tout de suite, on redistribuera tout. Il faut qu'on joue comme une équipe : on va gagner ensemble ou perdre ensemble. Nous n'aurons pas le temps de nous disputer, alors, ça n'arrivera pas.

Nous ne devons avoir aucun secret les uns pour les autres. Mais ne rien raconter à l'extérieur. À partir de maintenant, c'est la guerre : vos seuls amis sont ici, dehors il n'y a que des gens qui nous veulent du mal. Je connais un peu deux ou trois des zèbres auxquels nous sommes opposés. Ce sont des pros. Vous voulez ce boulot ? Alors on va s'arracher les tripes et on va aller le chercher.

Ce discours martial plut beaucoup aux deux dames. Hirsch, à côté de moi, opinait lui aussi avec vigueur. Je sentis un peu plus de réticence chez Mastroni et je m'adressai directement à lui.

– Okay, vous, qu'est-ce que vous savez faire ?

– Je suis un commercial.

– D'accord. Vous êtes bombardé directeur des ventes. Fouillez là-dedans et racontez-nous ce que vous pourrez dire de l'état du marché et de la stratégie que vous recommandez. Toi, Hirsch, regarde un peu l'ordinateur et ce qu'il sait faire. Il doit y avoir des logiciels installés, regarde ce que tu peux en faire. Si tu n'y arrives pas, personne n'y arrivera. Madame Marilyn, nous avons besoin de quelqu'un qui note tout scrupuleusement. Tous les détails. La mémoire du groupe. C'est vital. Vous êtes secrétaire de direction, vous savez que c'est la moitié de l'efficacité d'un patron.

Elle rosit sous le compliment. Je les avais assez valorisés un par un pour qu'ils se mettent tout de suite au travail. Les yeux brillants, Hirsch alluma l'ordinateur et commença à pianoter. Mastroni feuilletait les liasses de papier apportées par Nathalie. Je me tournai vers la rousse.

— Et vous, qu'est-ce que vous savez faire, à part être belle ?

Elle sourit imperceptiblement, mi-flattée mi-dédaigneuse.

— Je suis dans la publicité.

— On aura beaucoup besoin de vous pour relancer, quand on aura fait le ménage. Dans l'immédiat...

Elle me surprit en déclarant :

— Je comprends très bien, c'est le premier budget qu'on coupe quand ça va mal. En attendant, ce que je pourrais faire, c'est laisser traîner mon museau un peu partout. Voir si je peux rapporter des renseignements.

— Excellent !

Elle se leva d'un air coquin. Au mieux, elle nous donnerait la tonalité des autres équipes. Au pire, elle allait faire la sieste et nous ne l'aurions pas dans les jambes. Hirsch me lança par-dessus son épaule :

— Word, Excel, bilans comptables, le packaging classique. Pas Internet. Mais il est quand même en réseau, c'est ça qui me tracasse. Attends, je vais essayer quelque chose, donne-moi un moment.

Spontanément, dès que nous étions entrés dans cette salle, nous avions commencé à nous tutoyer. Je comptais m'appuyer beaucoup sur lui. Mastroni repoussa vers moi la pile de documents après en avoir extrait quelques feuillets.

— Je vais regarder ça. Le reste, je n'y comprends pas grand-chose, j'ai toujours été infoutu de lire un bilan.

J'agitai la main.

— Pas de problème, je m'y colle.

— Quelqu'un veut du café ? proposa Marilyn.

Mastroni releva la tête.

— Apportez-en un seau. Avec cinq pailles.

J'attirai à moi les chemises cartonnées, satisfait d'avoir passé sans encombre la première haie. Ils étaient tous plutôt gentils et personne ne contestait pour l'instant mon leadership. J'espérais que Charriac et Laurence Carré avaient eu plus de difficultés et allaient perdre du temps. Normalement, un directeur général passe la moitié de ses journées à régler des problèmes de personnes. Il fallait que je pense à remercier Del Rieco : ils m'avaient fait une équipe sur mesure.

Je me plongeai dans les bilans. Ratio EVA/MVA, pied de bilan, j'essayai de scanner le plus vite possible le sac de nœuds qu'ils m'avaient distribué. Le volume du capital social me sembla un peu faible par rapport au chiffre d'affaires, mais ce n'était pas un inconvénient grave tant que nous n'avions pas à solliciter de crédits. La trésorerie avait l'air saine, l'endettement correct. On notait un léger fléchissement des ventes dans les trois derniers mois.

Je posai la question à Mastroni.

— J'ai vu, répondit-il.

— Qu'est-ce qui se passe, à votre avis ?

Son visage large s'anima. Il était à son affaire.

— Eh bien, vous savez, à un certain moment, inévitablement, un marché se sature. Toutes les courbes sont en fin de compte des courbes en S : elles finissent un jour par s'aplatir simplement parce que tout le monde est gavé. Alors, il vous faut chercher un nouveau marché, exporter, ou intéresser de nouvelles tranches de consommateurs, ou réaliser une percée technologique qui démode le matériel et leur donne envie d'autre chose. En plus... vous voulez le fond de ma pensée ?

— Bien sûr.

— On est trop nombreux. Il n'y a pas place pour trois entreprises dans ce secteur-là. Deux, oui, mais pas trois.

— Et une ? ricanai-je.

Il sourit.

— Ah, une serait encore mieux.

Je hochai la tête. C'était toujours pareil. Tous les beaux parleurs qui font l'apologie de la concurrence ne rêvent en réalité que de monopole. Il suffit de voir ce qu'ils font réellement quand ils sortent des studios de la télévision.

Il fallait donc qu'au moins une des trois équipes disparaisse. De Wavre voulait savoir comment nous allions nous y prendre et qui plongerait le premier dans le trou. Marilyn revint avec un pot de café et quelques tasses disposées sur un plateau qu'elle portait en vacillant.

— Vous avez remarqué ? dit-elle gaiement. Moi, je m'appelle Marilyn, et M. Mastroni, pour pas grand-chose, il s'appelait Mastroianni. Ça aurait fait un beau film, Marilyn Monroe et Mastroianni, non ? Pourquoi ils n'y ont pas pensé ?

Personne ne lui répondit. Hirsch fit pivoter sa chaise pour nous faire face et demanda :

— Qu'est-ce que je leur dis ?

— Huh ?

— On est sur une sorte d'Intranet. On peut communiquer avec tout le monde : le maître du jeu, qui doit être Del Rieco, l'entreprise A et l'entreprise B. Échanger des messages. Ils avaient mis un système pour qu'on puisse entrer en liaison seulement avec Del Rieco, mais j'ai un peu bidouillé et je peux me connecter à qui je veux.

Je me penchai en avant sans retenir une grimace de plaisir et lui décochai une petite tape de félicitations.

— Je vais leur écrire « Coucou », proposa-t-il.

Je l'arrêtai en levant le bras.

— Non, stop. Il n'est pas nécessaire qu'ils le sachent. Tu peux vraiment rentrer dans leur ordinateur ?

— Non, seulement leur messagerie. C'était obligatoire. Dès qu'on met en place un réseau, il y a moyen de rentrer. La seule manière d'être tranquille, c'est de débrancher la ligne. Si Del Rieco veut communiquer avec nous et puis avec chacun d'entre eux, c'est obligé qu'il y ait un nœud quelque part.

Voilà qui ouvrait des perspectives.

— Est-ce que tu peux savoir ce qu'ils auront, eux, sur leur messagerie ?

Il réfléchit un instant.

— Non. Mais c'est pas impossible à concevoir. Il faut que je leur plante un cookie. Après, je pourrai aller regarder ce que je veux. Mais pour ça, il faudra que j'entre en liaison avec eux au moins une fois. Ensuite, le truc est collé comme un chewing-gum et ils sont marrons, je rentre quand je veux. C'est ce que fait Microsoft avec les Pentium III.

— Et tu es capable de faire ça ?

— Peut-être. Faut que je voie. Mais ça va me prendre la journée.

— Vas-y. On n'a besoin ni de toi ni de la machine. Et, dis, tu peux faire pareil sur l'ordinateur de Del Rieco ?

Il se palpa la pomme d'Adam, hésitant.

— Je crois pas. Il y a un code. C'est pas inconcevable de le craquer, mais ça peut prendre la semaine si on n'a pas de bol. Avant, les types mettaient le nom de leurs enfants. Maintenant, ils mettent des lettres sans suite. Mais comme il y en a sept, il faut qu'ils l'écrivent quelque part, sinon ils l'oublient. Trouvez-moi le code et je vous dirai ce que Del Rieco a dans le ventre.

— Génial ! Marilyn, essayez de mettre la main sur... comment s'appelle-t-elle, déjà, la dame rousse ?

— Brigitte.

— Voilà. Dites-lui que je veux la voir tout de suite. Vous la trouverez l'oreille collée à une porte. Mais peut-être que nous avons beaucoup mieux.

Docile, Marilyn se leva, nous gratifia d'un sourire aimable et quitta la salle. Je reportai mon attention sur Mastroni. Il avait cet air circonspect du citoyen lambda qui voit commettre un délit mineur et se demande s'il doit intervenir.

— Vous croyez que c'est autorisé ? questionna-t-il. Je veux dire : on va pas tous se faire virer ?

— Qui le saura ? Regardez ce qui se passe en Bourse : tous les coups sont permis, il suffit de ne pas se faire prendre.

Après tout, pour l'instant, nous n'avions encore rien fait d'illicite. Et si Del Rieco nous avait fourni un ordinateur, il ne l'avait pas accompagné d'interdiction de s'en servir. Qui plus est, je n'étais pas mécontent de lui rabattre le caquet en démontant son système primitif, même si un rappel à l'ordre était le prix à payer. Hirsch se remit au travail et je regardai Mastroni.

— Bon, Mastroni, faites-moi un topo sur la distribution...

— On peut se tutoyer, proposa-t-il. Enfin, si vous voulez...

— Bien sûr. Ça va de soi.

Je ne voulais pas de jalousies dans l'équipe. Je vis ses pupilles s'agrandir légèrement. Dans une scène de séduction, c'est l'indice que l'intérêt sexuel s'éveille : en observant les dimensions des pupilles, on sait exactement où on en est. Il n'en était pas question chez Mastroni, mais je lui avais fait plaisir. Il se pencha sur ses documents.

— Nous avons une quantité de petits distributeurs. Des magasins de chasse et pêche, je suppose. Mais nous avons surtout deux gros clients : une chaîne de supermarchés qui nous prend le tiers de la production et une centrale d'achats qui nous en prend presque le quart. Je crois que c'est là qu'on va se heurter aux autres. Si on en perd un des deux, ou simplement si l'un d'entre eux réduit ses commandes, nous sommes morts.

C'était logique. De nos jours, la fabrication n'est qu'une succursale de la vente et, dans tous les domaines, les grandes surfaces tiennent les producteurs à la gorge.

— Ils sont plus gros que nous ? demandai-je.

— Ah oui, largement. Ils ne font pas que du hameçon.

On ne pouvait donc pas les racheter et devenir nos propres vendeurs.

— Et par rapport aux autres, on est plus chers ou moins chers ?

Il fit basculer sa main plusieurs fois de droite à gauche.

— Moyens. L'équipe A est plus chère, la B moins chère. Je crois comprendre que les A font du matériel plus sophistiqué, ils doivent être moins dépendants des gros acheteurs. Et B fait du bas de gamme.

— Vous croyez... *Tu* crois qu'on risque une guerre des prix ?

Il hésita encore une fois. Mastroni faisait partie de ces gens qui ne sont jamais certains de ce qu'ils avancent et à qui il faut extraire les données au davier en brusquant leur scrupuleuse prudence.

— Peut-être. Difficile à dire. C'est toi qui peux décider si ça vaut le coup.

Je me sentais tout à coup beaucoup moins reconnaissant à l'égard de Del Rieco. Les positions moyennes sont les pires. On peut faire sans difficultés de la haute technologie qu'on vend très cher ou des rossignols à six sous, mais entre les deux on cumule les risques et les inconvénients.

À ce moment-là, Marilyn revint, poussant devant elle Brigitte Aubert qui mâchait un chewing-gum.

— J'ai rien trouvé, dit-elle avec une sorte de paradoxale satisfaction. Ils se sont tous barricadés. Par contre, j'ai exploré la baraque et je sais où M. Del Rieco se tient. Derrière le garage à bateaux, il y a une espèce de chalet, caché sous les arbres. Il est là. J'ai suivi le serveur qui lui apportait du papier.

Le petit salopard ! Ainsi, Del Rieco avait ses appartements secrets, d'où il tramait dans l'ombre ses plans sinistres ! D'une main ferme, je serrai le bras de Brigitte.

— Bon, écoutez, il a caché quelque part un code. Une suite de sept lettres sur un morceau de papier. Probablement tout près d'un ordinateur. Si vous le trouvez, je double votre salaire.

Elle pouffa. Puis, imperceptiblement, elle bomba sa maigre poitrine pour répondre à ma pression.

— Le double de zéro, ça fait pas grand-chose... Mais merci quand même. C'est important ?

— Très important. Très. Si on a ça, on est sûrs de gagner. On saura quels sont tous les paramètres. Y a que vous qui puissiez faire ça.

Elle ferma à demi les yeux, prit une pose de star.

— Mazette ! Alors, j'y retourne.

Mastroni attendit sa sortie pour dire lentement :

— C'est toi qui vois, mais enfin, c'est peut-être un peu dangereux, non ? On n'a pas commencé qu'on est déjà en train d'essayer de tricher...

— Écoute, on triche pas. Ce sont eux qui trichent. Depuis le début. Ils ne nous disent pas la moitié de ce qu'ils ont derrière la tête. Après, ils vont nous dire : toi, tu es nul, et toi, tu es bon, et on saura jamais pourquoi. Demande-toi s'ils t'ont dit pourquoi ils faisaient tout ce que tu as subi jusqu'à maintenant. Ils te l'ont dit ?

— Non, concéda-t-il à regret.

— Tu vois ? Ils veulent que ça ressemble à la vie ? Alors, ça va ressembler à la vie. Tous les coups sont permis. Les affaires, c'est une guerre. Ce sont nos ennemis, Mastroni. Nos ennemis. Tu es au chômage, non ?

Il se tortilla sur sa chaise, embarrassé.

— Oui.

— Et tu sais pourquoi ? C'est parce que tu es nul, c'est pour ça ? C'est ce qu'ils t'ont dit en face ? Tu l'es pas, et tu le sais bien. Mais c'est une guerre. Ils te convoquent, ils te disent : « Écoutez, on est vraiment désolés, mais, vous voyez, les fonds de pension américains exigent 15 % de rentabilité, et nous on y arrive pas, alors, c'est dommage pour vous mais il faut qu'on vous vire. » C'est ça qu'ils t'ont dit, non ? Je me trompe ?

— Pas quinze pour cent, rectifia-t-il dignement.

— Non, ils t'ont pas donné de chiffre. Mais moi, je te dis que c'est quinze. Ils se remplissent les poches et toi tu te demandes comment tu vas bouffer demain. Tu as pas fait les grands corps, tu as pas quatre milliards de chiffre d'affaires et tu sais pas comment tu vas payer les traites de ta maison. Et on te dit : « Eh ben, soyez contents, si ça va vraiment trop mal, y a encore le RMI. » Moi, j'en connais, des cadres au RMI, pas toi ?

— Si, concéda-t-il.

Mon petit discours faisait de l'effet : il commençait à se réchauffer.

Je ne relâchai pas la pression.

— Et ils sont plus mauvais que les autres ? Non. Simplement, ils ont cinquante balais. Quel âge tu as, Mastroni ?

— Quarante-six.

— Eh ben, t'es pas loin. Ils t'ont pressé comme un citron pendant vingt ans et ils vont te jeter comme une merde. Et tu continues à les respecter ? Tu veux jouer le jeu ? Regarde les choses en face : tu l'as joué. Et tu l'as perdu. Y a pas de jeu, Mastroni. C'est la jungle. Si tu as pas des dents plus longues qu'eux, c'est eux qui te bouffent. Ils sont plus grands, plus gros, plus forts. Plus méchants. Ils sont nés là où il fallait. Et ils te méprisent. Tu le sais, qu'ils te méprisent ? Tous. Tu sais, dans la rue, si tu tombes sur un gros balèze qui te veut du mal, tu as qu'une solution : le coup de pied dans les couilles. C'est ce qu'on va leur faire. Tu crois quoi, que Del Rieco est de ton côté ? Y a personne de ton côté, Mastroni. Ta femme, peut-être, et c'est tout, et encore c'est pas sûr. Del Rieco est de *leur* côté. Il travaille pour eux, pas pour toi. Il est venu manger avec nous, il t'a dit un mot gentil, une fois, rien qu'une fois ? Jamais. Il est payé pour trouver qui d'entre nous est le plus malin. On va lui montrer.

On va lui montrer qu'on est plus malins même que lui. On va l'écœurer, on va la lui mettre jusqu'à l'estomac. Il veut qu'on s'entre-tue ? Okay, on va s'entre-tuer. Mais on va le tuer lui aussi. T'as pas compris que c'était un piège ? Un vaste, un immense piège ? Ça te plaît, qu'on te prenne pour une pute à vingt balles ?

— Parlez pour vous, dit Marilyn qui nous écoutait en regardant par la fenêtre.

— Excusez-moi, je m'emporte. C'est que j'en ai pas mal bavé. Mais vous tous ici aussi, je crois. Qu'est-ce que c'est que ces jeux à la con ? Il faut leur montrer qu'on est disciplinés, braves soldats, propres sur nous et tout ? Eh ben, pas du tout. On est des méchants. Aussi méchants qu'eux. Leurs règles, on les joue pas, parce qu'eux, ils les jouent pas non plus. On croit qu'on va boxer entre gentlemen et on prend un coup de pied dans les rotules. C'est pas de la boxe, c'est du catch. Tu sais d'où ça vient, catch ? *Catch as catch can.* Attrape-le où tu peux. On est dans la merde, on a juste la tête qui dépasse. Quand ils vont s'approcher pour nous enfoncer définitivement, on va les mordre au mollet. Je prends tout sur moi, Mastroni. Si on te demande, tu diras que c'était un ordre. Qu'est-ce qu'on risque ? Si on joue comme ils l'ont prévu, on perd. Regarde-moi cette entreprise d'hameçons de merde qui dépend d'un seul client. Demain matin, quand tu te seras bien cassé le cul, tu recevras un mail qui te dira : « Désolé, vous baissez vos prix de 20 % ou on va ailleurs », et tu auras plus qu'à te tirer une balle. C'est ce jeu-là que tu veux jouer ? En prendre plein la gueule et dire merci ? Tu vois pas que c'est truqué ? Alors, nous, on va le truquer dans l'autre sens, perdu pour perdu. De Wavre et leurs tests ! Réputation internationale ! Si je m'étais lavé les dents, ça me ferait marrer !

— Bien envoyé, dit Hirsch sans se retourner.

Marilyn se taisait, le regard absent, mais ne perdait rien de ma harangue. Elle n'avait pas l'air en désaccord non plus. Je me levai, au bout de mon effort.

— Tous les moyens sont bons, Mastroni. Y a un moment où même les poules se révoltent contre le renard. Y a un moment où on se souvient qu'on est des hommes et on se redresse. Del Rieco veut rien nous dire ? Très bien, on lui dira rien non plus. Mais on va tout savoir. Y en a marre d'être manipulés. Moi, pris ou pas pris, je sortirai d'ici la tête haute. Ou les pieds devant. Tu as dit que c'était ta dernière chance ? Exploite-la à fond. Tu risques plus rien, Mastroni. Ils pensent que tu es déjà mort. Tu as pas compris qu'ils avaient déjà fait leur choix ? Je vais te dire qui : Charriac et Laurence Carré. Les autres, on leur écrira. Eh ben, non ! Ça marchera pas comme ça. Ça dépend de toi, Mastroni. De toi et de ce que tu as dans ton slip. Y a que toi qui peux le savoir.

Mastroni avait gardé la tête baissée. Il la releva et battit des cils deux fois. J'avais l'impression de commander une section dans une rizière vietnamienne. Je ne savais pas d'où j'avais sorti tout ce que je venais de leur dire, ce discours macho-guerrier à deux francs. Il ne me ressemblait pas du tout. Peut-être que, depuis mon licenciement, il bouillonnait quelque part au fond de moi, attendant l'occasion de jaillir. Peut-être que Laurence Carré avait raison, qu'il n'y avait pas grand-chose de nouveau depuis Cro-Magnon, que trop de pression réveillait des instincts sauvages enfouis au fond du cortex primitif, ensevelis jusqu'alors sous des tonnes de raisonnements et d'habitudes, sous le mol édredon du confort post-industriel destiné à étouffer haine et colère. Et peut-être finalement était-ce à moi plutôt qu'à Mastroni que j'avais parlé.

Je leur fis un grand sourire.

— Bon, on se calme. On va gérer cette boîte gentiment, mais, je voulais que vous le sachiez, j'irai jusqu'au bout s'il faut y aller. Del Rieco nous a dit dix fois qu'il voulait savoir ce qu'on avait dans le ventre. Je vais le lui montrer, il sera content du voyage. On est dans la même galère. Si vous trouvez que j'exagère, si vous ne me faites plus confiance, vous me le dites et quelqu'un d'autre pilotera les opérations. Ce n'est pas compliqué et ça ne me vexera pas. On est d'accord ?

— C'est parti, dit soudain Hirsch. On a un mail.

Je ricanai.

— Les supermarchés ? Vingt pour cent de réduction ?

— Non, ils disent juste qu'ils veulent rediscuter les prix.

J'étendis les bras.

— Qu'est-ce que je vous disais ? C'est bon pour nous, ça, on arrive à prévoir ce qu'ils vont faire. Dis-leur qu'ils nous fassent des propositions.

Hirsch recula sa chaise et s'éloigna de l'écran.

— Je sais pas rédiger, c'est pas mon truc...

Marilyn se détacha de la fenêtre.

— Moi, je sais. Je ne sais pas faire grand-chose, mais les lettres, je sais. Je peux essayer ? Je vous la fais d'abord sur papier, comme ça, s'il y a quelque chose à changer...

Je levai le pouce pour donner mon accord.

— C'est cousu de fil blanc, leur dis-je. Presque naïf. Ils veulent savoir si on est capables de faire des économies et de serrer la gestion. Si on peut continuer à passer avec des prix plus bas. Et pour ça, comment on fait ?

Hirsch et Marilyn s'exclamèrent en chœur : « Le personnel ! » Je rejoignis leur hilarité et Mastroni consentit à desserrer les lèvres.

— Gagné. *Down-sizing.* On va virer un ou deux types pour leur faire plaisir, puisqu'ils ont envie qu'on leur fasse voir qu'on est des brutes. Mais moi je vais chercher les vraies économies. Toi, Hirsch, tu peux entrer en contact avec les autres et leur coller ton truc, là, c'est le moment. Je pense qu'ils ont reçu le même mail mais je voudrais vérifier.

Mastroni fit le tour de la table et se pencha sur mon épaule.

— J'aimerais voir comment tu fais, ça t'ennuie pas ? J'y ai jamais rien compris...

J'étalai devant moi les feuillets du bilan.

— Tu vois, c'est simple. Tu regardes les gros postes, les grosses dépenses. Là, on t'explique qu'on peut pas y toucher. Alors tu verrouilles le téléphone, les timbres, des conneries comme ça. Ça te rapporte trois francs six sous et quand tu as fini de te bagarrer avec tout le monde, il te reste plus que le personnel. L'idée, c'est que si tu as moins de monde tu feras quand même le même travail. Que tu paies un tas de fainéants et que tu les as pas assez pressés. Si tu crois pas ça, tu les écoutes pas et tu te tournes vers les gros postes. Et tu te rends compte que tu peux parfaitement y toucher.

Hirsch se dressa, faisant le V de la victoire sans quitter des yeux sa machine. Puis il le transforma en bras d'honneur.

– Jusque-là ! s'écria-t-il. Vous savez ce que je leur ai fait ? J'ai signé du nom du supermarché et j'ai juste ajouté « Urgent ». Ils vont se dire : bon, ils essaient de nous stresser, et ils y penseront plus. Ils sauront jamais que je suis rentré dans leurs systèmes.

– Et s'ils avaient pas reçu le même mail ? objecta Mastroni. Du même expéditeur ? Ils comprendront tout de suite qu'il y a un lézard...

Hirsch se rassit.

– Merde, j'avais pas pensé à ça... On a le droit d'aller se noyer entre quelle heure et quelle heure, dans le lac ?

Je le rassurai :

– T'en fais pas, ils l'ont reçu. C'est le coup de départ. Le même pour tout le monde. C'est maintenant que ça va commencer à diverger. Au fait, Brigitte, qu'est-ce qu'elle fout ? Tu crois qu'elle est en train de s'envoyer Del Rieco ?

— Elle ne pousserait pas la conscience professionnelle jusque-là, dit Marilyn que nos propos de corps de garde ne semblaient pas troubler.

— Je l'espère, lui répondis-je.

Par égard pour elle. J'espérais le contraire. On tapa à la porte et Nathalie entra, fraîche et joyeuse. Hirsch se colla à son écran comme un collégien pris en faute et Mastroni s'engloutit dans ses papiers. Elle ne parut pas remarquer notre gêne.

— Vous avez du courrier, dit-elle gaiement.

Elle me tendait un fax du distributeur, celui que nous avions reçu par mail.

— On l'a déjà eu par Intranet...

Elle leva les sourcils.

— Ah, vous avez découvert l'Intranet ? C'est bien. Je vais le dire à M. Del Rieco. Ça m'évitera du chemin. Tout ce qu'il vous enverra passera par là, maintenant...

Je pris un air consterné.

— Et vous ne viendrez plus nous voir ? Ah, si j'avais su, moi et ma grande bouche... Ça fait rien, passez boire un café de temps en temps, ça nous fait plaisir.

— Promis, jura-t-elle en virevoltant sur ses talons.

Quand elle s'éclipsa, Hirsch claqua la langue avec reproche.

— Tu es con, il faudra tout planquer chaque fois...

— Mais non, penses-tu, elle ne viendra pas. J'ai dit ça parce qu'il faut toujours se mettre bien avec le petit personnel. Ils existent aussi, tu sais, ils sont contents quand on les remarque. Ils peuvent laisser échapper un tuyau...

Marilyn me tendit la lettre qu'elle venait de terminer.

– Regardez si ça vous va. Je vais fumer une cigarette dehors si ça ne vous ennuie pas.

En ouvrant la porte, elle se retourna, me fixa dans les yeux.

– Je suis contente d'être avec vous. Vous êtes vraiment le roi des salopards. On a peut-être une petite chance...

Puis elle tira le battant sur cette déclaration inattendue. Mastroni me donna une légère bourrade.

– Te fâche pas. Je crois que c'était un compliment.

Hirsch, éberlué, regardait la porte refermée.

– Eh ben, la mère Marilyn, elle a du tempérament... Là, elle m'a scié...

– Ouais, répondis-je pensivement, avec son air de pas y toucher, elle a des ressources insoupçonnées.

– Elle a pas mal d'heures de vol, non plus, fit observer Hirsch.

Je hochai la tête.

– Exact. Quand j'étais jeune, j'ai voulu jouer au tennis. J'ai acheté une super raquette, une tenue flambant neuve, je prenais des cours et tout. Un jour, je suis rentré chez moi et j'ai dit à mon père : « Je viens de me faire laminer par un type qui avait des godasses toutes trouées et une raquette sans peinture. » Il m'a dit : « Tu vois, fils, s'il était dans cet état, c'est qu'il avait beaucoup joué. Tu aurais dû te méfier. » Ça m'a frappé. J'ai jamais oublié cette leçon.

Je jetai un coup d'œil sur le projet de Marilyn et j'ajoutai :

– Elle est impeccable, la lettre qu'elle nous a faite. Vraiment super. Un petit peu étonnée, un petit peu peinée, un petit peu froide, mais cordiale quand même. Les gars, on avait une affaire à la maison et on s'en rendait pas compte.

– Comme quand tu rentres de chez ta maîtresse, dit Hirsch. Envoie le bœuf, que je la transmette.

Pendant qu'il pianotait, j'allai ouvrir la fenêtre. Nous avions dû tous transpirer sans nous en apercevoir et le petit local commençait à sentir le cow-boy. Marilyn l'avait certainement constaté plus tôt que nous, ce qui expliquait sa fuite.

Je respirai un grand coup l'air de la forêt. Un peu humide, un peu boisé. Une odeur de gel douche, fraîche et apaisante. Le ciel s'était couvert. De là où j'étais, je ne voyais que le scintillement du lac et les sapins, mais pas trace de présence humaine.

Quand je me rassis, Mastroni examinait le listing du personnel. Ce type était un bûcheur invétéré. Il souligna quelques lignes avec son doigt.

– Tu as pas raison, tu sais. On peut faire des économies. Regarde, quatre personnes à l'accueil, quatre. Et deux chauffeurs de grande remise. Qu'est-ce que c'est, ces types-là ? On en a besoin ?

– C'est ton chauffeur et mon chauffeur ! Enfin, je pense... Tu vas quand même pas me sucrer mon chauffeur ?

— Et moi ? se plaignit Hirsch.

— Toi, tu prends le métro. Tous les génies sont pauvres.

J'ignorai ses protestations amusées et je tapotai l'épaule de Mastroni.

— Bien sûr, tu balances les chauffeurs. Et la moitié des hôtesses. Dis voir, est-ce qu'on fait aussi des cannes à pêche ? Ou rien que des hameçons ?

Mastroni se mit à rire.

— Mais on fait même pas des hameçons ! Je le sais pas, ce qu'on fait. C'est un produit, c'est tout, ça pourrait être n'importe quoi. C'est l'autre abruti qui a parlé de hameçons, alors tout le monde s'est excité sur les hameçons, mais on va finir par se les planter dans le pantalon, leurs hameçons !

— Faut qu'on se diversifie. Avec le meilleur produit du monde, s'il est tout seul, tu tiens pas trois ans. Ça va trop vite. Il faut qu'on invente quelque chose. On a un département RD ?

— Un quoi ?

— Recherche et Développement. Un labo. Avec des types qui inventent des trucs.

— Non. Enfin, je crois pas...

— Mais qu'est-ce que c'est, cette boîte de merde qu'ils nous ont refilée ? On peut pas se développer, on peut pas innover, on peut pas bouffer quelqu'un, qu'est-ce qu'on peut faire, à part virer les hôtesses et prendre des CES à la place des ouvriers ? On vend tout et on se reconvertit dans l'immobilier, qu'est-ce que vous en pensez ?

— C'est peut-être une option, dit Hirsch. C'est peut-être la conclusion à laquelle ils veulent qu'on aboutisse.

Je ne le pris pas pour une boutade. Toute la question depuis le début était : que voulaient-ils de nous ? Ça n'avait rien d'une simulation ou d'un wargame. C'était, encore et toujours, un test. Sur nous, les chiens de Pavlov. Peut-être se fichaient-ils éperdument qu'on améliore le bilan. Peut-être désiraient-ils seulement éprouver nos nerfs. Tout à coup, une idée perça les ténèbres de mon esprit. Je claquai des doigts.

— Hey ! Vous croyez qu'ils nous observent ? Qu'il y a des caméras ? Des micros ? Ils en sont capables !

Hirsch pâlit légèrement. Il frappa la cloison et dit :

— En tout cas, ça, c'est pas une glace sans tain. Et je vois pas de caméras. On peut pas les miniaturiser tellement.

Puis il recula et examina son écran avec méfiance.

— S'ils nous observent, c'est avec ça.

Mastroni, saisi par la paranoïa ambiante, passait la main sous la table et renversait les chaises. Il était encore penché en avant quand une musiquette retentit, les premières notes de *Dixie* jouées sur une boîte à musique enfantine. Ça ne pouvait pas être un portable : on nous avait prévenus que les ondes ne passaient pas dans cette région reculée sans relais. Pourtant, ce que Mastroni tira de la poche de sa veste y ressemblait fort.

– Je croyais pas que ça marchait ici, s'excusa-t-il avant de porter l'appareil à son oreille.

– Si c'est ta femme, dis-lui que tu vas pas rentrer tout de suite, railla Hirsch.

– Non, c'est pas elle... C'est... Quelqu'un a dit « Urgent », et ça a raccroché...

Il éloigna le récepteur de son oreille et le regarda avec une suspicion étonnée, comme s'il venait d'y découvrir une substance malodorante.

– Mais je croyais qu'il y avait pas de relais, ici, répéta-t-il.

Je le rassurai d'un geste apaisant.

– Ce n'est pas un problème. Certains passent par des satellites, ils n'ont pas besoin de relais. Pour les explorateurs, tout ça.

– Mais ça coûte très cher ! Soixante francs la minute !

– Et alors ? C'est un problème ? Tu crois qu'ils en sont à soixante francs près ? Dis, Hirsch, « Urgent », c'est bien ce que tu as envoyé aux autres, non ?

Hirsch confirma. J'achevai le raisonnement :

– Alors, quelqu'un s'est aperçu qu'on trafiquait sur le réseau.

– Del Rieco ! sursauta Hirsch. On est flambés !

C'était une hypothèse. Il nous faisait savoir qu'il nous avait vus et qu'il préférait qu'on s'arrête. Mais il y avait une autre possibilité. Charriac nous avait fait voir un ordinateur portable (et Dieu sait quels logiciels il abritait là-dedans). Il était tout à fait capable d'avoir aussi un téléphone satellite.

Nous nous étions bien amusés à nous faire peur. Maintenant, il fallait passer aux choses sérieuses. Nous nous replongeâmes dans les dossiers, travaillant vite mais scrupuleusement. Mastroni connaissait vraiment bien toutes les ficelles de la vente. Via le Maître du Jeu, il expédia quelques messages aux clients les plus importants. Dans les autres domaines, en revanche, il ne m'était d'aucune aide. Hirsch recalcula tous les éléments du bilan et débusqua une erreur minime sur les cotisations Assedic. Ensuite, il expliqua à Marilyn, revenue de son injection de nicotine, comment rentrer ce qu'il voulait sur une feuille de calcul. Brigitte Aubert revint bredouille de sa mission. Del Rieco s'était enfermé dans son chalet et il n'y avait pas de moyen de l'approcher. Elle vagabonda quelques instants puis, se joignant à Mastroni, commença à réfléchir à une campagne de promotion.

En fin de matinée, un autre e-mail, cette fois de la centrale d'achats, nous parvint. Ils se plaignaient d'un acheminement irrégulier. Mastroni s'empara du dossier des transporteurs, envoya à son tour un fax pour répercuter les doléances sur notre convoyeur et demanda au Maître du Jeu s'il pouvait faire jouer la concurrence. Il reçut en réponse une liste de quatre entreprises de transport et leur demanda aussitôt leurs conditions.

— Je fais un appel d'offres ?

— Non. Trop de règles. On va pas s'amuser à décoller des enveloppes à la vapeur pour les recoller ensuite, comme on fait d'habitude. Fais juste une consultation. Ça ne mange pas de pain et ça nous oblige à rien.

Cinq minutes après, la chaîne de supermarchés nous contacta à son tour. Tout bien pesé, ils voulaient une ristourne de 2,5 %, alléguant qu'une autre équipe leur proposait 3.

– C'est peut-être une blague, suggéra Hirsch. Tu veux que j'aille voir sur les systèmes des autres ce qu'ils ont vraiment concédé ?

– Non. Vrai ou non, ça ne change rien. Eux, ils veulent deux et demi et la raison qu'ils te donnent par politesse n'a aucune importance. Réponds un et demi et on verra s'ils réagissent. Au pire, on aura gagné un peu de temps.

Brigitte Aubert releva le front, un sourire incrédule sur les lèvres.

– On dirait des marchands de tapis dans un souk. Vous voulez qu'on vous serve le thé à la menthe ?

– Vous savez, fondamentalement, ça n'a jamais été autre chose. Simplement, maintenant on a des cravates au lieu de babouches. Et c'est un poil plus sophistiqué. Mais le principe n'a pas changé. Je veux plus, eux aussi, et il faut qu'on trouve un moyen. Ils annoncent douze, moi trois, et on se met d'accord à sept, ce qu'on savait tous les deux depuis le début. Et dans six mois, on recommence.

Vers midi et demi, Nathalie vint en personne nous annoncer que le déjeuner était servi. Hirsch l'attrapa par le bras.

– Dites, chère enfant, on pourrait avoir un téléphone ?

– Pour quoi faire ?

– Eh bien, pour téléphoner... Aux autres équipes, par exemple.

Elle haussa une seule épaule, la droite.

– Je vais demander à M. Del Rieco, mais je pense que oui. Je ne suis pas sûre qu'il y ait une prise dans ce local. Mais si c'est juste pour parler aux autres, vous pouvez aussi monter l'escalier...

Nous étions tellement convaincus d'être enfermés dans une sorte de sous-marin que nous n'y avions pas pensé.

– Solution simple et brillante, dit Mastroni d'une voix neutre.

Je me levai.

– Vous le faites comme vous le sentez, mais moi, je vais déjeuner. Rien de pire que l'hypoglycémie. Elle a déjà commencé à exercer ses ravages...

Le déjeuner fut bizarre. Tous avaient compris que nous étions maintenant en compétition directe. En même temps, on cherchait à maintenir quelque chose de la convivialité précédente, pourtant toute relative. Comme quand, pendant un concours, on installe les concurrents dans le même réfectoire : solidaires dans notre commune condition de victimes des manigances de De Wavre International mais cependant adversaires, attentifs à tout ce que l'autre pourrait laisser échapper et veillant à ne rien trahir soi-même. Cela donnait à la conversation un tour étrange, fait de demi-mots, de phrases retenues, d'allusions voilées, d'ironie étouffée. C'était, bien sûr, aussi le congrès des Arracheurs de Dents : même dans une conférence de presse, il ne se dit pas autant de mensonges que je n'en entendis ce jour-là.

L'équipe de Charriac était descendue en bloc dans la salle à manger et avait pris possession exclusive d'une table. De temps à autre, ils lançaient à très haute voix une phrase qui nous était destinée. Mais la plupart du temps, ils chuchotaient entre eux. Morin avait oublié ses blagues pesantes ; il me sembla qu'il lui arrivait même d'oublier son accent méridional. Charriac était indiscutablement le chef. Les autres se penchaient à son oreille, le regardaient avant d'oser parler ; il était au centre de la Cène, raide et droit, tandis que ses courtisans l'entouraient. Il ne lui manquait qu'une auréole – et peut-être un Judas.

L'autre table était presque vide, à part Aimé Leroy et El Fatawi, tous deux du gang Laurence Carré. Je m'assis avec désinvolture à côté d'eux.

— Ça va, les boy-scouts ?

El Fatawi prit l'air accablé.

— Galère. Si c'est une course à handicap, on doit être les meilleurs, vu le poids qu'ils nous ont mis. En plus, on a des problèmes d'organisation. Vous nous donneriez pas une petite consultation ?

Je fis un petit tas de carottes râpées au bord de mon assiette avant d'y ajouter deux tranches de jambon de montagne.

— Je suis cher, vous savez...

Il eut un geste désabusé.

— Le prix n'a pas d'importance, de toute façon on ne vous paiera pas. On paie pas l'Urssaf, on paie pas les impôts, on paie pas nos fournisseurs... Par contre, si vous voulez des promesses, ça, on en a un plein stock.

— C'est à ce point ?

— Non. C'est bien pire. Tiens, Leroy, passez-moi la bouteille, s'il vous plaît, je vais boire pour me consoler.

— Les musulmans ne boivent pas d'alcool, fit observer Aimé Leroy.

— Non. Et les catholiques ne mentent pas, ne tuent pas, pardonnent les offenses et ne font rien pour s'enrichir. Passez-moi la bouteille.

Hirsch entra dans la salle et s'assit à côté de moi, se constituant aussitôt, Dieu sait pourquoi, une réserve de cinq ou six tranches de pain qu'il cala contre son verre. Il avait peut-être peur d'un rationnement.

— Qu'est-ce qui se passe ? demanda-t-il.

— Rien. Ils nous font le sketch de la cour des miracles.

Chalamont vint compléter notre tablée. Il dépliait sa serviette quand El Fatawi s'enquit du sort de Laurence. Chalamont répondit qu'elle travaillait encore.

Nous attaquions des spaghetti bolognese lorsque les deux derniers membres de l'équipe Carré nous rejoignirent à leur tour, bientôt suivis de Mastroni et Brigitte Aubert. Ils occupèrent la table de quatre. Leur conversation roulait sur le temps, imprévisible en montagne, et les risques de pluie. Nous cherchions un sujet aussi peu compromettant quand El Fatawi soupira.

— Et on fabrique des hameçons ! Non mais, n'importe quoi ! Qui est le con qui a eu cette idée d'hameçons ?

— C'est moi, le con, lança Pinetti de la table voisine.

Preuve qu'il ne perdait rien de nos propos.

— 'Mande pardon, marmonna El Fatawi sans conviction.

— J'ai cherché un produit dont la technologie soit accessible à tous, triompha Pinetti. Pour ne pas vous défavoriser. Vous devriez me remercier.

El Fatawi n'avait aucune envie d'une querelle. Il leva une main molle.

— D'accord, on vous remercie.

Mais Pinetti avait planté ses crocs dans un mollet et ne voulait pas le lâcher.

— Alors, il paraît que vous êtes en déroute, à ce qu'on m'a raconté... Vous avez mis une heure et demie à décider qui dirigerait la boîte et vous êtes toujours pas d'accord ?

Je n'eus pas le temps de me demander comment il le savait. Laurence Carré arrivait, la dernière. Elle était plus pâle que la veille et une ride minuscule tendait ses lèvres. Elle hésita un instant, fixa l'ultime place libre, en face de Charriac, et s'y installa, le visage morne. Charriac s'inclina avec sollicitude.

— Chère madame, vous avez l'air fatiguée... Allons, détendez-vous. Un peu de vin ?

Elle refusa d'un signe de tête.

— Figurez-vous, reprit Charriac, que mon excellent collaborateur Pinetti était en train de taquiner vos gens. Il a appris, je ne sais où, que vous aviez eu de petites difficultés d'organisation...

— Dans le journal, coupa Morin. C'était dans le journal.

— ... et le sot pense que ça pourrait nuire à votre efficacité. C'est absurde. Regardez les *major companies* : le staff passe son temps à s'entre-tuer et à se flanquer des peaux de banane et ça marche très bien.

— Mêlez-vous de vos oignons, Charriac, rétorqua Laurence Carré. Ils sont en train de germer.

On sentait dans sa voix à la fois de la lassitude et l'énergie qu'elle mettait à la combattre. Cette femme ne devait pas renoncer facilement.

Charriac se tapa sur la cuisse.

— Les oignons en train de germer ! Ah, elle n'est pas mauvaise, celle-là ! Mais j'espère bien, qu'ils germent ! Je crois que mes plans vont vous convenir.

Laurence détourna la tête et son regard croisa le mien. Elle ne mendiait pas d'aide mais sa tristesse me fit pitié. Était-elle déjà en train de perdre le jeu ? Ou, comme cela peut arriver, était-elle seulement fatiguée par une mauvaise nuit ? Hirsch désigna Charriac d'un imperceptible mouvement du menton et me souffla exactement la même phrase que Laurence Carré la veille :

— Ce type a quelque chose qui ne me plaît pas.

À une lueur dans l'œil faussement distrait d'El Fatawi, je compris qu'il avait entendu et qu'il approuvait. Le garçon demanda s'il pouvait desservir et s'attira une sèche réplique de Charriac :

— Non, non, pas du tout, nous allons attendre Mme Carré...

Dans le silence, Marilyn, cherchant désespérément à renouer les fils de la conversation mourante, laissa tomber :

— Le pire, en montagne, ce sont les orages...

Charriac, dont les pupilles mobiles ne cessaient pas de surveiller toute la salle, reprit la balle au bond :

— Je crois qu'il s'en prépare un... De la foudre et des éclairs... Eh bien, moi, voyez-vous, j'aime bien ça ! On sait jamais sur qui ça va tomber, c'est ça qui est amusant...

Hirsch tenta une piètre réplique :

— On a même vu des arroseurs arrosés...

Charriac hocha la tête gravement.

— Exact. Mais c'est parce que quelqu'un avait mis le pied sur le tuyau. Personne ici n'en est capable, n'est-ce pas ?

Je jugeai à propos d'intervenir.

— Évidemment non. Si c'était le cas, tout le monde se liguerait contre lui. Et, naturellement, ce n'est pas ce qu'il désire. Ce serait une position... plutôt inconfortable...

J'avais planté mes yeux ouvertement dans ceux de Charriac. Il ne se déroba pas ; son regard gris se durcit, agrandi par ses lunettes.

Il me fixa un instant puis se mit à jouer avec sa fourchette, feignant l'indolence et parlant à la nappe.

— C'est comme, dit-il, si quelqu'un essayait de tricher. S'il essayait, par exemple, pure hypothèse de ma part, d'aller voir ce qui se passe sur les ordinateurs des autres. Oh, il n'y a pas de juges ici, pas de police, pas de tribunaux de commerce... Mais enfin, ce serait une attitude tout à fait déplacée... Et naïve, qui plus est. Car nous, par exemple, nous avons le meilleur spécialiste mondial en informatique, notre ami Delval ici présent.

Il tourna le pouce vers l'un des Morin's boys, si effacé que je ne l'avais jamais remarqué.

— Et celui-là, reprit-il, il serait capable, en représailles, d'aller semer je ne sais quel virus sur l'agresseur. Ce serait une pagaille innommable. Pourtant, ce n'est pas une guerre ! Nous avons les mêmes intérêts ! Notre maître à tous – au moins pour cette semaine –, le vénérable Del Rieco, l'a bien spécifié : ils prendront tous les bons. Comme nous sommes tous bons, nous devrions nous entraider au lieu de nous faire des misères...

J'allais répliquer quand Laurence Carré me devança :

— ... déclara le loup en soufflant sur la maison des petits cochons, acheva-t-elle.

La phrase tira à Charriac un sourire gourmand. Il la scruta comme un chat examine un poisson rouge.

— Ma chère amie, vous ne pouvez savoir à quel point vous me peinez. J'ai toujours été avec vous courtois, loyal, irréprochable, et vous ne m'aimez pas. Si, si, je le vois bien, vous ne m'aimez pas ! Écoutez au moins la voix de la raison, si celle du cœur est enrouée !

Se penchant par-dessus la table, il ébaucha le geste de lui prendre la main.

— Pourquoi, geignit-il comiquement, mais pourquoi ne m'aimez-vous pas ?

Les membres de son gang ricanaient, admiratifs. Les autres se taisaient, impressionnés malgré eux par son numéro. Laurence, peut-être regonflée par les protéines du steak, retira lentement sa main.

— Vous voulez que je vous le dise ? Eh bien, je vais vous le dire. J'ai appartenu à votre monde, Charriac. Celui d'où vous venez. Où vous vivez encore. J'ai chevauché vos poneys, je me suis baignée dans vos piscines, je me suis emmerdée dans le Gers et dans le Lubéron, j'ai bu votre champagne millésimé servi par un maître d'hôtel immigré, vous m'avez emmenée à Venise pour vos congrès. J'ai eu tout ça, comme vous. Et puis un jour, on m'a jetée dehors. Ce jour-là, je l'ai vu de l'extérieur, votre monde. Il est dur, il est violent, il est hypocrite, il est faux et je le hais.

Charriac essaya de la freiner.

— Ma chère amie... Quelqu'un vous a poussée, vous êtes tombée, et ça vous a fait mal, c'est normal. Mais nous allons vous remettre en selle, vous verrez, ces petits bobos seront vite oubliés...

— Mais je ne veux pas ! s'exclama-t-elle, tout à fait furieuse. J'ai fait le tour, merci, c'est bon ! Je ne prends plus aucun intérêt à voir trois inspecteurs des Finances se disputer des milliards en laissant sur le sable un millier de pauvres types qui n'auront rien compris au film !

Charriac écarta les bras.

— Mon Dieu, une syndicaliste !

— Oh non, Charriac, oh non ! Même ça, je n'y crois plus. C'est simplement...

Il l'interrompit.

— Je peux vous poser une question ?

Elle l'y autorisa d'un vif mouvement de tête. À côté de moi, Hirsch s'accouda à la table, se caressant la lèvre du bout du pouce. Moi aussi, j'étais curieux de voir où tout cela allait nous mener.

— Voici ma question, dit posément Charriac.

Puis, forçant la voix, il cria presque :

— Dans ces conditions, nom de Dieu, qu'est-ce que vous foutez ici ?

— Et vous, Charriac ? répondit-elle sur le même ton. Et vous ? On vous a balancé, vous aussi ? Oh, non, je ne le crois pas : vous leur ressemblez trop. Vous êtes exactement comme eux tous. Vous êtes dans leur camp. Jusqu'à quel point, Charriac ?

Il avala sa salive, décontenancé.

— Attendez, vous m'accusez de quoi, là ? Je n'y suis plus...

Laurence ne desserra pas la prise.

— On est tous là, bavant après cet emploi qu'on aura peut-être, morts de trouille, et il y en a deux qui sont tranquilles, qui font de l'esprit, qui asticotent tout le monde et qui sont au courant de tout : Del Rieco et vous. Moi, j'additionne un et un et, c'est curieux, je trouve deux.

Charriac eut l'air franchement déconcerté.

— Attendez, répéta-t-il, vous croyez que je travaille pour eux ? Que je suis là pour vous espionner ? Un test supplémentaire ? C'est idiot !

Ce fut au tour de Laurence de se pencher vers lui, comme dans un match de boxe.

— Écoutez, ils savent tout, on peut pas bouger un cil sans qu'ils l'apprennent. Ils ne mangent pas avec nous, ils ne sont pas avec nous dans les bureaux et il n'y a pas de caméras. Alors ?

Charriac avait retrouvé son calme. Il ne l'écoutait plus : il réfléchissait. Ou c'était un acteur consommé, ou il avait des réactions étonnamment rapides.

— Un traître ? dit-il lentement. Pensez ce que vous voulez, moi, je sais que ce n'est pas moi... Mais alors, ils en ont mis un dans chaque équipe...

— Arrêtez vos conneries, Charriac ! s'exclama Laurence. Vous n'arriverez pas à nous désarçonner. Qu'est-ce que c'est, le nouveau jeu ? Qu'on se suspecte les uns les autres ? Il n'y a qu'un traître ici, c'est vous !

Il la regarda, toute ironie envolée.

— Ou alors, c'est vous. Ce serait bien joué...

Personne ne s'attendait à ce que Chalamont, le gros rougeaud, siffle lourdement la fin de la partie :

— Mais enfin, explosa-t-il, qu'est-ce que vous cherchez ? À nous rendre tous mabouls ? Des traîtres, maintenant, à tous les coins de rue ! C'est un stage de sélection ou c'est la CIA, ici ?

— Mme Carré a émis une hypothèse qu'on ne peut pas écarter d'emblée, répondit lentement Charriac. Sans faire une fixation pour autant.

Il se retourna vers Laurence.

— Vous croirez ce que vous voudrez, poursuivit-il. J'ai, moi aussi, été « balancé », comme vous dites élégamment. Ça arrive même aux meilleurs. Un concours de circonstances. Mais je vais remonter dans le train. Tout de suite. Je suis accroché à la portière et je ne suis pas loin du marchepied. Si ça vous amuse de rester sur le quai et de végéter, c'est votre problème. Moi, j'ai envie d'y retourner. Et s'il y a un traître ici, il peut aller le dire à Del Rieco. Ce n'est pas une déclaration de principe.

– Et s'il faut pour ça me tuer, vous me tuerez, je sais, acheva Laurence d'une voix maussade.

– Exact. Parce que moi je ne suis pas fatigué, ni découragé. Et que j'ai encore envie de ces raisins que vous trouvez trop verts. J'y ai pris goût. Et s'il y a quelqu'un ici qui préfère habiter un F2 de banlieue, se lever à cinq heures pour prendre le RER ou aller pointer au RMI, qu'il se lève et qu'il le dise. Comme ça, le traître, on l'aura vite trouvé.

Le serveur apportait les desserts, des poires Belle Hélène. Morin, sa verve retrouvée, commença à raconter une blague plus insipide que vulgaire. Hirsch, la bouche pleine de chocolat, parvint à articuler :

– Instructif...

Le jeu commença à prendre de l'intensité dans l'après-midi. Les e-mails du Maître, de plus en plus rapprochés, accumulaient les petits événements de la gestion quotidienne, nous posant successivement les questions classiques auxquelles toute équipe de management doit faire face. Il n'y avait pas de réels problèmes stratégiques, seulement une série d'accidents tactiques. Quelques sacs de nœuds avec les diverses administrations, ce qui me fit douter de la mise à jour du modèle : les administrations ont fait beaucoup de progrès ces derniers temps, les jeunes gens qu'elles ont embauchés sont beaucoup plus pointus, leurs services contact plus rapides, même si elles sont encore paralysées par une avalanche de réglementations générales aussi confuses que contradictoires. Quelques difficultés clientèle, passant en revue la typologie psychologique habituelle : le distrait, le scrupuleux, le hâbleur, le timide, le procédurier, le désinvolte, les petits distributeurs présentaient la gamme complète de la pathologie ordinaire.

Quelques bugs techniques sans originalité, depuis la panne de machine jusqu'au transporteur accidenté sur un contrat important, enfin quelques revendications du personnel, mécontent de la date des vacances et du GVT trop lent. Chacun de ces soubresauts met en général en émoi la direction concernée. Mon état-major les affronta avec calme et efficacité, sans jamais perdre son sens de l'humour. Une ou deux fois, il y eut une courte discussion, mais toutes les décisions furent finalement prises à l'unanimité. La mécanique tournait rond. Je crois que nous parvînmes à fournir les réponses adaptées que Del Rieco souhaitait et j'étais plutôt satisfait de notre travail. Le soir venu, il ne restait que deux ou trois dossiers encore ouverts et la suite s'annonçait positive. Hirsch avait mis au point un plan de rééchelonnement de nos emprunts pour lequel nous attendions la réaction de la banque, Brigitte Aubert avait marginalisé en contentieux deux clients vindicatifs, Marilyn écrivait des lettres redoutablement ambiguës et Mastroni, assumant en même temps le commercial et la production, se préoccupait d'innovation technologique. Douchés par les allusions de Charriac, nous n'avions plus tenté de piratage. La paranoïa du déjeuner s'était évanouie. Visiblement, ils voulaient seulement savoir si nous avions la pratique du pilotage banal, et je n'arrivais pas à discerner le moindre piège dans les exercices qu'ils nous imposaient.

Le dîner fut plus détendu que le déjeuner. Nous savions maintenant où Del Rieco voulait en venir et nous n'avions plus de motifs d'inquiétude. Je songeai que les organisateurs auraient pu désamorcer d'un mot le mauvais climat qui avait failli s'instaurer, simplement en se montrant plus précis sur les buts et les règles du jeu. Si, comme dans les stages de formation, il y avait eu à la fin une évaluation, je n'aurais pas manqué de le leur faire savoir. Mais Del Rieco se cachait ; depuis vingt-quatre heures, nous ne l'avions pas revu. Ni Nathalie ni son assistant ne s'étaient plus montrés – l'assistant, d'ailleurs, je me demandais bien à quoi il pouvait servir : nul n'avait entendu le son de sa voix.

Au repas, les équipes ne se séparèrent pas. Chacune s'empara d'une table homogène. Au lieu de deux tables de six et une table de quatre, il y avait maintenant une table de six et deux tables de cinq. C'était un détail. Mais le genre de détail auquel je demeure très attentif. C'est spontanément que j'observe la façon dont les gens se situent dans l'espace, les signes subliminaux qu'ils échangent, tous ces petits riens presque imperceptibles qui finissent par composer une impression d'ensemble. Nos sens les enregistrent, les analysent sans que nous en soyons conscients, et au bout du compte se dessine un jugement que nous sommes incapables de justifier mais qui se révèle toujours exact. J'étais un peu en avance sur les autres : je sais attraper au vol une expression, un geste, je sais ce qu'ils signifient, je sais que notre corps nous trahit à tout instant et qu'il suffit de regarder.

De la même manière, la rumeur des conversations renseigne sur l'état d'esprit du groupe. Non le contenu des discussions : juste le bruit, la musique des voix. Dans notre cas, elle était lente, douce, sereine, marquant la détente après une journée fatigante. Rien des attaques de cuivre et des coups de trompette du déjeuner. L'abandon des corps, les traits apaisés, les jambes étendues, les épaules relâchées, signaient le repos du guerrier. Personne ne se préparait à monter à l'assaut, tout ronronnait comme un moteur au ralenti.

Après le café, je sortis pour ma promenade rituelle au bord du lac. Le ciel était encore couvert et une petite brise agitait les aiguilles des sapins. Sur le perron, Marilyn fumait une cigarette. Hirsch était resté au bar, disputant une partie d'échecs avec Delval, l'informaticien de Charriac. Peut-être essayaient-ils d'améliorer *Deep Blue*, l'ordinateur champion du monde de cette spécialité.

Près du ponton, Laurence Carré était déjà en poste, assise sur son rocher familier, sa robe longue déployée autour d'elle. Je m'adossai à l'un des pieux.

– Vous allez me dire de me mêler de mes oignons, mais c'est vrai que vous avez l'air fatiguée...

Elle respira profondément.

– J'ai eu des nouvelles de chez moi à midi, c'est pour ça que j'étais en retard au déjeuner. Des petits problèmes. Ça ne favorise pas la concentration. Alors, j'ai passé mes nerfs sur Charriac. Tant pis pour lui.

– J'ai eu de la chance de ne pas passer dans la ligne de tir...

Elle sourit.

— Oui. Mais vous ne l'auriez pas fait.

— Il cherchait à vous tester...

— Bien sûr. Del Rieco cherche à nous tester, du coup, tout le monde teste tout le monde. C'est un peu épuisant, non ? Je ne l'ai pas arrêté tout de suite parce que je ne suis pas à cent pour cent de mes moyens. Le stress. Tout s'accumule, vous comprenez ?

Je ne relevai pas. Si elle avait envie de me raconter ses ennuis personnels, elle le ferait d'elle-même. Ça ne m'intéressait pas suffisamment pour que j'insiste. J'avais de la sympathie pour elle, et même un peu d'admiration pour la façon dont elle tenait le coup, mais je n'oubliais pas, je n'oubliais jamais, pourquoi nous étions ici. Cette obsession obscurcissait tout le reste. Je devais le reconnaître, elle était belle, plus encore maintenant que l'ombre effaçait sa pâleur. Pourtant, curieusement, mes hormones restaient sages. Je n'avais regardé ni ses seins ni ses hanches ; en fermant les yeux, j'aurais été incapable de les décrire.

Elle jeta un coup d'œil vers la forêt.

— Il fait bien noir, ce soir. Ce n'est pas encore aujourd'hui que nous saurons ce qu'il y a au bout du chemin.

— Vous voyez, vous ne tenez pas vos promesses...

— Je sais. C'est pourquoi je ne promets jamais rien.

Je m'étirai paresseusement, faillis bâiller.

— Moi, repris-je, je sais ce qu'il y a au bout du chemin.

— Quoi ?

— Un autre chemin. Et puis derrière, encore un autre.

— Ça ne s'arrête jamais ?

— Si. Quand on a fait le tour, on revient au point de départ.

— Alors, restons ici, conclut-elle. C'est quoi ? Un haïku ?

— Non. Un haïku est censé faire réfléchir. Le sentiment de la vanité des choses empêche au contraire de réfléchir.

Elle eut un petit grognement amusé.

— C'est rien. Un peu de Prozac, ça va passer.

Notre dialogue languissant fut interrompu par l'irruption de Charriac. Nous ne l'avions pas entendu approcher. Tout à coup, il s'interposa entre nous. Il portait toujours son costume et sa cravate, incongrus au milieu de la nature sauvage.

— Bonsoir les amoureux ! claironna-t-il.

Laurence le regarda comme si elle avait trouvé un cafard dans son potage, avec un mélange de dégoût et de stupéfaction. Sa réaction me parut exagérée. Pourquoi le haïssait-elle tant ? Parce qu'il avait eu la maladresse de l'agresser alors qu'elle essayait de digérer un écueil familial ? Ou y avait-il autre chose ?

Il esquissa un pas de danse, fredonnant le refrain des *square dances – and we change... partners* –, paroles et musique.

— Cassez-vous, Charriac, lança sèchement Laurence.

Négligeant l'ordre, il s'adossa au pieu voisin du mien, dans la même posture que moi.

— Oh non, non. J'ai des choses à vous dire. Je

suppose que vous êtes conscients du fait que nous avons eu aujourd'hui les hors-d'œuvre. Que dis-je, les cacahuètes de l'apéritif ! Une mise en jambes. Un échauffement. Maintenant que nous sommes persuadés que tout roule, les vrais problèmes vont commencer.

Laurence eut un soupir excédé. Elle le prit à partie avec véhémence.

— Mais qu'est-ce que vous venez nous casser les pieds ? Qu'est-ce que vous voulez ? Nous déstabiliser ? Nous faire peur ? Je ne vous comprends pas, Charriac. C'est votre côté Dracula ?

— Il n'y a pas que moi que vous ne comprenez pas, répondit-il. Vous ne comprenez rien, c'est désespérant ! Carceville, lui, il a compris. Alors, je vais vous expliquer. Tout ce que nous avons fait jusqu'à présent, on pouvait le faire à Paris. S'ils nous ont emmenés ici, c'est parce qu'ils veulent voir ce que nous donnons en équipe les uns contre les autres. Donc – vous suivez bien ? – donc, il va se passer quelque chose. Quelque chose qui va nous opposer irrémédiablement. Juste, Carceville ?

— Possible.

— Probable. Certain. Dans leur simulation, jusqu'à présent, nous ne sommes *pas* en concurrence... Nous gérons nos épiceries tranquillement et c'est tout. Ça n'a pas de sens. Ils veulent qu'on s'entre-tue. Ils vont faire en sorte qu'on y arrive.

Laurence soupira encore une fois.

— Charriac, vous ne rêvez que sang et meurtre ! Vous étiez quoi dans le civil, *serial killer* ?

Il fit un pas vers elle, s'arrêta en levant les mains.

— Vous connaissez le proverbe thaïlandais : si quelqu'un dit la vérité, donnez-lui un bon cheval, il va avoir besoin de s'enfuir. Où est mon cheval ? Voyons, réfléchissez : quel est le but ? Ils veulent savoir si nous sommes de bons soldats, si nous sommes capables d'animer une équipe prête à massacrer la concurrence sans murmurer. Ils nous ont laissé tisser des liens entre nous, copiner, et maintenant il va falloir tirer sur le camarade. Vous avez connu ce monde-là, dehors, celui où on va peut-être être réinjectés, vous me l'avez dit ce matin. Qu'il était dur, impitoyable. Et c'est vrai. Il n'y a pas assez d'argent pour tout le monde et chacun en veut plus que les autres. Un monde de chiens. Si vous voulez savoir si vous avez un caniche ou un doberman, qu'est-ce que vous faites ? Vous le laissez tout seul dans sa niche ? Ou vous jetez un os dans la mêlée et vous regardez ce qui se passe ?

L'agressivité de Laurence s'effritait.

— Où voulez-vous en venir ? demanda-t-elle d'une voix moins ferme.

— À ceci. Je suppose que vous avez analysé le marché. Si vous ne l'avez pas fait, allez jouer au baby-foot, vous n'avez pas votre place ici. Quelle est votre conclusion ? Y a-t-il place durablement pour trois entreprises ?

— Non, concédai-je.

Il y vit un encouragement.

— Exact. Il faut donc que l'un de nous trois disparaisse. Demain soir, nous ne serons plus que deux. Et nous viendrons sur cet embarcadère accompagner au bateau le troisième avec des mouchoirs mouillés de larmes. Je ne sais pas comment ils vont s'y prendre mais c'est inévitable. Correct, Carceville ?

Il n'y avait pas de faille dans son raisonnement. J'acquiesçai.

Il se frotta les mains.

— Bien. On avance. En sciences politiques – oui, parce que j'ai aussi fait Sciences po, évidemment –, il y a une théorie qui ne s'est jamais démentie. Quand vous avez trois partenaires, il y en a toujours deux qui se liguent contre le troisième. Les alliances peuvent changer, mais c'est une règle : trois égale deux contre un. Nous avons maintenant un très joli arbre d'hypothèses.

— Vous me fatiguez, Charriac, dit mollement Laurence.

En réalité, elle l'écoutait avec attention. Il s'accroupit sur la terre battue, traçant une ligne avec son doigt.

— Un, Carceville s'allie avec moi et nous vous nettoyons. Ensuite, nous jouons tous les deux la finale. C'est le plus logique. C'est sûrement ce que vous essayez de contrer par ce flirt indécent.

— Vous êtes un malade, Charriac, dit Laurence.

Il ne l'entendit même pas.

— Deux, Mme Carré s'allie avec moi. Nous nettoyons Carceville. C'est une hypothèse à approfondir. Je n'y ai pas vraiment intérêt, parce que je peux y arriver tout seul. Mais d'un autre côté, j'empêche l'hypothèse trois et la bagarre est nettement plus confortable. C'est un avantage que je ne peux pas négliger. Et vous, chère madame, vous devriez y songer. Trois...

— Carceville et moi contre vous, dit Laurence.

Charriac releva la tête et sourit.

— Ah, vous voyez que je vous intéresse... Troisièmement, en effet, vous deux ensemble contre moi. C'est sûrement le plus équilibré. Oh, pas en raison de nos qualités réciproques, je ne veux pas en juger, mais si on regarde les bilans et les positions commerciales respectives. Quand on joue aux échecs, on regarde l'échiquier, pas l'adversaire qui essaie de vous impressionner. Seulement, voilà...

Il se releva, s'essuya le doigt avec son autre main.

— ... si on fait ça, ça veut dire qu'on est en finale tout de suite. Et que si je vois l'ombre du début d'un accord entre vous, je suis obligé de vous bombarder. Vous voyez, je fais comme l'OTAN, je préviens. Et ça fera comme le Kosovo : un champ de ruines où tout le monde perdra. Bécotez-vous tant que vous voudrez au bord du lac, mais ne me touchez pas. C'est mon message.

Laurence Carré le dévisagea, incrédule.

— Vous êtes pas vrai, Charriac !

Il lui sourit sans montrer les dents.

— Je continue à ne pas comprendre la raison de votre antipathie. Je vous rappelle quelqu'un qui vous a déplu ? Il n'y a pas de place ici pour les sentiments, madame Carré. Ni positifs ni négatifs. Il n'y a qu'en France qu'on voit ça, des types qui vident des querelles personnelles à coups d'OPA. L'amour, la haine, l'amitié, on a un espace pour ça : chez soi. Ici, on est des machines. Personne ne vous saura gré d'avoir un cœur. On vous paie pour avoir un cerveau. On achète votre intelligence, rien d'autre. Je ne vous veux pas de mal. Je ne vous veux pas de bien. Je regarde l'échiquier. Et l'argent qui est posé sur chaque case. Je ne sais même pas s'il y a quelqu'un derrière.

Il se tourna vers moi, appuya son index sur ma poitrine.

– Mais vous, vous avez compris. Expliquez-lui. J'ai un deuxième message : si l'un de vous veut marcher avec moi, il est le bienvenu. C'est son intérêt et c'est le mien. À bon entendeur...

Il s'inclina en une parodie de révérence et acheva :

– J'espère que je ne vous ai pas gâché la soirée. Je vous souhaite le bonsoir.

Puis il s'éloigna en sifflotant. Laurence ferma les yeux.

– Ça recommence, souffla-t-elle. Cette espèce d'ambiance qu'ils font régner, où tout le monde soupçonne tout le monde, où on se demande sans arrêt ce que l'autre a dans le crâne. Vous croyez qu'ils veulent nous faire craquer ? Je n'arrive pas à me sortir de l'idée que Charriac marche avec eux. Il nous met la pression chaque fois qu'il le peut. C'est vrai que je ne l'aime pas. Il est... insidieux. Visqueux. Et ces airs bravaches, cette morgue... Ce côté donneur de leçons... J'ai horreur de ça.

– Il est intelligent, dis-je.

– Non. Il est rusé.

– Non, il est intelligent. Mais pas assez. Il y a une quatrième hypothèse. C'est curieux qu'il ne l'ait pas mentionnée.

– Laquelle ?

– Tous les trois contre Del Rieco. Vous n'avez pas lu *L'assassin habite au 21* ? On découvre à la fin que tous les suspects sont ligués. Si on s'unit, on peut peut-être faire exploser son système. Nous sommes les trois fabricants, il n'y en a pas d'autre. Si on a tous les trois la même position, que peut-il faire ?

Elle bondit sur ses pieds, soudain revigorée.

– Génial. Vous allez le lui proposer ?

– Oui. Si vous êtes d'accord.

– Excellent. S'il refuse, c'est que j'ai raison et qu'il a partie liée avec Del Rieco. Oh, allez-y tout de suite. J'attends là.

Je le lui déconseillai. Le vent était tombé, une petite brume humide et froide commençait à monter du lac. Comme notre état d'esprit, le temps changeait en quelques instants. En remontant l'allée, je dus me débarrasser d'un sentiment de malaise. Je m'attendais presque à voir surgir au détour d'un sapin une sorcière et un lutin grimaçant. Les montagnes qui nous encerclaient semblaient se pencher pour veiller sur le lac et protéger ses sortilèges. Les lumières de l'hôtel m'apaisèrent une minute, puis je me demandai qui avait pu avoir l'idée de construire une auberge dans cette île inaccessible. Il n'y avait pas trace d'une clientèle normale. Pourtant, l'hôtel était doté de tout ce qu'on pouvait espérer. Puisque nous en étions là, j'allais réclamer le bilan de la boutique. Si toutefois je parvenais à mettre la main sur un gérant ou qui que ce soit qui y ressemble. Nous avions entrevu jusqu'à présent le serveur et le nautonier italien, personne d'autre. Il devait cependant y avoir quelqu'un en cuisine, des femmes de chambre... Où étaient-ils ? Pourquoi ne les entendait-on jamais ?

Nous étions à mi-chemin quand il commença à pleuvoir. D'abord de grosses gouttes isolées, lourdes comme des balles, puis un crépitement qui transperçait. Je saisis le coude de Laurence et la forçai à courir les derniers mètres. Dans le hall, je l'abandonnai pendant qu'elle essayait d'essorer ses cheveux mouillés avec ses mains.

L'entrevue avec Charriac prit les allures d'un film d'horreur. Avec des mines de conspirateurs, nous nous étions réfugiés dans sa chambre, au second, lui assis sur son lit, moi sur l'unique chaise, tandis que l'orage s'abattait sur le toit, ponctuant chaque phrase d'un roulement de tambour. Il avait laissé allumée la petite lampe de chevet, mais elle ne pouvait rien contre les fulgurances de stroboscope qui, à travers la petite fenêtre, illuminaient nos visages et nous sculptaient des traits blafards. Je reste persuadé que, sous un autre climat, les choses eussent été tout à fait différentes : enfermés dans des locaux à air conditionné et lumière artificielle, nous avons perdu l'habitude de ressentir les effets des éléments. Quand ils se déchaînent, ils s'emparent de circuits archaïques au fond de notre cortex et bouleversent nos réactions.

Charriac faisait ce qu'il pouvait pour ne pas en

tenir compte, raidi dans son imitation de robot, un demi-sourire mécanique plaqué sur la bouche.

— Je suis étonné, me dit-il. Votre attitude n'est pas rationnelle. Vous êtes agacé parce qu'on vous mène par le bout du nez et que vous n'aimez pas ça. Mais ce n'est pas un match nous contre Del Rieco. C'est nous contre De Wavre, une énorme puissance. Del Rieco n'est qu'un pion, un mercenaire. Un agent d'exécution. Il fait ce que le programme exige qu'il fasse. Je ne vois pas du tout quel intérêt nous aurions à entrer en conflit. En revanche, je vois très bien nos chances de gagner : nulles.

— Changez de place.

— Pardon ?

— Déplacez-vous. Vous ne voyez pas la situation sous le bon angle. Vous êtes joueur d'échecs, n'est-ce pas ?

Il se rengorgea.

— Oh, un modeste amateur...

— Si vous savez exactement quel est le prochain coup de l'adversaire, ne disposez-vous pas d'un avantage ?

— Considérable.

— C'est ce que je vous propose. Réunissons nos informations. Si nous arrivons à savoir ce que mijote Del Rieco, ce sera beaucoup plus facile.

— Mais qu'est-ce qui me garantit que vous n'allez pas garder pour vous le seul renseignement important ? Je vous donne tout ce que j'ai et vous ne me rendez que des miettes de ce que vous avez : comment le vérifier ?

— La confiance, Charriac. Toutes les relations

d'affaires sont basées sur la confiance. Vous êtes certain que votre banquier ne va pas s'enfuir avec votre argent. Qu'est-ce qui le garantit ? La certitude que, si vous en doutiez une seconde, tout le système s'écroulerait.

Il considéra ma théorie une seconde, le front baissé.

— C'est vrai au niveau macroéconomique. Ce n'est pas vrai au niveau microéconomique. J'ai confiance dans ma banque parce qu'elle ne peut survivre que si tout le monde a confiance en elle. Et qu'elle le sait. Si elle me donne le moindre motif de défiance, elle est morte. Je vais exiger une prime de risque colossale et elle ne pourra pas tenir. Mais vous, Carceville, si vous m'entubez, qu'est-ce que je peux faire ?

— Et dans la vie, qu'est-ce que vous pouvez faire ?

— Il y a des lois. Des contrats. Des pénalités.

Je haussai les épaules.

— Allons, Charriac, c'est une fiction. Du papier. Les lois, les contrats, les chèques, les billets ? Du papier. De la confiance couchée sur du papier. Même pas : des chiffres en code binaire sur un ordinateur. C'est comme la religion : ça ne marche que parce que les gens y croient. Coupez le courant, tout s'effondre. Nous pourrions essayer de couper le courant à Del Rieco.

Charriac se leva un instant, les mains dans les poches, se heurta aux meubles et se rassit.

— Non. Quand quelqu'un ne joue pas le jeu, ou c'est un délinquant, ou c'est un fou. Dans les deux cas, on l'enferme. Et la religion avait des bûchers. Le système ne supporte pas les déviants. Moi, je suis *dans* le système. Je ne vais pas contribuer à le détruire. Sûrement pas.

Je soufflai entre mes lèvres comme dans une trompette.

— Et nous voilà ramenés à la question du début : jusqu'à quel point êtes-vous dans le système ? Jusqu'à quel point collaborez-vous avec Del Rieco ?

Il s'énerva.

— Putain, j'ai une gueule de faux cul à ce point ? C'est incroyable, ça ! J'en viens à me poser des questions !

— Vous feriez bien...

L'orage libéra un volet qui se mit à claquer. Charriac se leva de nouveau, entrouvrit la fenêtre, tira le battant et, se rasseyant, essuya ses lunettes avec le coin de sa couverture.

— Saleté de temps ! C'est pas sur moi que je me pose des questions. Moi, je sais très bien où j'en suis. C'est sur vous. Comment, on vous invite à un stage où vous pourrez manifester votre immense compétence et, à peine arrivé, vous vous demandez comment vous pourriez le saboter ! Vous êtes quoi, un révolutionnaire ? Si le jeu ne vous plaît pas, restez chez vous et ne le jouez pas ! Moi, je *veux* ce job, Carceville, et je ferai tout ce qu'ils me diront de faire. Tout. Ils veulent savoir si je suis un bon petit toutou ? Oui, j'en suis un. Envoyez l'os. Avec le plus possible de gras autour.

— Le jeu est truqué. Bon sang, vous êtes intelligent...

Il eut une grimace exaspérée.

– Naturellement, le jeu est truqué ! s'écria-t-il. Tous les jeux sont truqués ! Même mon gosse, qui a six ans, il triche aux cartes. Vous êtes riche ? On vous donne encore plus d'argent. Vous êtes pauvre ? Vous en aurez encore moins. Et on vous raconte que vous êtes tous sur la même ligne de départ. Del Rieco triche, vous trichez, je triche, et le pape doit se tordre de rire en disant la messe ! Simplement, quelque part, il y a des lignes jaunes avec des policiers derrière. Ils attendent juste que vous alliez un tout petit peu trop loin. Tant que vous trichez à l'intérieur des limites, ça va. C'est comme les radars. En principe, c'est cent trente. Mais tant que vous ne dépassez pas cent cinquante, on ne vous emmerde pas. Maintenant, si vous vous mettez en tête de rouler à deux cents, vous allez avoir des ennuis, prévoyez un flingue dans la boîte à gants. Ou une cocarde tricolore, c'est pareil. Quelque chose que les autres ont pas et qui va leur faire fermer leurs gueules. Je vais vous dire ce que vous êtes : vous êtes un extrémiste. Vous constatez que tout le monde est un peu à côté et ça vous indigne tellement que vous commencez à tirer au mortier. C'est l'indice d'une personnalité rigide. Vous savez, il y a une grande ressemblance entre les juges et les terroristes. C'est pour ça qu'ils se comprennent si bien : tous les deux pensent que la borne est sacrée. Nous, nous avons toujours un pied dans la légalité, un dans l'illégalité. Eux, ils ont les deux du même côté, de part et d'autre. Ils jouent le même jeu.

Charriac s'écoutait parler, se délectant de ses propres théories. Nous perdions du temps. Je l'interrompis dans sa péroraison.

– Bon, écoutez, je vous ai fait une proposition. Je la résume. Primo, on met ensemble toutes les informations que nous pouvons avoir sur les manigances de Del Rieco. Secundo, chaque fois qu'on a un problème, on se concerte. Ça n'engage à rien, ensuite vous restez libre d'agir comme vous voulez.

– Un bon d'essai gratuit ?

– En quelque sorte. Regardez, vous avez reçu vous aussi le mail des supermarchés, deux et demi pour cent de ristourne ? Eh bien...

– Deux et demi ? Ah, les enfoirés, ils m'ont demandé trois !

– Vous voyez ? Et qu'est-ce que vous avez fait ? Vous avez proposé un.

– Un virgule trois.

– Bon. Et vous allez toper à un sept. Si nous nous étions concertés, on disait non tous les trois et c'était fini. Zéro. Ils l'avaient dans le dos.

Il se détendit légèrement.

– Ce n'est pas faux. Dans le cas particulier, ce n'est pas faux. Je ne suis pas sûr qu'on ait le droit...

– Non, bien sûr. Mais comment font-ils dans les Travaux publics pour les appels d'offres ? Ils se mettent d'accord, toi tu fais l'offre minimale ici et moi là. C'est absolument interdit mais s'ils ne le font pas ils plongent tous devant les grands groupes européens qui cassent les prix pour éliminer la concurrence. Et on n'a pas le droit de favoriser une entreprise française si elle est plus chère que le monstre international. Le trust européen se goinfre et ensuite on vous augmente les cotisations Assedic parce qu'on a trop de chômeurs chez nous. On vous dit : « Ah, mais c'est pas la même caisse. » Vous trouvez que c'est normal ? Ce sont les règles qui sont pourries.

— Un ré-vo-lu-tion-naire, persifla Charriac.

— Non. Je me défends. Ils veulent ma peau et je la défends. Qui les fait, les règles ? Et où elles sont, les règles ? Del Rieco les invente au fur et à mesure. De Wavre veut savoir ce que j'ai dans le ventre ? D'accord. Moi aussi, je veux regarder ce que, eux, ils ont dans le ventre. Normal, non ?

Charriac soupesa mon indignation.

— Pas tout à fait. Ils peuvent faire quelque chose pour nous, à quoi nous tenons beaucoup, et nous ne pouvons rien faire pour eux. C'est la situation qui est déséquilibrée. On joue aux échecs, ils ont une reine et moi non.

Puis, tout à coup, il se décida :

— Bon, je veux bien accepter votre proposition. Nous ne risquons rien. Après tout, le délit d'entente illicite est aussi une stratégie assez commune. Si on y est tous, ils ne pourront pas s'en prendre à quelqu'un en particulier. Sauf s'il y a un micro dans cette chambre. Maintenant, autre chose...

Satisfait de sa réponse, j'allais m'apprêter à me détendre. Je n'en fis rien. C'était le moment dangereux, celui où, sur le seuil, au dernier moment, quand tout est emballé, quelqu'un se retourne et lance une bombe. Charriac se pencha en avant.

Nos fronts se touchaient presque et je sentais son haleine un peu lourde.

— Cette Mme Carré..., murmura-t-il. Vous en avez vraiment besoin ? Est-ce qu'on est obligés de l'inclure dans l'accord ? Si vous et moi on s'occupait d'elle, elle ne passerait pas la journée.

Je me forçai à un ton conciliant.

— Quel intérêt on a à l'exécuter ?

Il plissa les lèvres comiquement, avec un air d'adolescent farceur.

— Ben, j'sais pas. C'est le jeu, non ? L'idée, c'est de gagner. Qu'est-ce qu'ils cherchent, tous ? À devenir l'homme le plus puissant et le plus riche du monde, non ?

— Pourquoi ? Ça nous empêchera de mourir ?

Il recula, reprit sa pose précédente, les poignets couchés sur les cuisses.

— Je me suis trompé : vous n'êtes pas un révolutionnaire, vous êtes un philosophe, c'est bien pire. Non. On mourra tous. La question, c'est : quel genre de vie aurons-nous avant ? Confortable et agréable, ou merdique ? Vous savez quoi, Carceville ? Je n'ai jamais de ma vie regardé un prix dans un magasin. Je n'ai pas l'intention de commencer. Alors, cette dame, qu'est-ce qu'on en fait ?

Je me levai et m'étirai ostensiblement.

— Pour l'instant, rien. On verra.

Il abaissa le menton sur sa poitrine, déçu.

— Ah. Vous allez faire alliance avec elle ? Vous croyez qu'elle sera plus facile à baiser, après ?

– Arrêtez, Charriac, je ne mélange jamais les affaires et le plaisir.

C'était un langage qu'il pouvait comprendre. Il approuva de la tête.

– Un dernier conseil, cher ami : regardez bien l'échiquier. Et, avant de faire une bêtise, demandez-vous ce que vous voulez vraiment.

J'esquissai une tape amicale.

– Merci. Moi aussi, je vais faire quelque chose pour vous, en gage de loyauté. Del Rieco tient ses quartiers dans une cabane, derrière les cuisines.

Une lueur s'alluma dans ses yeux.

– C'est donc ça... Je me demandais où il se terrait... On se revoit demain matin ?

– Oui. Au bord du lac. En plein air. À dix heures.

Avec emphase, il leva les bras en l'air.

– J'y serai. C'est la naissance d'une magnifique amitié.

Laurence m'attendait dans la salle de travail dont le rideau de séparation était hermétiquement clos. Elle s'était changée et portait un tailleur bleu marine qui moulait ses hanches étroitement. Ses cheveux étaient secs. Je lui fis part du résultat de l'entrevue.

— Quelle impression vous a-t-il faite ? demanda-t-elle.

— C'est un mille-feuille. On n'est jamais sûr de ce qu'on a en face de soi. Vous croyez que c'est du chocolat, mais dessous il y a de la crème. Et quand vous entamez la crème, surprise, dessous il y a de la pâte feuilletée. Et encore dessous...

— ... de la crème, et puis une couche très dure. Et puis il n'y a plus rien, conclut-elle. Je connais ce genre de type. J'en ai même épousé un. Je l'ai gardé presque dix ans. Quand j'ai voulu partir, il m'a dit : « Je ne comprends pas, je ne t'ai jamais rien refusé. » J'ai réalisé qu'il m'avait achetée. Dans sa tête, il me payait. C'était un marché.

Je conservai le silence. Elle regarda fixement

un angle de la salle pendant quelques secondes, puis, brusquement, elle me souhaita le bonsoir. Dehors, l'orage s'était apaisé. Il pleuviotait encore un peu. J'attendis qu'elle ait refermé la porte et j'examinai le coin de mur qu'elle avait contemplé. Je n'y vis rien, qu'une très légère éraflure qui en rayait la peinture.

La nuit fut calme. Après la pluie, la nature reprenait son souffle et l'air était devenu plus léger. Au matin, le soleil pointa le nez entre deux nuages, comme une jolie voisine qui ouvre ses volets. Mais, sans doute en constatant ce qui se passait en bas, l'astre rentra chez lui et s'entoura d'une fortification de cumulus.

J'étais sous ma douche quand on frappa à ma porte. J'eus juste le temps de couper l'eau et de saisir à la hâte une serviette, Brigitte Aubert faisait irruption dans l'étroite salle de bains. Elle jeta un coup d'œil hardi à ma semi-nudité et lança :

— Bon, dépêchez-vous, j'attends là.

— Pourriez-vous avoir la bonté de me faire passer quelques habits ?

Je l'entendis ouvrir l'armoire et elle me jeta un slip et une chemise en soupirant :

— Ah, les hommes...

Visiblement, c'était une espèce qu'elle avait déjà fréquentée. Je n'avais pas à ménager une pudeur qui n'existait plus depuis longtemps. Je passai la tête par la porte.

— Vous pouvez parler, j'entends. Ça vous ennuie si je me rase en même temps ?

— Non, non, allez-y. Voilà, en me levant, je suis allée faire un tour du côté du cabanon de M. Del Rieco. Et devinez qui j'ai vu entrer là-bas ?

— Je ne sais pas. Nathalie ? Non, Charriac ?

— Perdu. Morin. Vous savez, le Marseillais...

— Ah bon ? Qu'est-ce qu'il faisait là-bas ?

— Excellente question. Malheureusement, je ne connais pas la réponse.

L'information ouvrait des perspectives intéressantes. J'achevai de me couvrir les joues de mousse à raser.

— Il allait peut-être se plaindre qu'il n'y avait pas de pastis ?

Brigitte n'y tint plus. Le miroir refléta son petit visage chiffonné qui s'encadrait timidement dans le chambranle.

— Et comment savait-il...

— Je l'ai dit hier soir à Charriac. Où c'était.

Son front se plissa de déception.

— C'est bien la peine que je me défonce si vous allez tout leur raconter...

— Je vous expliquerai... C'est de la stratégie...

Pendant que la lame taillait les poils, je réfléchissais. Aucun d'entre nous n'était allé voir Del Rieco. Nous n'étions même pas censés connaître son refuge. Si Morin y entrait comme dans un moulin, sans déclencher aboiements de chiens-loups et tirs de miradors, c'est qu'il était de leur côté. Ce n'était pas Charriac seul qui trahissait : c'était toute son équipe. Il avait dû bien rire quand je lui avais fourni mes renseignements exclusifs. Et ce matin, il avait envoyé quelqu'un rapporter notre conversation au Maître. Nos affaires ne s'arrangeaient pas. J'avais fait une énorme erreur en proposant une alliance générale ; De Wavre savait maintenant que je ne jouais pas le jeu.

Je m'étais trop avancé. Et trop tôt. Je n'avais plus d'autre solution que d'aller voir Del Rieco pour essayer d'éclaircir le statut de Charriac. Et me protéger des conséquences de mon faux pas.

– Mastroni veut vous parler, reprit Brigitte. On a eu des mails cette nuit.

J'ouvris le robinet pour nettoyer mon rasoir et me tamponnai le menton.

– Ah bon ? Mais à quelle heure vous vous êtes levés ? Ou alors vous ne vous êtes pas couchés ?

– À six heures. On est au boulot depuis sept.

– Bon. Continuez, j'arrive.

Impatiente, elle serra les poings.

– Mais on a besoin de vous ! On a des décisions à prendre !

De ce côté-là, la simulation était réussie : le deuxième jour commençait à peine et j'étais déjà surbooké. Je passai dans la chambre. Brigitte recula. J'aimais bien ce que je voyais dans ses yeux : l'attente, l'espoir, l'expression implorante du chien qui guette un os. C'est ce qui donne son prix au pouvoir : on devient tout à coup très important pour des tas de gens, on a le sentiment d'exister plus.

— Vous permettez ? dit-elle.

D'une main habile, elle rectifia mon nœud de cravate. Aujourd'hui, j'avais décidé d'en mettre une : les vacances étaient finies. Brigitte m'examina de haut en bas, chassa une poussière imaginaire sur ma manche et eut une grimace satisfaite. Je la laissai faire. Une assistante comme une épouse, une secrétaire, une mère, un conseiller, sont un peu les entraîneurs de leur champion. Ils le veulent beau, brillant, lustré, ils se sentent responsables de tous ses défauts.

— Je vous rejoins...

— Quand ? supplia-t-elle.

— Dès que je peux. La partie est difficile. Où est-ce qu'ils vendent les amphétamines ?

Elle s'éloigna en traînant les pieds.

Dehors, j'eus un peu de mal à m'orienter. Les cuisines devaient être à l'arrière de la salle à manger, serrées contre la colline. En trois jours, je n'avais même pas pris le soin de faire le tour du bâtiment. Vu de face, il semblait n'avoir qu'une seule entrée. Mais un petit sentier que je n'avais pas remarqué le contournait par la gauche. Je l'empruntai, me baissant pour éviter les branches d'un arbre qui frôlait le mur.

Au-delà, il y avait une courette de terre battue, une benne à ordures le long d'une paroi sans fenêtres, un hangar et, plus loin, une sorte de chalet de bois légèrement surélevé. Sans hésiter, je m'avançai jusqu'aux deux planches usées qui servaient de marches et je frappai à la porte.

Del Rieco m'ouvrit aussitôt. Il portait un pull-over rouge qui faisait ressortir son bronzage. Il me regarda sans le moindre étonnement.

— Monsieur Carceville, dit-il lentement. Je vous attendais. Un peu plus tôt, à vrai dire... Entrez donc...

Je pénétrai dans une pièce étroite au plafond bas, encombrée d'ordinateurs et de moniteurs de télévision. Des faisceaux de fils électriques couraient en désordre sur le plancher recouvert d'un tapis élimé. Au fond, Jean-Claude, l'assistant de Del Rieco, releva trois commutateurs ; les écrans s'éteignirent. Une ampoule nue pendait d'une poutre.

— Nous n'avons pas beaucoup de place, s'excusa Del Rieco. Il y a des années que je demande un local plus grand, mais vous savez ce que c'est... Une tasse de café ?

Je refusai d'un geste. Del Rieco s'adossa à la cloison de bois brut.

— Alors, qu'est-ce que je peux faire pour vous ?

— Monsieur Del Rieco, commençai-je...

Il m'interrompit :

— Joseph, Joseph... Et est-ce que je peux vous appeler Jérôme ?

— Bien sûr. Voilà, euh, Joseph, j'ai des choses à vous raconter et j'ai besoin de quelques précisions...

Il prit un air peiné.

— Vous savez que ce n'est pas trop permis... En principe, nous ne devrions avoir aucun contact avant vendredi. Mais ce stage-là est en train de prendre une drôle d'allure... J'aurais peut-être dû être plus explicite... Mais vos dossiers ne le laissaient pas... présager. Bah, c'est instructif. C'est avec des gens comme vous que nous affinons nos méthodes. Vous faites progresser la science, mon cher Jérôme.

Il se payait ma tête. Une fois de plus, nous étions engagés dans un bras de fer. Je n'en sortirais pas vainqueur, mais je devais essayer de limiter les dégâts. Il ne m'avait pas fait asseoir. C'était mieux : un tout petit peu plus petit que moi, il ne pouvait pas me dominer physiquement.

— Monsieur Del Rieco, c'est-à-dire, Joseph, je vais jouer cartes sur table.

— Enfin, ironisa-t-il.

— Vous nous avez placés dans une simulation de concurrence. Bon. Une analyse rapide des situations respectives conduit à penser qu'il n'y a pas d'espace pour trois entreprises dans le secteur. Arrêtez-moi si je me trompe.

— N'y comptez pas, dit-il un peu plus sèchement.

Je continuai à le fixer dans les yeux.

— *Ergo*, répliquai-je, l'un de nous trois doit disparaître. Mais M. Charriac n'aura pas manqué de vous enseigner ce qu'il a appris au cours de ses études et qu'il a bien voulu nous rappeler : qu'en situation triangulaire, les alliances sont inévitables.

Je marquai un temps mais il resta silencieux. Je repris ma respiration.

— Comme il nous l'a fait savoir de votre part au cas où nous ne l'aurions pas trouvé tout seuls, il y a trois solutions : Charriac et Laurence Carré contre moi, Charriac et moi contre Laurence Carré, Laurence et moi contre Charriac. Correct ?

— C'est une théorie, convint-il du bout des lèvres.

— Plus une quatrième solution : nous trois contre vous. Parce que ce n'est pas un jeu à trois, c'est un jeu à quatre. C'est là qu'est le biais. Seulement voilà : peut-être que je me trompe. Peut-être que c'est finalement un match à trois : Charriac et vous ensemble, Laurence Carré, et moi.

Dubitatif, il balança la tête de droite à gauche, comme s'il faisait effort pour me suivre.

— Est-ce que vous vous intéressez au football ? demanda-t-il tout à trac.

— Comme tout le monde.

— Vingt-deux joueurs sur le terrain, croit-on. Non : vingt-trois. Ou plutôt vingt-cinq, parce qu'il y a trois arbitres. Moi, mon cher Jérôme, je suis l'arbitre, et nos amis Jean-Claude et Nathalie veillent sur la touche. Quelques équipes, l'Italie par exemple, essaient systématiquement de mettre l'arbitre de leur côté. De faire pression sur lui. Pour le protéger, on a inventé une nouvelle faute : la simulation de penalty. Ça vaut un carton jaune. C'est exactement ce que vous essayez de faire en venant ici. Je vais devoir sortir mon carton.

Sa voix était devenue plus dure. En réaction, je me fis encore plus serein.

— Non, Joseph. Ce serait vrai si la bagarre était loyale. Elle ne l'est pas. Vous avez introduit une équipe qui est à vous et nous devons nous battre contre elle et contre vous. Ce matin, son délégué est venu vous voir pour prendre les consignes. Nous ne sommes pas à armes égales.

Il se détacha un instant de la cloison.

– Personne n'a jamais promis que vous le seriez. Quand vous passez un examen, l'examinateur connaît la réponse mieux que vous. Vous passez un examen ici, Jérôme...

Je faillis perdre patience.

– Mais c'est un théâtre ! Le tiers du groupe est composé de figurants qui vous appartiennent ! C'est ça que vous vouliez qu'on découvre ? Ça y est, on l'a découvert. On arrête ?

Il reprit son sourire de tête à claques.

– Je vois. Vous avez espionné notre ami Morin, qui, en effet, est venu me voir tout à l'heure. Ce n'est pas exactement le genre d'attitude que notre organisation pouvait souhaiter, mais, bon. Je vous signale que M. Pinetti est actuellement embusqué derrière le sapin qui nous fait face, au cas où vous ne l'auriez pas remarqué. Dès que vous sortirez d'ici, il courra chez Charriac pour lui expliquer que vous êtes un acteur à ma solde. Nous allons vers une situation assez compliquée, ne croyez-vous pas ? Des acteurs qui surveillent des acteurs... Un jeu de miroirs fascinant... Mais avez-vous songé que peut-être Morin est venu me dire la même chose que vous ? Vous croyez le contraire, Pinetti aussi, mais à votre propos. Et vous êtes en train de perdre toutes vos chances, je vous l'indique amicalement. Toutes. Vous êtes intelligent, personne ne peut le nier, alors vous déduirez la même chose que moi : vous allez passer deux jours à chercher les espions au lieu de travailler. Et vous échouerez dans les deux domaines. Si vous devenez suffisamment allumé pour semer une psychose dans l'ensemble du groupe et saboter tout mon scénario, vous n'y gagnerez rien. Moi non plus, je vous le concède. Mais moi, il me faudra seulement réviser mes méthodes. Vous, vous retournerez pointer aux Assedic. Est-ce vraiment votre intérêt ?

Je ne lâchai pas ses yeux et j'y distinguai une ombre de lassitude.

— Moi aussi je vais jouer cartes sur table, reprit-il. Vous êtes surveillés en permanence. Comment ? Ça, c'est mon affaire. Mais rien de ce que vous faites ne nous échappe. Certains patrons mettent des mouchards sur leurs centraux téléphoniques et des caméras dans les bureaux. Eh bien, c'est quelque chose de ce genre. Est-ce que je vais payer une équipe entière ? À l'époque des satellites ? Allons ! Maintenant, j'ai une deuxième chose à vous dire : nous ne sommes pas intéressés par vos capacités à jouer les Sherlock Holmes, il y a d'excellentes agences de sécurité pour ça. Nous voulons tout bêtement savoir si vous réussirez à vendre des... des quoi, déjà ?

— Des hameçons, précisa Jean-Claude qui suivait notre conversation sans en avoir l'air.

— C'est cela, des hameçons. Curieuse idée. Le groupe précédent faisait dans la viande en gros. Mauvais choix : ils ont eu un problème de vaches folles. Mais c'était intéressant. Écoutez-moi, Jérôme : gérez votre entreprise, alliez-vous avec qui vous voudrez, tous les trois si ça vous chante, et oubliez cette histoire d'espionnage. Personne n'a envie d'engager James Bond. Et, soyez gentil, arrêtez de vous raconter des histoires de vampires. On se calme, Jérôme...

Il ponctua sa dernière phrase d'un coup d'index sur ma poitrine, puis il ouvrit la porte.

– Ah, une dernière chose, pour que vous ne soyez pas venu pour rien : Charriac ne travaille pas pour moi. De là à lui faire confiance, c'est une autre affaire. Mais je vous donne ma parole qu'il ne travaille pas pour moi. Maintenant, au boulot ! Et je ne veux plus vous revoir.

Il y a dix-sept indices physiques de mensonge. Si quelqu'un en présente neuf, il est probable qu'il ment ; à treize, c'est certain. Del Rieco n'en montrait aucun. Et son raisonnement m'avait ébranlé.

En sortant, je mis le cap sur le grand sapin derrière lequel se cachait Pinetti.

– En route, Pinetti. On va voir Charriac tous les deux. Et la prochaine fois que vous vous planquerez derrière un arbre bleu sombre, ne mettez pas une chemise blanche.

Ce n'était pas très loyal : si Del Rieco ne m'avait rien dit, je ne l'aurais probablement pas vu. Mais il fallait bien que je remporte un set contre quelqu'un.

Quand j'entrai dans les bureaux de Charriac, au second, Delval, son informaticien, colla sa poitrine contre son écran pour me le dissimuler et Morin couvrit d'un sous-main les papiers qu'il avait étalés devant lui. La confiance régnait. Je poussai Pinetti devant moi.

— Voilà votre espion. Il n'est pas très fort. J'ai dit que je serais clean, Charriac. Je le suis. Je viens de voir Del Rieco et je vais vous raconter tout ce qu'il m'a dit, ce n'était pas la peine de m'envoyer votre chien de chasse. Ensuite, nous comparerons avec ce que Morin a entendu et peut-être qu'on y verra un peu plus clair...

La discussion qui suivit fut passablement confuse. Charriac me reprocha d'être allé rencontrer Del Rieco sans le prévenir au préalable, je lui reprochai d'en avoir fait autant en envoyant Morin avant moi. Morin, avec toutes les apparences de l'innocence, répéta presque mot pour mot ce que je venais de dire. Del Rieco lui avait tenu exactement le même discours et il avait agi pour les mêmes raisons que moi. Charriac prit sa défense, insinuant que Brigitte Aubert avait accompli une démarche identique la veille et que je le lui avais tu. D'après lui, s'il y avait un traître, ce ne pouvait être que moi. Toutes les constructions raisonnables et carrées de Del Rieco s'effondraient, et nous replongions dans un théâtre d'ombres où nul ne savait plus qui était qui, où chaque rideau dissimulait des spadassins et où la seule lueur dans l'obscurité était celle des poignards. À la fin, excédé, je lançai :

— Tous les accords sont rompus, Charriac !

Il me dévisagea.

— Quels accords ? Vous n'en avez respecté aucun ! Vous m'avez mené en bateau depuis le début. Vous êtes le plus beau faux jeton que j'aie jamais vu ! Ça m'étonne que vous vouliez faire des affaires. C'est en politique que vos talents s'emploieraient le mieux !

Comme tous les entrepreneurs, il avait le plus profond mépris pour les politiques. C'était, dans sa bouche, la pire des insultes. Je le pris comme tel. Je haussai les épaules et je redescendis l'escalier.

Ma petite équipe travaillait studieusement. Hirsch me tendit une liasse de mails qu'il venait d'imprimer.

— Attendez, d'abord, je vais faire le point.

Je ne leur cachai rien de ce qui s'était passé. Brigitte Aubert rougit quand je mentionnai la trahison que lui prêtait Charriac.

— Je vous jure sur ce que j'ai de plus cher...

Je balayai l'incident d'un geste.

— On vous croit, Brigitte.

À la fin de mon exposé, Mastroni résuma la situation.

— Bon, total, on n'est pas plus avancés.

— Tu l'as dit. On va faire comme si. Del Rieco n'a pas tort : qu'il y ait ou non des espions, finalement, ça ne change rien. La seule chose, c'est qu'on n'est pas sûr de pouvoir faire bloc si on en a besoin. C'est dommage, à trois, on les coinçait complètement. Comment vont les ventes ?

— Ça baisse. La saison de la pêche touche à sa

fin. Dans le jeu, un jour, c'est trois mois. Quand la pêche sera fermée, qu'est-ce qu'on fera ?

– On a de la trésorerie, non ? On va se diversifier. Qu'est-ce qui est ouvert toute l'année et qu'on saurait faire ?

– Les bordels, suggéra Hirsch.

– Moi, j'ai eu une idée, dit Mastroni. Un type qui est fana de pêche, il pense qu'à ça. Quand il peut pas pêcher, il s'ennuie. Voilà, on pourrait faire un jeu, un cédérom, tu vois, comme il y en a pour le golf ou le foot. Aux États-Unis, le numéro un, c'est un jeu CD sur la chasse, les types zinguent des daims sur leur ordinateur. La réalité virtuelle. De nos jours, ça fait plus de fric que la réalité tout court.

Hirsch se dandina sur sa chaise.

– C'est un problème de créneau. On peut pas toucher à tout et faire n'importe quoi. Si on fait dans la pêche, seulement la pêche sportive, on peut faire le CD, mais on peut faire aussi des cannes, des lignes, des bottes, des musettes, et je sais pas quoi encore parce que, moi, les poissons...

– Okay, dit Mastroni, mais les bottes et les musettes, c'est le même problème : quand on a pas le droit de pêcher, les types en achètent pas. À part les bracos. Et y en a pas assez.

Je tranchai.

– Vendu. On va faire le CD. Y a juste un petit problème, c'est qu'on sait pas le faire, ça. Combien de temps ça prend ?

– Pour développer un CD ? S'il est nul, un mois. S'il est balèze, jusqu'à quatre ans.

– C'est trop. Y a pas quelqu'un qui en a déjà

fait un ? Qu'on pourrait importer ? Avec notre label ? Les mecs qui ont fait la chasse au daim, là...

Hirsch fit pivoter son siège vers l'ordinateur.

— Je me renseigne.

— Vous voyez ? Dans une entreprise, se réorienter comme ça, ça prend six mois. Et dans une administration, quinze ans. Nous, on fait ça en trois minutes. Quelqu'un a pas un café ? Avec leurs conneries, j'ai zappé le déjeuner, moi, ce matin...

Marilyn se leva en souriant. Tout avait l'air de très bien marcher. Charriac avait eu tort de me pousser vers la politique : c'était ici que j'étais heureux. Mon équipe tournait rond, j'avais confiance en eux, toutes les subtiles brutalités du monde extérieur s'effaçaient devant cette simple et tranquille réalité : j'étais au milieu de braves gens. Peut-être m'étais-je trompé en voulant nager dans l'aquarium aux requins avec tous les Charriac de la création. Peut-être y avait-il encore sur la planète industrielle globalisée quelques petites boîtes tranquilles aux ambitions limitées qui ne cherchaient qu'à faire leur travail sans affûter leurs incisives. J'y rêvassai une seconde, puis je retombai sur terre : ce n'était pas ce genre de gens que recherchait De Wavre International.

Brigitte Aubert, du bout de son ongle laqué, me toucha le bras.

— Vous avez l'air tendu. Vous devriez vous relaxer.

— Ah oui ? Et comment on fait, au milieu d'une meute de loups ?

— Oh, il y a beaucoup de techniques. La méditation. La sophrologie. Vous savez, beaucoup de gens les utilisent, mêmes les *yuppies*. C'est indispensable, sinon on tient pas.

Mastroni releva la tête.

— J'ai connu un gars qui se faisait faire des piqûres de vitamines C. Pour se donner un coup de booster. Il trimbalait une pharmacie.

— Et dire qu'un athlète qui prend du cannabis, ils le foutent dehors... Je vous dis pas les contrôles antidopage en conseil d'administration...

Finalement, je me contentai du café que m'apporta Marilyn.

Comme dans les maisons de retraite, les repas représentaient l'essentiel de l'activité communautaire. Au déjeuner, les arrivées irrégulières empêchèrent les groupes de se reconstituer. Je me trouvai cette fois avec Morin, lancé dans une longue complainte à propos de la réputation des Méridionaux. Selon lui, sur l'ensemble de la planète comme à l'intérieur de chacun des pays du monde, toujours le Nord avait méprisé le Sud.

— Marseille, disait-il, est la deuxième ville de France. Dites simplement le nom à Paris : les gens haussent les épaules et commencent à se marrer, comme s'il n'y avait là-bas que des comiques. Ils viennent là pour les vacances, alors ils pensent qu'on est toujours en vacances. Qu'on est pas sérieux. Supposez que vous tombiez sur le meilleur chirurgien de la Timone. S'il vous explique avec l'accent de chez nous qu'il va vous trépaner, couillon, vous vous enfuyez ! S'il dit la même chose, exactement la même chose, avec l'accent pointu, vous avez confiance. C'est normal, ça ? Eh ben, dans les affaires, c'est pareil. Je vous propose un marché : si je parle comme à la télé, bon, c'est un marché. Si j'ai mon accent, vous pensez que je vais vous rouler et vous appelez la police. Vous pensez qu'on passe le temps à boire le pastis au cabanon en se demandant comment on va faire pour estamper le touriste. J'ouvre la bouche, tout le monde rigole. On croit que je joue dans *Marius* et que je vais vous vendre le *Pitalugue*. Vous croyez que ça fait plaisir, ça ?

Devant sa faconde indignée, tous les convives éclatèrent de rire. Il fit semblant de se mettre en colère avant de continuer :

– Alors, j'ai pas trente-six solutions. Puisqu'on me prend pour un pitre, même quand je viens de perdre toute ma famille dans un accident d'avion, eh ben, je fais le pitre. Alors on se méfie pas de moi. Et comme ça je peux me débrouiller. Ou alors il faut que j'écrive. Quand on écrit, on entend pas l'accent.

Il avait raison. Tout en faisant son numéro, il nous prévenait subrepticement de ne pas nous fier aux apparences.

– Alors, mon accent, je l'exagère, té ! Ils en veulent pas ? J'en remets deux fois plus ! On dit la France, la France... Ça existe pas, té ! Une fois, j'étais dans un journal, à Paris, pour porter un communiqué, et y avait un journaliste qui disait : « Eh, ton article, il est trop compliqué, souviens-toi qu'on a aussi des lecteurs à Romorantin. » Manière de dire : y a aussi des cons. Tu as les gens intelligents à Paris, tu passes le périphérique tu as rien que des cons. C'est ça qu'ils pensent, si tu leur ouvres la tête, tu trouves ça. Même les types de chez nous, quand ils vont à Paris, ils perdent l'accent. Dans l'avion, ils changent de chemise et ils changent de voix. Parce que sinon, même s'ils t'expliquent la physique quantique, on croit qu'ils racontent une histoire de Marius et Olive et que c'est pas vrai. Putain, la Révolution française, elle reste à faire, moi je vous le dis !

— Pourtant, objecta Chalamont, il y a des grands patrons qui sont méridionaux...

— Ouais, Ricard ! Tu vois ce que je veux dire ? Trouve-m'en un autre. Un ministre qui ait pas l'accent parisien...

— Pasqua.

— D'accord. Un autre ? Y en a pas. Même Defferre, il avait pas vraiment l'accent.

— Tapie, proposa Delval.

— Arrête, il était pas marseillais. Quand il a voulu s'occuper de Marseille, tu as vu ce qu'ils lui ont fait ? La banque le ruine et c'est lui qui va en cabane. Et l'autre nain du Crédit Lyonnais qui a fait perdre cent milliards, lui, personne lui dit rien. Un ministre de province, tu en as pas un !

— Comment, s'insurgea Delval, ils sont tous élus en province. Presque tous. Aubry à Lille, Chevènement à Belfort, Jospin à Cintegabelle et Juppé à Bordeaux.

— Ah, élus, ça, je dis pas. Pour se faire élire, on est assez bons pour eux. Mais Jospin à Cintegabelle, ça, c'est une histoire marseillaise. Il y va chaque fois qu'il lui tombe un œil. Il est de là-bas ? Non. C'est un énarque parisien comme les autres. Et Juppé, il a fermé les yeux et il a mis son doigt au hasard sur la carte, après il a dit : « C'est où ça, Bordeaux ? À côté d'Abidjan, non ? »

— Tu es un poujadiste, dit Delval.

Morin ne se démonta pas.

— Ouais, je sais. Dès que tu critiques, c'est ce qu'on te dit. Et encore, tu es gentil, d'habitude on me demande : « Tu serais pas au Front national, des fois ? » Eh ben, non, tu vois, j'y suis pas. J'ai même jamais voté pour eux. D'ailleurs, je vote plus pour personne.

— Vous allez pas parler politique, non ? se raidit Chalamont.

Le dessert arrivait, nous changeâmes de sujet. À la dérobée, je dévisageais Morin. Il y avait chez lui une violence, une frustration, une amertume, que je n'avais pas perçues jusqu'alors. Sous ses dehors extravertis, c'était un aigri. L'équipe de Charriac était décidément dangereuse : Pinetti ou la fourberie incarnée, prêt à tout pour arriver, Morin et les rancœurs qu'il nourrissait, et Charriac lui-même, ivre d'une intelligence égarée dans des paramètres abstraits et considérant l'humanité comme une colonie de cloportes bons à écraser. À part Delval, c'était un congrès de psychopathes.

Au café, je rejoignis Laurence Carré qui vagabondait sur le bord du lac. Elle ne marqua aucune surprise en me voyant ; elle devait m'attendre. J'eus droit à un sourire frais.

— On va voir ce sentier, tant qu'il fait jour ? Sinon, on n'y arrivera jamais.

— Allons-y.

Nous nous engageâmes sous les arbres. Entre leurs branches, on devinait un ciel chargé. Le temps restait incertain.

– J'espère qu'il ne pleuvra pas. Je n'ai rien pris.

Je la rassurai :

– On n'est pas si loin. De toute façon, l'île est petite, on ne risque pas de se perdre. Au pire, on en fera le tour.

Le sentier zigzaguait sur le flanc de la colline, louvoyant pour éviter les troncs qui barraient le passage. Insensiblement, nous nous élevions. Laurence marchait d'un pas souple et dansant, peut-être pas le plus efficace pour une randonnée mais sûrement agréable à regarder.

Au sommet, nous débouchâmes sur une prairie dégagée. De là, on pouvait voir toute la surface du lac. En contrebas, on distinguait le toit de l'hôtel et même le chalet de Del Rieco. Derrière nous, une courte lagune séparait l'île de la rive. Laurence fronça les sourcils.

– Pourquoi ils n'ont pas tout orienté dans l'autre sens ? De ce côté, on pouvait presque faire un pont, au lieu de traverser le lac dans sa plus grande largeur pour arriver ici...

– Oui, mais c'est au nord. Un hôtel, ça donne sur le sud. Sinon, on ne voit pas le soleil et tout le monde se gèle.

– De toute façon, le soleil, on ne le voit jamais.

Je me baissai pour examiner l'herbe. Elle était pelée, arrachée par plaques.

— Ils doivent faire paître des chèvres. Ou une vache. Regardez, tout est bouffé...

— Ah, mais vous avez fait aussi de l'agronomie, plaisanta-t-elle.

Elle s'agenouilla à côté de moi, assez près pour que je sente son parfum légèrement poivré. Mais ce n'était pas une tentative de rapprochement et je continuais à éviter son contact. Tournant sur elle-même, elle s'assit. Je l'imitai, les bras croisés sur mes genoux.

— J'ai discuté avec Charriac au repas, commença-t-elle. Il est complètement fou. Il m'a sorti une théorie hallucinante sur les femmes.

— Moi, j'ai eu droit à Morin. Ce n'est pas mieux.

— Au moins, il est drôle. Charriac, c'est un malade. Naturellement, je fais la part de la provocation. Il essayait de me mettre en colère. Mais je n'ose pas répéter ce qu'il a pu raconter. Cette espèce de mépris profond... Ça suintait de toute sa personne. Ce n'était pas simplement ce que pensent beaucoup d'hommes, qui ne s'habituent pas à voir des femmes sortir de leur rôle traditionnel, le vieux conservatisme de deux millénaires. C'était... J'ai failli lui jeter mon verre à la figure.

— Vous savez, je crois qu'il pense la même chose des hommes. Il méprise tout le monde.

Elle cueillit un brin d'herbe, hésita à le porter à sa bouche avant d'ouvrir la main pour le laisser s'envoler.

— Non, c'était plus spécifique. Une haine des femmes. Je ne sais pas ce qu'elles lui ont fait. De toute façon, il devait le mériter.

— Il est marié ?

— Je n'en sais rien. Ça m'étonnerait. Ou alors il a eu un divorce qui s'est mal passé.

— Vous en connaissez qui se passent bien ?

Elle eut un petit hoquet d'amusement.

— Pas vraiment, non. Mais à la fin, c'était presque fascinant. Il y a lui, Charriac, et quelques autres maîtres du monde qu'il respecte parce qu'ils sont puissants. Et puis une bande d'esclaves dont on a parfois un peu besoin. Et enfin, tout en bas, les femmes, gouvernées par leurs hormones, uniquement bonnes à se reproduire, et qui essaient simplement de trouver un mâle assez riche pour assurer l'avenir de leurs enfants. C'est un peu...

Elle hésita, poursuivit :

— Il pense qu'il est supérieur, qu'il a réussi à débusquer tous les mensonges médiocres que nous tend la vie, l'amour, l'affection... La compassion... Des sentiments méprisables qui parasitent la réflexion pure. Vous savez quoi ? Je pense que c'est une sorte de nazi. Il est tout à fait capable de brûler Oradour-sur-Glane ou d'ouvrir une succursale à Auschwitz en bâillant. Les nazis devaient être exactement comme ça. Ils n'ont pas subitement disparu, non ? Je veux dire, la mentalité qu'ils avaient... Simplement, ils sont hauts fonctionnaires ou chefs d'entreprise et ils sont devenus libéraux. Mais ils continuent à considérer le reste de l'humanité comme des insectes.

Elle se renversa en arrière, posa sa main sur la mienne dans le mouvement, la retira rapidement.

— Pardon, excusez-moi...

— Vous le détestez ?

— Je n'y arrive même pas. Il me fait pitié. Il a dû être très malheureux. Ça doit être effrayant le barrage qu'il s'est construit pour tout refouler. Et ce qui fermente derrière. Non, ce qui me fait peur, c'est qu'il n'a pas de limites. Il est tellement sûr de lui... Les autres n'existent pas, ce ne sont que des reflets de son ego.

Je lui jetai un coup d'œil. Elle semblait vraiment impressionnée.

— On va pas passer la journée à parler de Charriac. Parlez-moi de vous.

— Pas ici. Plus tard. À Paris. Si vous voulez. Ici, il y a une espèce de...

Elle ne termina pas sa phrase, se leva d'un coup de reins rapide.

— On y va ? Je vais affronter mon équipe... J'ai rarement vu un tas de bras cassés comme ça.

Elle compta sur ses doigts.

— Leroy, rien ne lui plaît, il râle tout le temps. El Fatawi, il a l'air timide, mais c'est pareil : il multiplie les objections, rien ne va. En plus, il est complètement défaitiste. Et têtu comme un mulet. Il me faudrait une fourche pour les remuer, tous les deux. Quant à Chalamont, il est bête comme ses pieds. Il a un seul avantage : il le sait, alors il la ferme. C'est précieux : d'habitude, les imbéciles se croient très malins. Et les deux autres, je préfère ne pas en parler, ils sont inexistants. On dirait qu'ils font un CAP et qu'on les a mis là en stage préprofessionnel. Je crois qu'ils n'ont jamais ouvert la bouche. Remarquez, au moins, ils ne m'embêtent pas. Si c'est ça, la sélection de De Wavre International, merci bien, vous n'avez pas une autre adresse ?

Nous redescendions le sentier, scrutant le sol : le tapis d'aiguilles de pin rendait la marche glissante. Laurence s'accrocha une fois à mon bras, une autre au tronc d'un sapin. Ce qu'elle avait dit me faisait réfléchir. C'était vrai qu'à part quatre ou cinq, la plupart des participants n'avaient pas la pointure qu'on aurait pu attendre. Je fis part à Laurence de mes perplexités.

– Il y a peut-être une option... Je veux dire, vu les prix que De Wavre pratique, peut-être ne veulent-ils en fait tester qu'une ou deux personnes. Bon, disons trois ou quatre. Que les autres sont là juste pour compléter la simulation, pour qu'on soit exactement en face du genre de problèmes qu'on trouverait dans une vraie boîte, vous savez, le passionné de surf qui n'en fiche pas une rame, le crétin satisfait qui ne fait que des conneries et qui en est fier, le vieux cadre à un an de la retraite qui passe son temps à jouer au golf et qui se fiche de tout, et le petit cousin du patron qui n'est visiblement pas à sa place. Ceux-là, on ne les a pas, mais enfin, ils nous ont trouvé un échantillon assez représentatif...

Elle s'arrêta un instant et se mit à rire.

– Peut-être. Ce serait flatteur pour nous. Enfin, si je fais partie du lot...

– Naturellement, vous en faites partie. Sinon, Charriac vous ficherait la paix. Il veut juste voir si vous n'allez pas poser les problèmes féminins habituels, on fait pas la vie facile aux femmes, elles sont pas assez nombreuses, on les écoute pas, tout ça...

Elle me sermonna de l'index.

– Ah, si vous vous y mettez vous aussi...

– Non, c'est vrai, les employeurs sont des hommes, ils ont horreur de ce discours. Ça les culpabilise. Ils ne savent plus...

– Ça leur met le nez dans leur caca, oui ! C'est un fait, non ? Qu'il n'y a pas beaucoup de femmes. Et alors, c'est injuste, de demander qu'il y en ait plus ?

– Non, bien sûr. Mais quand on est au chômage, c'est une menace. Il n'y a déjà pas assez de place pour nous et on nous dit « poussez-vous ».

– Eh bien, faudra vous pousser !

Partagée entre l'amusement et la colère, elle lança le menton en avant. Machinalement, je la pris par les épaules.

– Laurence, je crains que nous n'ayons des intérêts divergents...

Elle ne se dérobait pas. Je lus un défi dans ses yeux et je la lâchai. Elle m'attirait, je devais maintenant en convenir, mais je n'avais aucun désir de me lancer dans une aventure. J'aime ma femme. Et j'avais beaucoup trop d'ennuis en ce moment.

Nous parcourûmes le reste du chemin dans un silence un peu gêné. Une espèce de vide encore attentif nous séparait, cet espace creux qui s'installe quand quelque chose qui aurait pu se passer ne s'est pas produit.

Hirsch m'attendait impatiemment sur le perron. Il jeta un coup d'œil curieux à Laurence, me saisit par le coude et chuchota :

— J'ai la réponse. C'est tout bon. Viens, s'il te plaît. Il me montra le mail qu'il venait d'imprimer. Maître Del Rieco avait consenti à nous préciser que, oui, il existait un cédérom sur la pêche et, oui, le concepteur américain était intéressé par une exportation en Europe. Mastroni était déjà en train de rédiger une proposition de contrat.

— Qu'est-ce qu'on fait ? me demanda-t-il. On crée une filiale ?

Nous en discutâmes un moment. Il y avait des avantages et des inconvénients, dont le moindre n'était pas le facteur temps.

Le point n'était pas tranché quand, tout à coup, Laurence fit irruption entre nous. Elle avait les pommettes rouges et les larmes aux yeux. Elle lança un sourire nerveux à Hirsch et braqua sur moi un regard effrayé.

— Jérôme, je peux vous parler ?

Il n'y avait pas une demi-heure que je l'avais quittée.

— Qu'est-ce qui se passe, Laurence ?

Elle secoua la tête.

— Non, en privé. Si ça ne vous ennuie pas...

Je n'avais vu qu'une fois ce genre de symptômes, chez une secrétaire venant d'apprendre que son fils avait été renversé par un camion. Quelque chose de grave avait dû arriver. Je m'excusai en tapotant le bras de Hirsch et la suivis jusqu'à la porte d'entrée.

Elle ne fit que trois pas dans l'allée avant de se retourner d'une pièce.

— Charriac attaque mon capital !

Je la regardai avec perplexité.

– Comment ça ?

Elle se tordait les mains. En même temps, elle essayait de faire bonne figure, mais l'effort était démesuré. Elle vrilla ses yeux dans les miens.

– Vous connaissez la composition de votre capital ?

Je m'envoyai mentalement une gifle retentissante. J'avais pensé à tout, sauf à ça. J'étais parti dans l'idée implicite que j'étais actionnaire majoritaire et je n'avais pas vérifié ce point fondamental.

– Euh... non...

– Eh bien, regardez-le de près ! C'est ce que je viens de faire !

– Attendez, on est cotés en Bourse ? Il a lancé une OPA ?

– Même pas. Beaucoup plus simple que ça. J'ai un tiers des actions et deux autres personnes en ont autant. Il vient de racheter sa part à un de mes deux actionnaires et il fait des propositions à l'autre.

– Mais d'où il sort l'argent ?

Elle eut un miaulement de chat en colère.

– Mais j'en sais rien, moi ! Il a peut-être de la trésorerie. Ou il a passé un marché avec une banque. Dites-moi, Jérôme, je vous en supplie, dites-moi la vérité : ce n'est pas vous, au moins ?

Je lui fis un large sourire.

– Non. Juré.

Elle acquiesça du menton, plissa le front.

– Jérôme, il faut que vous m'aidiez ! S'il emporte le morceau, je suis minoritaire chez moi et je peux faire mes bagages. C'est pas possible,

Jérôme, il faut absolument que j'aie ce job ! Je vous expliquerai pourquoi.

C'était inutile. Nous avions tous nos raisons et elles se ressemblaient tragiquement.

– Et les syndicats, qu'est-ce qu'ils disent ? demandai-je. Les fusions, ils n'aiment pas trop. Il y a automatiquement des licenciements.

– Mais on s'en fout, des syndicats ! cracha-t-elle. Il y a trop d'argent sur la table !

– Combien ?

Elle me jeta un chiffre. C'était à peu près ce que nous avions décidé d'investir dans l'import de cédérom. Elle s'agrippa à mon poignet.

– Écoutez, Jérôme, je n'ai pas d'autre issue. Il faut que vous rachetiez la troisième part. On sera à égalité : lui un tiers, vous un tiers, moi un tiers. Si on s'allie, on le repousse. Il aura juste la minorité de blocage. En fait, il l'a déjà.

– Et si vous augmentiez le capital ? Il ne pourra pas suivre...

– Trop tard. J'aurais dû le faire avant. Mais je ne me suis pas méfiée. Vous tenez mon sort entre vos mains, Jérôme. Tout dépend de vous.

– Je ne suis pas tout seul... J'ai une équipe...

Elle y vit ce qu'en effet il y avait à voir : plus qu'une hésitation. Ses yeux s'embuèrent. Elle me jeta un dernier regard, se détourna. Serrant ses bras sur ses épaules comme si elle avait froid, elle fit trois pas sur le gravier de l'allée.

– Si vous me lâchez aussi, je suis morte, dit-elle d'une voix étrangement plate.

J'essayai de la réconforter.

– C'est un jeu, Laurence...

— Non. Ce n'est pas un jeu. Ou alors, c'est la vie qui est un jeu.

Lâchement, je tentai de me débarbouiller de ma honte.

— Écoutez, je n'ai pas dit non. J'ai dit qu'il faut que j'en parle à mon équipe. Je dois penser à eux aussi. Je n'écarte pas l'option, mais il faut que vous compreniez...

Elle me tendit un visage las.

— Oh, j'ai compris. C'est chacun pour soi.

— Depuis le début, Laurence, c'est chacun pour soi... *Don't panic.* Voilà ce qu'on va faire : je vais leur expliquer ce qui se passe. Peut-être faudra-t-il que nous nous protégions nous-mêmes d'abord. On vient de changer de vitesse, là, il faut qu'on fasse le point. Et puis, s'il y a une chance qu'on tente l'opération, vous viendrez nous expliquer pourquoi c'est notre intérêt. Passez-moi tout ce que vous avez, vos bilans, vos parts de marché, on doit étudier tout ça.

Elle frissonna encore.

— En somme, je me vends à Charriac mais avant je me donne à vous... Je peux vous poser une question ?

— Dites.

— Si j'avais couché avec vous, ça aurait changé quelque chose ?

— Non, répondis-je aussitôt.

— Merci. J'avais besoin de le savoir.

Accrochant son épaule, je la secouai.

— Laurence, bougez-vous ! Rien n'est perdu ! Ne nous faites pas le sketch de la petite fille qui a cassé sa poupée ! Pas vous, pas ça ! Vous savez quoi ? Vous avez une tête de vaincue. Allez prendre une douche, changez-vous, faites-vous un rail et remontez à l'assaut. Merde, qu'est-ce que vous avez dans les tripes ?

Elle me fit un pâle sourire avant de s'éloigner. Je regagnai ma tanière en marchant lentement. Il fallait que je réfléchisse. À tous les niveaux entrecroisés. Bien sûr, l'offensive de Charriac visait à éliminer Laurence, ce qui était le plan originel qu'il n'avait jamais dissimulé. Mais ce pouvait être aussi un test pour moi. Pris entre l'intérêt de l'entreprise et la sympathie que, notoirement, j'éprouvais pour la jeune femme, qu'allais-je décider ? Évidemment, ils attendaient que je participe sans états d'âme à la curée. Ou que je l'achève moi-même. Peut-être n'était-ce même pas trois ou quatre personnes qu'ils évaluaient depuis le début, mais une seule : moi. Ils voulaient un tueur ? Ils allaient en avoir un.

Revenu devant mes collaborateurs, je leur fis un bref compte rendu de la tournure que prenaient les choses. Mastroni fut le premier à réagir.

— Normal. Ça devait finir comme ça.

— Une entreprise de trop dans la branche ?

— Non, non. La finance. Aujourd'hui, on ne gagne pas d'argent en fabriquant quelque chose ou en satisfaisant le consommateur. On en gagne en Bourse. Des coups financiers. C'est là que ça pleut et c'est là que l'herbe est verte. Ce qu'ils appellent la sacro-sainte concurrence, ça consiste à acheter l'autre pour lui faire fermer boutique. Il a quelle tête, notre capital ?

Hirsch était déjà en train de martyriser son ordinateur.

— J'avais bien regardé le taux d'autofinancement, mais j'ai pas fait gaffe aux fonds propres. Je savais qu'on était pas en Bourse, je croyais qu'on était à l'abri. Eh bien, regardez-moi ça : il n'y a pas de majorité, le plus gros actionnaire a onze pour cent. Il y a trois banques, si elles se réunissent elles ont vingt-sept.

— Trop peu.

— Ouais. Tant qu'on frise pas trente-trois...

— Et, bien sûr, on a pas assez de fric pour racheter le tiers de Laurence ?

— Certainement pas.

— Elle est morte, dit Mastroni.

— Ça lui fait les pieds, jugea Brigitte Aubert. Elle m'a toujours agacée, avec ses grands airs...

Je coupai court.

— Ouais, mais Charriac devient un peu trop gros. C'est pas bon, ça... S'il nous marginalise, il pourra dicter sa loi au marché. La déconfiture de Laurence, ça pourrait être le début de la nôtre... On a rien à y gagner, vous ne croyez pas ?

— N'empêche, dit Mastroni, c'était pas vraiment équilibré. Mme Carré a trois actionnaires, nous trente-douze... Et Charriac ? C'est accessible, la composition de son capital ?

— Je vais voir, répondit Hirsch en continuant à remplir son écran.

Mastroni se gratta la nuque.

— Bataille financière. Que j'aime pas ça ! Il faut des pros. Pourtant, on a été cons, on aurait dû s'en douter. Qui en a à foutre de fabriquer des hameçons ? C'est d'argent qu'il est question. Et l'hameçon, on l'a dans le cul ! On jouait à la belote et eux au poker.

Je les dévisageai tour à tour.

– C'est pas « on », c'est moi. J'assume. Mastroni a raison, j'ai pas joué le bon jeu. Le capitalisme de papa. C'est curieux qu'on ait pas acheté des emprunts russes. Tu as complètement raison, on ne fait plus d'argent en fabriquant quelque chose, on en fait en le piquant aux autres. C'est ce qu'on va faire.

Continuant à nous tourner le dos, Hirsch lança :

– Le capital de Charriac, kif-kif le nôtre. Le plus gros a dix-sept pour cent, et derrière, c'est en dessous de huit. Lui aussi, il est peinard.

– En somme, dit Marilyn, il n'y a que cette pauvre Laurence qui était sur la balançoire.

– Elle avait qu'à assurer, décréta Brigitte Aubert. C'est plus facile de contrôler trois personnes que cinquante, non ?

– Faux, répliqua Mastroni. Beaucoup plus difficile.

À cet instant, El Fatawi fit son entrée, déposant sur la table une liasse de documents.

– On m'a dit de vous apporter tout ça. Eh, les gars, on va peut-être faire équipe ?

– Évidemment, c'est une objection majeure, dit Mastroni sans un sourire.

El Fatawi le regarda sans comprendre, hasarda un rictus cordial et tourna les talons. Mastroni se renfonça sur sa chaise.

– Je suis assez d'accord avec Jérôme. Nous

n'avons aucun intérêt à ce que Charriac mange l'équipe B. Sauf s'il s'épuise dans l'opération.

Plus j'entendais Mastroni, plus je l'appréciais. Il était calme, intelligent, compétent... Je pouvais m'appuyer sur lui beaucoup plus que je ne l'avais fait jusqu'à présent. Avec son air un peu ours, il manquait de charisme, mais pour ce que j'en avais à faire ce n'était pas une difficulté.

Soudain, Hirsch s'agita sur son siège.

— *I got it !* s'écria-t-il d'une voix triomphante. J'ai la solution ! L'Américain, le type du cédérom, il apporte du fric. Il est prêt à prendre quinze pour cent dans notre capital. Si on a de l'argent frais, on a plus besoin d'investir et on peut se reporter sur le marché financier.

Je sifflotai.

— Et tu as monté ça tout seul ?

— Ouais. Y a ceux qui travaillent et y a ceux qui se branlent, c'est comme ça. Maintenant, regardez les bilans de la B, voir si on achète pas un truc pourri qui marche plus.

Trop occupé à désamorcer les intrigues des Del Rieco, Charriac et consorts, je n'avais pas assez tenu en main mon équipe. Maintenant, Hirsch et Mastroni montaient en régime et les ailes commençaient à leur pousser. Si je n'y faisais pas attention, c'était de l'intérieur qu'allait venir le danger.

Nous fîmes une offre un peu supérieure à celle de Charriac – ce n'était pas difficile : comme il se croyait seul, il avait calculé au minimum. À quatre heures de l'après-midi, nous étions copropriétaires de l'équipe B.

Ce n'était pas une mauvaise affaire. Ils n'avaient pas très bien géré, mais ils avaient des ressources. En sacrifiant une ou deux productions déficitaires, on devait retrouver dès cette année le petit équilibre et viser le grand sous trois ans. Une vingtaine de licenciements, pas plus. Avec les préretraites, on devait s'en tirer. Au fond, l'affaire était saine.

Dix minutes plus tard, Charriac nous envoya un mail. Il convoquait un conseil d'administration de l'entreprise B à dix-huit heures. Chaque administrateur pouvait se faire accompagner d'un assistant.

— De quel droit ? s'insurgea Mastroni. Mme Carré est toujours PDG, non ? Si le conseil n'est pas réuni dans les formes, nous pouvons demander son annulation en tribunal de commerce.

— Oui. Gardons ça sous le coude pour le cas où ça tournerait mal. Mais j'ai envie de voir ce qu'il va nous raconter. Et j'ai envie aussi de voir la tête qu'il fait.

Je m'attendais à savourer son dépit. Je fus déçu. Il était plus triomphant que jamais. Nous nous étions réunis dans la salle de travail, celle que Laurence occupait jusqu'à ce moment-là. J'avais pris Mastroni avec moi, Charriac était accompagné de Pinetti et Laurence déposa contre un mur un membre anonyme de son équipe, uniquement chargé de noter tout ce qui se disait. Charriac, toujours impeccablement sanglé dans un costume bleu sombre, ouvrit la séance.

— Eh bien, il y a eu quelques petits bouleversements... Mme Carré doit nous faire part de ses intentions. Il me semble qu'elle n'a plus que deux options : ou elle reprend le bateau demain matin, ou elle continue à travailler sous notre contrôle. Je ne ferai pas durer le suspense : ça m'est égal. Tout autant qu'elle acceptera de faire ce que nous dicterons. Je suis persuadé que si c'est ce qu'elle choisit nous pourrons compter sur sa loyauté.

— Attendez, elle est toujours présidente, intervint Mastroni avant que j'aie pu le faire taire.

Charriac ricana.

— Mais non ! Elle sera ce que nous déciderons. Évidemment, nous pouvons perdre quelques instants à discuter de la forme, mais ça ne changera rien au résultat final.

Laurence regardait droit devant elle, apparemment insensible aux tourments que Charriac lui infligeait. Mastroni s'énerva.

— Je ne crois pas que la forme soit sans importance. Normalement, c'est elle qui préside, qui donne la parole et qui fixe l'ordre du jour. Où est-il, d'ailleurs, l'ordre du jour ?

Charriac adopta un ton patient d'instituteur.

— Monsieur Mastroni, si nous étions en situation réelle, nous pourrions y patauger un moment. Ce serait même divertissant. Mais ce n'est pas le cas. Un jour compte trois mois. Donc, une heure compte à peu près quatre jours. Si nous convenons que ces arguties juridiques prennent habituellement trois heures réelles, nous devrions leur consacrer, eh bien, environ deux minutes. C'est fait.

Laurence interrompit l'exercice. Comme elle le

faisait trop fréquemment, elle s'adressait à nous de profil, dérobant ses yeux.

— M. Mastroni n'a pas tort, c'est à moi d'ouvrir cette séance. Je suis éblouie par les capacités de M. Charriac en calcul mental, mais je crois comme lui que nous perdons du temps. Je suppose que le premier point de l'ordre du jour que vous souhaitez est l'élection du président de ce conseil. Je vous propose d'y procéder.

— Voilà qui est parlé, approuva Charriac. Allons-y. Je propose la candidature de M. Pinetti ici présent.

Je ne me retins pas de sourire.

— C'est une blague ? Il n'y a aucune raison pour que vous preniez le contrôle...

— Je ne prends pas le contrôle. Voyons, réfléchissez : ça ne peut pas être moi. Ça ne peut pas non plus être vous, Carceville. Et ça ne peut pas être Mme Carré, qui a mené cette entreprise là où elle en est. Il nous faut donc une quatrième personne. Une sorte de Gulbenkian. Vous savez qui était Gulbenkian ?

— Vous n'allez pas éviter de nous l'apprendre, se résigna Mastroni.

— En effet. Deux compagnies pétrolières se disputaient les sous-sols de je ne sais plus quel pays, l'Iran ou l'Irak peut-être. Aucune des deux ne pouvait avoir la majorité et surtout aucune des deux ne voulait que l'autre l'ait. Alors, elles ont pris chacune 49,5 %, elles sont descendues dans la rue, elles ont attrapé le premier clochard qui passait et elles lui ont donné un pour cent des actions gratuitement, à la stricte condition qu'il ne se mêle absolument de rien. Une sorte de casque bleu. Ce un pour cent l'a rendu fabuleusement riche, il a mené une vie de luxe, il a ouvert des musées célèbres dans le monde entier, une fondation artistique, et il a toujours respecté sa promesse de ne faire rigoureusement rien, sauf empêcher par sa seule présence une majorité de se constituer. Mon rêve ! Hélas, un tel concours de circonstances ne se présente qu'une fois par siècle...

— C'est gentil de comparer Pinetti à un clochard, souligna Mastroni.

Charriac ne se démonta pas.

— Oh, ce n'était pas vraiment un clochard, il était marchand de tapis, ou commerçant, je ne sais plus. Naturellement, si M. Pinetti accepte cette responsabilité, il démissionnera aussitôt de mon équipe.

— Je n'ai pas un pour cent, j'ai trente-trois, laissa tomber Laurence froidement.

Je pris la parole à mon tour. Il était temps de briser la courbe ascensionnelle de Charriac.

— Bon, Charriac a essayé de nous fourguer Pinetti au cas où nous serions tous tombés sur la tête avant d'entrer ici, une chance sur mille. Maintenant, soyons sérieux : dites-nous qui vous avez réellement en tête.

Il eut une expression désolée.

— Mais je vous l'ai dit ! C'est incroyable, ça, j'explique bien à l'avance tout ce que je pense et personne n'y fait attention, ça me pose des questions ! Ni vous, ni moi, ni aucun de ceux qui sont ici. Alors, qui ? Pas quelqu'un de chez vous, pas quelqu'un de chez moi, et pas Mme Carré. Qu'est-ce qui reste ? Le directeur adjoint de son équipe, et on lui colle un conseil de surveillance. Ou, si vous préférez, on fait une société à directoire. Comment s'appellent-ils, vos zèbres, madame Carré ? Qui nous conseillez-vous ?

Pinetti fit mine de feuilleter son carnet.

– Il y a, voyons, Chalamont, El Fatawi, Leroy...

– Ben voilà, dit Charriac. Chalamont, par exemple. Pas Leroy, on va l'avoir pendu au téléphone toute la journée à pleurnicher.

– Vous plaisantez, je suppose ?

Charriac prit un air excédé.

– Écoutez, dans la vie réelle, on irait chercher une pointure chez quelqu'un d'autre. Ici, on est sur une île. Il n'y a personne d'autre. On fait avec ce qu'on a. Ou on fait pas. Je vous ai fait des propositions honnêtes : Pinetti qui démissionne de mon équipe, Chalamont, ou même l'Arabe si vous voulez. Vous refusez tout. Alors je ne vois pas ce qu'on peut faire. À part fermer la boîte. Moi, je vous écoute, hein...

C'était donc là qu'il voulait en venir. Il nous avait enfermés dans un raisonnement qui aboutissait inévitablement à la cessation d'activité. Je le fixai bien en face et lui adressai un large sourire.

– Charriac, vous n'avez pas assez examiné l'échiquier. Vous avez trente-trois pour cent, pas plus. Je propose la candidature de Mme Carré et je lui demande de procéder au vote.

Il leva des bras désolés.

– C'est absurde ! Je ne vois pas l'intérêt de la

maintenir en respiration artificielle. Elle a déjà perdu, Carceville. Si elle avait un peu d'honneur, elle aurait démissionné et elle serait en train de faire ses valises. Vous voulez qu'elle reste ici dans le coma ?

Laurence avait rougi. Je pris sa défense.

– Elle a le droit de jouer jusqu'au bout...

– Elle est décavée complet, protesta Charriac. Elle a plus un flèche, elle est à poil. Tout ce qu'elle gagnera, si elle est fichue de gagner quelque chose, ira compléter nos bilans à nous. Mais, plus probablement, elle continuera à gérer cette boîte comme un sagouin et on devra éponger les pertes. Qu'est-ce qu'on fait des cadavres, chez vous ? On les embaume ? Moi, j'incinère. Ça tient moins de place.

Évidemment, ce discours brutal s'adressait en fait à Laurence. En l'humiliant, Charriac essayait de la faire craquer. Mais elle tenait bon. Elle gardait un visage de pierre, comme si la discussion ne la concernait pas. Charriac lui lança un dernier pavé :

– On met la boîte en dépôt de bilan. Et puis on voit.

– Ben voyons ! explosa Mastroni. Et vous la reprenez pour le franc symbolique ! Il n'y a absolument aucune raison. Cette entreprise ne perd pas d'argent. Elle n'a pas de dettes. C'est juste un changement dans la composition du capital.

Charriac reprit la balle au bond.

– Léger détail ! Mais vous n'avez décidément rien compris à rien ! Relisez le mode d'emploi, Mastroni ! Le but du jeu, c'est de gagner de l'argent. N'importe où, n'importe comment, par n'importe quel moyen. Mme Carré est une personne tout à fait délicieuse et sympathique. Dans la vie réelle, je serais très heureux de l'inviter au restaurant si elle m'accordait ce plaisir, et de papoter avec elle des derniers cancans. Ici, j'en ai rien à foutre !

Mastroni, outré, ne parvenait pas à conserver son calme.

— Par n'importe quel moyen ? Pourquoi vous n'importez pas de la drogue ?

— Qui vous dit que je ne le fais pas ? Dans dix ans, ce sera légal. La drogue, cher monsieur Mastroni, c'est cinq pour cent de l'économie mondiale. Mondiale ! On ne peut pas se permettre de laisser dehors cinq pour cent du chiffre d'affaires total de la planète, simplement parce que le FBI a décidé que l'alcool c'était bien et la drogue non. S'il y a un marché, ce sera permis un jour. Et il y en a un. La prohibition n'a pas tenu vingt ans. Tous les flics du monde auront beau pisser contre ce mur, ça ne l'entamera pas. C'est une question de temps.

— Ce n'est pas le sujet, coupai-je. On commence à en avoir assez d'écouter vos élucubrations. Je demande qu'on passe au vote.

— Moi, je réponds à votre porte-flingue, plaida Charriac. C'est lui qui en a parlé. Votez tant que vous voudrez, si vous y croyez encore. J'ai la minorité de blocage, je peux vous paralyser, le résultat sera le même. Écoutez, Carceville, on ne va pas y passer la nuit. Je vous fais un dernier carat :

Chalamont président, vous et moi vice-présidents, si vous tenez absolument à garder cette boutique.

Inflexible, je répétai :

— Nous votons.

Charriac se leva.

— Sans moi. Vous faites des affaires ou du roman-photo à l'eau de rose ? J'espère que vous m'inviterez à la noce. Je vais vous emmerder, vous n'en dormirez plus la nuit.

Il fit trois pas, s'arrêta devant Laurence.

— Dites-moi la vérité, madame Carré : c'est mon after-shave, n'est-ce pas ? C'est lui qui ne vous a jamais plu, hein ? Je le savais ! Je m'étais juré d'en changer, et puis j'ai oublié.

— Non. C'est votre tête de con, répondit Laurence en détachant les mots.

Charriac ne se troubla pas.

— Ah, j'aime l'ambiance chaleureuse des conseils d'administration ! s'exclama-t-il. On est entre amis, on se parle franchement ! J'adore ça ! Naturellement, je vais vous mettre aux fesses une dizaine de recours. Quand la force a échoué, il reste le droit...

Sur ce dernier sarcasme, il s'éclipsa. Quelques secondes de silence succédèrent à sa sortie. Puis ils rassemblèrent leurs affaires, Mastroni avec une grimace accablée.

Je demeurai assis le dernier pendant qu'ils quittaient tous la salle. Au moment de passer la porte, Laurence dressa un sourcil interrogatif.

— Vous ne partez pas ? Qu'est-ce que vous attendez ?

— Eh bien, par exemple, des remerciements, répondis-je d'un ton narquois.

Elle fit deux pas vers moi au ralenti.

— Grands Dieux ! Et pourquoi ?

— Pour vous avoir sauvée, par exemple...

Du bout d'une fesse, elle s'appuya à la table.

— Vous ne m'avez pas sauvée. Il a raison. Je suis grillée. Je ne reste que par curiosité. Pour voir la fin de la partie.

— J'ai fait ce que j'ai pu...

Elle posa sa main sur ma poitrine comme pour me tenir à distance.

— Oui. Pour vous. Vous ne pouviez pas accepter Pinetti, Chalamont était une catastrophe, et vous ne vouliez pas que je ferme. Charriac aurait eu un trop grand avantage et vous avez besoin d'un peu de temps pour traiter avec votre Américain.

— Tiens, vous savez ça ?

Ses yeux se rétrécirent. Il n'y avait aucune douceur dans le pli amer de sa bouche.

— Je sais beaucoup de choses, Jérôme. Je vous ai bien regardés, Charriac et vous. Lui roule les mécaniques et déplace beaucoup d'air. Vous, vous économisez votre salive. Mais vous êtes de la même race. Vous calculiez la même chose. Vous êtes bâtis sur le même modèle et vous raisonnez de la même manière. Vous, vous y mettez les formes. C'est la seule différence. Osez prétendre que ce n'est pas vrai...

Je baissai les yeux.

— C'est le jeu qui est comme ça, Laurence. Je crois même que c'est la vie qui est comme ça...

— La vie !

Je relevai la tête. Elle avait l'air au bord des larmes. Elle se maîtrisa, reprit :

— La vie ! Qu'est-ce que vous savez de la vie ? De la philosophie de bazar, le genre de choses stupides qu'on raconte aux enterrements, que voulez-vous, c'est la vie qui est comme ça, il faut accepter ! Un moment, j'ai cru que vous étiez différent. Un instant de faiblesse. Ou d'optimisme. Ça ne dure pas, la déception n'est pas très cruelle... Encore maintenant, j'espérais que vous alliez sursauter, protester, nier. Je vous ai donné une dernière chance. Vous ne l'avez pas prise. Si vous ne l'aviez pas vue... Mais vous l'avez vue.

J'essayai la plaisanterie.

— Laurence, la douleur vous égare...

Elle ouvrit son sac, en tira un paquet de cigarettes.

— Ça vous ennuie si je fume ?

— Non, non.

— Et si je crève, ça vous ennuie ? Un peu quand même, avouez-le pour me faire plaisir. Charriac prend plaisir à tuer, c'est un sadique. Vous, ça vous fait de la peine. Vous êtes vraiment désolé que je me sois trouvée dans la ligne de tir. Mais ça ne vous a pas retenu de faire feu.

— C'est vraiment injuste, ce que vous dites ! Vous me consternez ! Vous voulez la vérité ? La voilà. Oui, ce n'était pas mon intérêt de fermer la boutique. Mais la situation est telle qu'elle est de toute façon neutralisée. Charriac voulait Chalamont. J'aurais pu proposer El Fatawi. Il aurait marché, pour signer la paix avec moi. Ou faire semblant de le croire. C'est vous qui m'avez dit qu'il était nul, mais après tout, il n'est peut-être pas si mauvais, El Fatawi. Je me suis battu pour que ce soit vous. J'aurais pu gagner du temps, négocier une trêve. Maintenant, je suis en guerre avec Charriac. En confrontation directe.

– En finale, murmura-t-elle avec effort.

– Oui, en finale. Plus tôt que je ne le voulais. Je l'ai fait pour vous. Je regrette que vous ne l'ayez pas noté. Que ce soit à moi que vous veniez faire des reproches. Je suis le seul qui ne les mérite pas. Prenez-vous-en à Charriac, à Del Rieco, à De Wavre, à qui vous voulez. Mais pas à moi. Oh, et puis si, faites ce que vous croyez...

Cette fois, elle cacha sa tête dans ses mains. La tension nerveuse des derniers jours s'abattait sur son dos voûté. Elle eut un bref sanglot. D'une main hésitante, je lui caressai les cheveux.

– Vous n'avez pas si mal joué, Laurence... Je comprends que vous en vouliez au monde entier, mais ce n'est pas une telle catastrophe. La vie continue...

Elle explosa :

– Arrêtez de me parler de la vie ! C'est exaspérant ! Jamais rien entendu de plus cucul ! C'est pas le sujet ! Je voulais réussir De Wavre, je le voulais vraiment ! J'étais prête à tout ! À tout, vous m'entendez ?

Deux ou trois fois j'avais eu dans mon bureau des femmes dont la jupe remontait sur les cuisses et qui m'avaient dit exactement la même chose. J'étais triste de voir Laurence leur ressembler tout à coup. Je lâchai ses cheveux.

— Ce n'est pas moi qui puis vous donner ce que vous espériez, Laurence. Il n'y en a qu'un : Del Rieco. Fichue pour fichue, à votre place, je me concentrerais sur lui.

Elle dressa l'oreille et s'essuya les paupières.

— Qu'est-ce que je peux faire ?

— Voici comment je vois les choses. Charriac tient la corde. Il vous a eue et si je fais la moindre erreur il m'aura aussi. La clef, c'est Del Rieco. Si nous pouvions entrer dans son programme... Rectifier légèrement les données... Vous avez conservé votre titre, mais il ne vous sert plus à rien. Si vous vendiez des hameçons en plein Sahara, votre situation ne serait pas pire. Vous ne pouvez pas remonter la pente de cette manière. Il faut trouver un autre angle. Le seul qui importe. Del Rieco. C'est lui qui tient tous les fils. La Bourse, la justice, l'OMC, l'État, il est tout à la fois. Il peut faire gagner ou perdre qui il veut. Il est l'économie de marché mondialisée à lui tout seul. S'il voulait vous sauver, il n'avait qu'à dire : les actionnaires sont attachés à la maison et refusent de vendre leurs parts. Point barre. C'était fini. Il ne l'a pas fait. Pourtant, ce sont des choses qui arrivent, ça n'aurait pas été en contradiction avec sa logique. C'est Del Rieco qui vous a flinguée. Pas moi, ça, c'est sûr, et même pas Charriac. Si vous voulez vous venger, ne vous trompez pas d'adresse.

Elle me fixa plus attentivement.

— Et vous, qu'est-ce que vous y gagneriez, là-dedans ?

Je gonflai les joues avant de relâcher ma respiration.

— Peut-être rien. Le bonheur d'avoir arrêté vos larmes. Peut-être beaucoup, si vous partagez avec moi vos informations. Si vous cessez de croire que je vous veux du mal.

Elle gagna la fenêtre, posa les doigts sur le rebord et se mit à contempler les sapins. Elle agissait à l'inverse de la plupart des gens : quand elle voulait dire quelque chose d'important, elle regardait ailleurs. Il fallait parfois tendre l'oreille pour l'écouter.

— Je cherche où est le piège, dit-elle à voix basse. D'habitude, vous dites A en pensant B et en visant C.

— Moi ? m'indignai-je.

— Vous, vous tous. Je n'imaginais pas que ce serait aussi dur...

— Moi non plus. Tout est tordu. C'est pour nous habituer. Charriac, lui, pense qu'il va droit. Mais il est tellement tordu lui-même qu'une courbe, c'est sa conception de la droite. Le plus tordu, c'est Del Rieco. Réfléchissez-y, Laurence. Toute seule. Ce n'est pas moi qui ai semé des mines partout.

Comme si elle ne m'avait pas entendu, elle inclina la tête sur son épaule.

— J'ai hâte de quitter cet endroit. Tout à l'heure, quand il m'a traînée par terre en m'arrachant mes vêtements, j'ai failli craquer et tout planter là. Quel plaisir ce sera de retrouver des gens normaux !

Doucement, je répondis :

— Il n'y en a pas, Laurence. Ici, on est nus et on n'a pas beaucoup de temps. Alors, on voit mieux. C'est la seule différence.

Elle se retourna. Sa silhouette se découpait sur la masse sombre de la forêt.

— Vous savez, quand j'étais jeune, je pensais qu'on pouvait vraiment connaître quelqu'un quand on avait fait l'amour avec lui. Que la peau ne peut pas mentir. Mais même ça, ce n'est pas vrai...

— *Mondo cane*, conclus-je avec bonne humeur.

Je ne savais pas ce qu'elle allait faire. Mais j'avais une idée de ce que, moi, j'allais faire.

La discussion m'avait laissé un sentiment de malaise. J'avais été surpris que l'agressivité de Laurence, bien naturelle après ce qui s'était passé, s'oriente contre moi en priorité. Peut-être, de ma part, attendait-elle plus que je ne l'imaginais. Pourtant, elle ne savait rien de moi, je ne savais rien d'elle, nous nous étions à peine effleurés – mieux : nous avions pris soin de ne pas nous effleurer. Je savais bien comment la simulation allait basculer et je n'avais pas voulu créer de liens. Sans doute malgré moi quelques rameaux s'étaient-ils entrelacés. Je décidai de ne pas en tenir compte. Le jeu, avec tous ses étages de duplicité, était suffisamment compliqué sans y introduire l'indémêlable écheveau des relations personnelles affectives et la pelote de laine des psychologies individuelles. Je devais me concentrer sur les priorités. S'il devait y avoir finalement un seul gagnant, ça ne pouvait pas être Laurence.

Mais ça pouvait être moi. Ensuite, du haut du podium, j'essaierais d'intercéder en sa faveur. Son courage et sa ténacité le méritaient.

Au dîner, nous dûmes subir une longue diatribe de Pinetti contre les syndicats. Jusqu'à présent, ils nous avaient fichu une paix royale (patience, ce serait sans doute pour le troisième jour), mais, Dieu sait pour quelle raison, il les avait pris dans son collimateur. Il nous expliqua que la lutte des classes était un concept périmé, d'un archaïsme révoltant à l'époque d'Internet. Que les bouleversements technologiques et sociaux avaient détruit ces vieilleries et qu'il était incompréhensible que des gens intelligents, ici et là, continuent à les évoquer, considérant le patronat comme un adversaire. Tous les collaborateurs d'une entreprise avaient, selon lui, un intérêt collectif majeur à la voir se développer ; dans un contexte international de féroce concurrence, on ne pouvait pas se permettre de nourrir une guerre civile interne, des suspicions, des revendications incompatibles avec les objectifs. Brigitte Aubert lui fit remarquer que ce discours était aussi ancien que l'autre, et même symétrique, qu'il y avait toujours des riches et des pauvres et qu'elle ne voyait pas ce qu'Internet y changeait. Il répondit qu'il fallait abandonner le rêve de l'égalité ; tous les systèmes qui s'en réclamaient avaient fait faillite, tandis que ceux qui prenaient acte des différences et les répartissaient au mieux des compétences démontraient chaque jour leur efficacité. El Fatawi lui tendit un piège en lui demandant s'il concevait la société comme un corps humain avec ses membres adaptés à chaque fonction et ses cellules, toutes spécialisées, chacune à leur place.

— C'est exactement cela, répondit-il.

— Alors, vous êtes exactement un fasciste, rétorqua El Fatawi. Cette vision organiciste est la base même de la théorie fasciste.

— Mon Dieu, un intellectuel ! s'apitoya Pinetti.

— Ça aussi, c'est typique du fascisme, observa El Fatawi.

Pinetti s'énerva.

— Alors, monsieur le professeur, où sont les chiens policiers ? Où sont les miradors ? Les prisonniers politiques ? Jamais cette société n'a été plus libre !

— Parce que vous avez réussi à briser tout projet collectif. Il n'y a plus que des égoïsmes individuels. Et au sommet des gens qui décident pour tout le monde, au nom de la compétence technocratique. Il n'y a plus de révolte. Mais il y a beaucoup de meurtres, beaucoup de dépressions, beaucoup de suicides. Plus de prisonniers politiques, c'est vrai. Mais quatre fois plus de prisonniers de droit commun. Il n'y a jamais eu aussi peu de grèves. Et jamais autant de gens en prison.

— Parce qu'ils ne jouent pas le jeu, dit Pinetti. Jouez les règles et vous n'aurez pas de problèmes. On a remplacé la force par le droit. Ce n'est pas un progrès ?

— Qui fait le droit ? Qui fait la loi ?

— Vous. Moi. À travers les gens que nous élisons.

— Foutaises ! Deux cents technocrates que personne ne contrôle et qui sont terrorisés par les réactions des marchés financiers. Vous n'avez plus besoin d'aligner des CRS : vous rédigez un décret et vous laissez faire les juges. Ça va toujours dans le même sens : celui des intérêts des multinationales et des États-Unis, ce qui est la même chose. Il faut être con comme Milosevic pour prendre des bombes sur la gueule. Si vous êtes civilisé, un beau jour votre monnaie perd zéro un pour cent et vous comprenez tout de suite que vous avez fait une connerie. Alors, vous vous mettez au garde-à-vous et vous obéissez.

— Eh ben oui. Parce qu'il y a des règles de rentabilité et qu'elles sont les mêmes partout. Ce sont des lois économiques, de la même manière que vous avez besoin de respirer, de manger, de pisser, et vous n'y pouvez rien. On vous a pas appris ça, dans votre faculté ? Si vous les violez, c'est comme si vous refusez de respirer : vous en crevez.

— Et si vous les respectez, vous en crevez aussi. Mais c'est pas les mêmes qui crèvent. C'est toute la différence.

— Bon, c'est pas bientôt fini ? se plaignit Morin. On se croirait à France-Culture !

— Tiens, dit Laurence sans avoir l'air d'y toucher, M. Morin connaît l'existence de France-Culture, voilà qui est surprenant...

L'ambiance était franchement délétère. Toute l'équipe de Laurence exhalait ses rancœurs et se vengeait de son infortune en attaquant la garde rapprochée de Charriac. J'étais persuadé que si Pinetti avait fait l'apologie de Staline, El Fatawi aurait souligné les mérites du libéralisme. Ils prenaient de longs détours subtils pour en arriver à laisser affleurer, sans jamais la prononcer, cette simple phrase : « Vous êtes un salaud et je vous déteste. » Dans la plupart des cas, c'est ce qui sous-tend ce qu'on appelle débat d'idées ; le reste est rideau de fumée.

Au café, nous eûmes une surprise. Son Excellence Del Rieco consentit à se joindre à nous. Il portait un blazer bleu et un pantalon blanc immaculé. Jean-Claude et Nathalie le suivaient, discrets et silencieux comme d'habitude. Il nous décocha son grand sourire hollywoodien, toutes dents dehors. Ses yeux verts brillaient de sympathie sous des sourcils épanouis. Il nous la jouait cordiale.

— Je ne suis pas de trop, j'espère ?

— Au contraire, au contraire, on vous voit trop peu, répondit Pinetti en lui avançant une chaise.

— C'est que je ne veux pas peser sur votre libre arbitre, s'excusa-t-il. Nous finissons ce petit exercice demain soir. Vendredi, il y aura encore un petit parcours d'obstacles et après, ce sera fini. Samedi matin, vous pourrez m'oublier.

Il remercia chaleureusement le serveur qui venait de lui verser son café. Il irradiait une exubérante sollicitude. On aurait pu le prendre pour un politicien américain en campagne électorale.

— Alors, demanda-t-il en agitant sa cuiller dans son breuvage, comment ça se passe ? Ce n'est pas trop dur ?

Laurence se jeta à l'eau.

— Il faudra que vous nous expliquiez... certaines de vos décisions...

Il tourna vers elle un visage radieux. Je vis le moment où il allait l'embrasser.

— Je n'en prends pas beaucoup, vous savez. Nous avons une sorte de modèle, alimenté par nos observations. Quand vous prenez une initiative, nous nous reportons à un tableau préexistant. Le nombre de choses qu'on peut faire raisonnablement est loin d'être infini. Ne vous fâchez pas, mais vos comportements sont relativement prévisibles. Vous connaissez ces « livres dont vous êtes le héros » ?

— Expliquez d'abord à M. Morin ce que c'est qu'un livre, ironisa El Fatawi.

— Ah, c'est malin, dit Morin en haussant les épaules.

Del Rieco lâcha un demi-sourire avant de poursuivre :

— Ce sont des livres pour les enfants, ou disons : les adolescents. À chaque page, on vous propose un choix. Si vous choisissez A, vous allez en page 51. Si vous choisissez B, en page 19. Et là, ça recommence. Certains choix vous mènent à des impasses, d'autres vous font progresser. Nous avons un petit peu la même chose. Plus complexe et plus réaliste, en vérité. Un modèle où vous pouvez prendre tous les embranchements que vous voulez. Si vous faites ça, il se passe ça. C'est tout. Je vous l'ai annoncé dès le début : c'est construit sur le principe des jeux de rôles. Il y a un côté ludique...

— En effet très amusant, laissa tomber Laurence.

Del Rieco ne releva pas – ou ne distingua pas – l'ironie.

— Oui, ça peut l'être. Une sorte de Monopoly. Il y a un petit facteur chance, mais très léger. Comme dans la vie. En fonction de ce que vous avez fait jusqu'à ce moment-là, vous avez plus ou moins de probabilités de réussir. L'ordinateur ajuste les paramètres à chaque instant. Si vous sollicitez un prêt, la réaction de la banque dépend des garanties que vous offrez.

Charriac était resté un peu à l'écart mais écoutait attentivement.

— En somme, dit-il, quand ça va bien, ça va de mieux en mieux, et quand ça va mal, de pis en pis.

Del Rieco approuva.

— Voilà. C'est ce qui se passe en général, vous savez. La théorie des sables mouvants. Si vous y mettez le pied, tout y passe.

— Et quand quelqu'un sort de l'épure ? demandai-je.

— Ça n'arrive pratiquement jamais, répondit

Del Rieco. Nous avons une bibliothèque. S'il sort un tout petit peu, je décide, en fonction de ce qui me paraît logique. De mon expérience. Et si c'est un cas tout à fait inattendu, ce qui est rarissime, je prends mon téléphone et je consulte des experts. Une fois, un petit futé m'a exhibé une loi dont je n'avais jamais entendu parler, il m'a fallu quelques heures pour me rendre compte qu'il l'avait inventée.

— Vous l'avez sanctionné ?

— Oui et non. Si vous mentez, dans la vie, ça peut passer. Mais les autres perdent un peu confiance.

— Et il s'en est tiré ?

— Nous avons ajouté une ligne à sa fiche descriptive. Il y a des employeurs que le culot n'effraie pas. D'autres qui sont plus réservés.

— Vous allez faire une fiche descriptive pour chacun de nous, à la fin ? interrogea Charriac.

— Oui. Bien sûr. C'est le but.

— On peut avoir un modèle ? Un exemple ?

Del Rieco secoua la tête en riant.

— Non, non. Ça, ce sont nos fichiers à nous.

— Tout le monde a le droit de consulter toute fiche qui le concerne, dit El Fatawi.

— Oui, bien sûr. C'est comme les bilans. Tout actionnaire a le droit d'en avoir communication. Du bilan officiel. Le vrai, il reste secret. On peut vous montrer des fiches si vous voulez. Vous y trouverez votre CV et à peu près rien d'autre.

— C'est limite légal...

— Écoutez, répliqua Del Rieco d'un ton bonhomme, engager un gars en fonction de son signe astrologique, c'est légal ? Oui. Vous trouvez que c'est mieux ? Moi, je cherche à réunir de l'information, la plus objective possible. Les employeurs, c'est ce qu'ils veulent aussi. Tout le monde est content.

— Sauf ceux que vous ne retenez pas, dit Laurence.

Del Rieco agita ses mains.

— Non, ce n'est pas comme ça que ça marche. Il y a eu déjà un premier tri à Paris. Ici, ce qu'on teste, c'est ce que donne le candidat en situation. Comment il se comporte avec les autres, comment il réagit quand il a un pépin. Tout ce que son CV ne nous dit pas. Ensuite, on fait des tas. Ceux qu'on ne va pas défendre. Ceux qu'on va essayer de caser, mais au bon endroit, là où ils pourront exprimer leurs qualités et minimiser leurs défauts. Et ceux qu'on va recommander sans hésiter. Si vous avez besoin d'un pâtissier et qu'on vous propose un excellent ajusteur, ça ne vous intéresse pas, et vice versa. Dans une organisation, c'est la même chose. Une équipe. À un certain moment, il vous faut un battant, mais si vous en avez déjà trois ils vont se marcher sur les pieds et se bagarrer entre eux. Il y a de la place pour tout le monde, vous savez.

— Il y a trois millions de types qui n'en sont pas convaincus, marmonna El Fatawi.

— Parce qu'ils n'ont pas trouvé le bon créneau. Ou parce qu'ils ont un défaut de fabrication. Un pas mauvais, il y en a plein les rues. Un bon, c'est plus difficile. Un très très bon, rarissime. Nous, chez De Wavre, on ne cherche que les très très bons. C'est pour ça qu'on a beaucoup de déchet.

— Et il y en a combien ici, à votre avis ? demanda Charriac.

— Et au vôtre ? répliqua Del Rieco du tac au tac. Qui embaucheriez-vous ?

Charriac ne se déroba pas.

— Pinetti. Delval. Peut-être Hirsch. C'est tout.

— Merci pour moi, dit Morin.

Charriac lui jeta un regard bizarre.

— Toi, tu as déjà un job...

À mon étonnement, Morin ne répondit pas. En même temps, Laurence dit :

— C'est agréable.

Et Del Rieco :

— C'est intéressant.

— Vous n'avez pas répondu à ma question, insista Charriac.

Ses petits yeux ne lâchaient pas Del Rieco.

— Je vous répondrai, dit celui-ci. Vendredi soir. Je vous verrai un par un, en solo. Et je vous expliquerai les motifs de notre décision. Si vous n'étiez pas retenu, vous aurez au moins gagné ça. Un inventaire complet. Un check-up.

Il frappa sur ses cuisses, avala la dernière gorgée de café et se leva.

— Voilà. Vous savez tout. Tout le monde a la même information. Je vous souhaite bonne chance à tous.

Je l'arrêtai.

— J'ai encore une question, si vous permettez. Vous faites ça chaque fois ou c'est seulement pour ce groupe ?

– Quoi, ça ?

– Venir prendre le café en ami et nous lâcher des tuyaux l'air de rien.

Il ne se troubla pas. Ce garçon avait des nerfs d'acier.

– Ah ! Oh, non, parfois, c'est à l'apéritif. Parfois pas du tout. Je fais comme vous : je m'adapte à la situation.

– Et ce groupe, qu'est-ce que vous en pensez ? demanda Brigitte Aubert. Je veux dire : collectivement.

Del Rieco lui adressa une mimique amusée et, gardant le silence, mit le cap sur la sortie.

Charriac me regarda.

– Il est venu voir si on lui échappait. Mettre un coup de peinture sur la ligne frontière. Je crois qu'on est en train de l'inquiéter.

Le lac s'étendait sous mes pieds. Mon cerveau s'était divisé en deux. Une partie repassait inlassablement ce qu'il avait enregistré des propos de Del Rieco. Le gourou n'était pas venu pour rien, par un mouvement de pure sympathie. Il avait quelque chose à nous dire et il l'avait dit. Que la simulation finissait le lendemain ? Nous le savions depuis le début. Il y avait autre chose, un détail, un mot. À un certain moment, un signal d'alarme s'était allumé et je cherchais désespérément à le retrouver.

Mais une autre circonvolution, un autre circuit de cellules grises, donnait dans la philosophie. Pourquoi avions-nous d'emblée pris l'allée qui descendait vers le lac, hésité à emprunter ensuite un sentier qui remontait ? Pourquoi n'avions-nous pas, au contraire, d'abord fouillé l'arrière de l'hôtel, la colline sur laquelle il s'appuyait ? Y avait-il quelque chose de fascinant dans cette matrice d'eau immobile, comme si c'était d'elle que devait surgir quelque chose, la vérité, une révélation ? Avaient-ils aussi couché sur nos fiches ce penchant à choisir la pente la plus facile, la plus rassurante, celle qu'ils avaient d'avance balisée ? À ne jamais perdre de vue l'autre berge qui nous reliait à la civilisation ? Où était-ce une disposition structurelle de l'être humain, une attirance magnétique pour l'eau primitive d'où un jour étaient sortis des animaux unicellulaires qui, péniblement, s'étaient transformés en insectes, en reptiles, puis en hommes, par un procédé de sélection naturelle ?

Tout cela ne me menait à rien. Enfermés dans cette île, nous étions dans un cul-de-sac, lourde métaphore de nos vies ratées. Pour ceux qui parviendraient à passer par-dessus le mur, ce serait peut-être un tremplin. Pour les autres, la décharge d'ordures finale. Il nous restait vingt-quatre heures pour éliminer la concurrence, vingt-quatre heures, et même un peu moins, pour balayer les oppositions, exterminer l'adversaire, montrer de façon définitive qui étaient les meilleurs, les seuls qui méritaient de survivre.

Comme le premier soir, je ramassai un galet et, me penchant, le lançai pour observer ses ricochets. Il rebondit trois fois avant de sombrer. Quand je me relevai, elle se tenait à mes côtés, droite et silencieuse.

Pas Laurence. Laurence ne viendrait plus. C'était Brigitte Aubert, engoncée dans un énorme pull-over qui la recouvrait jusqu'aux cuisses.

Elle ne s'assit pas sur le rocher, elle ne déploya pas sa robe autour d'elle – comment aurait-elle pu ? Elle portait une jupe courte. Sa présence me faisait ressentir plus durement l'absence de Laurence. Il ne s'était rien passé entre nous et pourtant nous avions vécu ensemble quelque chose qui nous resterait, la frêle toile d'araignée de ce que nous ne nous étions jamais dit.

– Je me suis assise à côté du tondu, dit Brigitte Aubert. Tout à l'heure, quand le play-boy a fait son numéro démago.

Je l'écoutais à peine.

– Quel tondu ?

– Le chauve avec la barbe. L'assistant de M. Del Rieco.

– Ah... Il s'appelle Jean-Claude, je crois. Jean-Claude quoi, nous ne l'avons jamais su. Et alors ?

– J'ai regardé ce qu'il faisait. Il avait une liste. Il voulait vérifier si nous étions tous là. Il nous a pointés.

Elle m'ennuyait.

– Et alors ?

– Nous n'étions pas tous là.

– Ah non ?

Elle eut un soupir irrité.

– Vous ne comprenez pas. Nous n'étions pas tous sur sa liste. Il en manquait trois. Vous m'écoutez ?

– Oui, je vous écoute. Mais je ne vois pas où vous voulez en venir.

Elle ébaucha un geste pour me secouer.

– Eh, Carceville, réveillez-vous, vous êtes où ? Vous ne voyez pas ? La liste des participants au stage. Elle est incomplète. Il en manque trois.

Dans quelle langue vous voulez que je vous le dise ? En anglais ? *Three guys missing ?*

J'applaudis son accent du bout des doigts. Elle ferma les yeux, incrédule.

— De temps en temps, je me demande si vous êtes réellement intelligent. Vous voulez un dessin ?

L'image de Laurence s'effaça et je redescendis sur terre.

— Vous voulez dire qu'il y a trois personnes qui sont avec nous mais qui ne font pas partie du stage ?

Elle écarta les bras en courbant la tête comme pour une révérence.

— Voilà ! C'est ça ! Bon, maintenant, je vous explique les implications ou vous les trouverez tout seul ?

— Trois personnes qu'ils ne testent pas. Trois personnes qui sont avec eux, pas avec nous. Qui ?

Elle continuait à se payer ma tête :

— Eh ben, vous voyez, quand vous voulez... Le démarreur est un peu grippé, il faudra y penser quand on fera le contrôle technique.

— Trois traîtres...

— Je le crains.

Elle compta sur ses doigts comme si elle avait peur d'en oublier, marquant un temps entre chaque nom pour faire durer le suspense.

— Aimé Leroy. Morin. Et Marilyn.

— Un dans chaque équipe...

— Ah, voilà, c'est bon, vous reprenez de la vitesse, on va pouvoir décoller.

Je claquai mon majeur contre mon pouce.

— Morin ! Et Charriac le savait ! C'est pour ça qu'il lui a dit : « Toi, tu n'as pas besoin d'un job, tu en as déjà un... »

— Et c'est pour ça que Marilyn allait fumer une cigarette dehors toutes les cinq minutes. Ce n'était pas une intoxication tabagique. Elle allait faire son rapport.

— Et Aimé Leroy, il critiquait tout pour qu'on comprenne bien qu'il n'était pas solidaire de l'organisation...

— Trois salopards, conclut-elle. Qu'est-ce qu'on va faire ?

À cet instant, il y eut un claquement de talons et Laurence surgit de l'obscurité. Elle avait couru ; sa poitrine se soulevait ; elle respira fort une ou deux fois.

— Jérôme, j'ai des nouvelles...

Elle aperçut Brigitte, freina son élan. L'autre la toisait de haut en bas, semblant se demander quelle vague avait pu rejeter sur le rivage une épave aussi dégradée. Étrangement, le frémissement sentimental qui m'avait saisi quand je pensais à elle avait subitement disparu. Nous étions à nouveau dans le jeu.

— C'est-à-dire... C'est confidentiel..., haleta-t-elle.

— Parlez, Laurence. Brigitte peut tout entendre.

Elle hésita avant de se jeter à l'eau.

— J'ai vu leurs fiches. Après le café, ils sont partis tous les trois vers les cuisines, je ne sais pas ce qu'ils allaient faire là-bas...

— La vaisselle, peut-être, ironisa Brigitte.

— ... alors, j'ai foncé jusqu'au chalet et j'ai réussi à entrer. Ils avaient laissé les fiches sur la table. Vierges. Juste nos noms. Et devinez quoi ?

— Il en manquait trois, dit Brigitte. Vous avez une question plus difficile ?

Laurence s'arrêta net, désorientée.

— Comment le savez-vous ?

— Chacun ses méthodes, chère amie, laissa tomber Brigitte avec un mépris dégoûté.

Leur animosité était presque palpable. Qu'est-ce qui avait bien pu les dresser ainsi l'une contre l'autre ? Elles n'avaient pas échangé trois mots jusqu'à présent. Bah, si le coup de foudre existe, il doit bien y avoir aussi des coups de foudre négatifs, des haines incompréhensibles qui jaillissent dès la première seconde...

— Ils savent tout, dit Laurence. Tout. Pas une phrase ne leur a échappé.

Brigitte se tourna vers moi.

— C'est vous le chef. Si vous avez retrouvé tous vos esprits. Et si rien d'inopportun ne vous perturbe...

Son persiflage commençait à m'agacer.

— Il faut qu'on les interviewe, suggéra Laurence. Je vais aller voir Leroy et m'expliquer avec lui.

D'un geste impatient, je l'arrêtai.

— Ne faites rien sans mon accord. Nous n'avons pas forcément intérêt à abattre nos cartes tout de suite. Ils ne savent pas que nous savons. Exploitons d'abord cet avantage.

— C'est pour ça qu'il est chef, dit Brigitte à

l'intention de Laurence. Lui, il voit plus loin que le bout de son nez.

Laurence se rembrunit mais garda le silence. Je réfléchissais à voix haute :

— Bon, article un, je dois voir Charriac. Le petit salaud sait depuis plus longtemps que nous. Et Morin sait qu'il le sait. Le puzzle s'emboîte. C'était ça, le petit détail que je cherchais à retrouver depuis tout à l'heure. Mais alors, dans ces conditions, pourquoi ont-ils laissé Morin chez lui ? Charriac le fait chanter ? Non, c'est pas possible... Ou alors, il espère qu'il se coupera... Je dois savoir ! J'y vais.

Laurence prit l'air satisfait de celle qui voit enfin éclater l'évidence prévue.

— Je le maintiens depuis l'origine : Charriac joue avec eux. Vous n'avez jamais voulu m'écouter. La finale a déjà eu lieu, Jérôme. C'était vous contre moi. On peut passer la journée de demain aux sports d'hiver, il ne se passera plus rien.

— Qu'est-ce qu'elle raconte, celle-là ? maugréa Brigitte.

Je les fis taire d'une main.

— Ne vous éloignez pas. Je vais voir Charriac et on fait le point.

Brigitte eut un rire moqueur.

— Tarzan empoigna la liane et se jeta sur le lion ! À vos ordres, chef. Mais si ça vous ennuie pas, on va rentrer, il commence à faire un peu frais ici. Et c'est pas très bien fréquenté...

Exprès, Laurence m'envoya un clin d'œil ostensible, à la limite du vulgaire. Ce n'était pas pour moi qu'elles se disputaient. Malgré l'excellente opinion que j'ai de moi-même, je n'avais pas cette prétention. C'était simplement une rivalité classique, la jalousie d'une Brigitte au visage ingrat pour le teint lisse de Laurence. Contre ce genre de choses, il n'y avait à peu près rien à faire, sinon les laisser s'asticoter. Il fallait seulement que je veille à ne pas devenir un enjeu. Pour l'heure, j'avais d'autres soucis.

Charriac faisait des heures supplémentaires. Je ne l'avais trouvé ni au bar ni dans sa chambre. Dans la salle du deuxième étage, à l'abri derrière les rideaux tirés, il était en train de travailler. Il avait ouvert son ordinateur portable, branché une imprimante extraplate, et compulsait des documents. Pinetti bayait aux corneilles, assis dans un coin.

Quand j'entrai, Charriac glissa rapidement quelques feuillets sous une pile. Les cachotteries continuaient. Il me dévisagea un court instant, montra aussitôt la porte à Pinetti.

— M. Carceville désire s'entretenir avec moi seul à seul, si je ne m'abuse...

Pinetti sortit en traînant les pieds. Je m'assis en face de Charriac et étendis les jambes. Sous l'ampoule nue qui pendait du plafond, la scène avait des allures de partie de poker entre deux malfrats. Charriac tira de sa poche un cigarillo et l'alluma avec lenteur. Il avait beau calculer ses mouvements, c'était un signe de nervosité. Au bout de quatre jours de stage, tout le monde se remettait à fumer.

— Oui ? interrogea-t-il.

— Une question : depuis quand savez-vous que Morin travaille pour Del Rieco ?

Il pencha la tête comme s'il admirait la performance.

— Bravo, Sherlock Holmes. À vrai dire, je m'en suis douté tout de suite. Visiblement, ils savaient ce que je faisais. On répondait très vite à tous mes messages. Un poil trop vite. Et puis, votre amie, Mme Carré, a commencé à me soupçonner. Elle ne cherchait pas où il fallait mais elle se doutait de quelque chose. Ça m'a mis la puce à l'oreille. Ensuite, oh, eh bien, ça a été facile. Les politiciens font ça : ils donnent quatre variantes à quatre personnes et ils regardent laquelle sort dans la presse. On identifie la fuite très vite. La fuite, c'était Morin.

— Et qu'est-ce que vous avez fait ?

Il eut un sourire impuissant.

— Rien. Que vouliez-vous que je fasse ? Je lui disais ce que j'avais envie qu'il répète à Del Rieco. J'ai transformé la taupe en agent double. Intoxication. Et puis je le surveillais. J'observais ce qui retenait son attention. Vous savez, comme les enfants : tu brûles, non, là tu es froid. Ça m'a aidé à m'orienter. Qu'avez-vous fait avec le vôtre ?

— Marilyn ? La même chose que vous.

— Ah, c'était Marilyn ? J'étais curieux de le savoir. J'aurais plutôt cru votre planche à pain rousse, là... Il leur fallait quelqu'un qui ne se mette pas trop en avant, mais pas trop en arrière non plus. Qui sache tout et qu'on ne remarque pas. Une secrétaire de direction, c'était parfait, j'aurais dû y penser. Et chez votre amie, qui était-ce ? Chalamont ?

— Leroy.

Il se renversa en arrière, pointant le plafond du bout de son cigarillo.

— Leroy... Pas mal joué. Mais, vous voyez, trop caricatural. Morin avec son numéro de Marseillais exubérant, Leroy et son air ronchon... Trop de cinéma... Pour Marilyn vous avez dû chercher un moment, c'était la meilleure des trois. Même moi, peut-être que je l'aurais ratée... Ils vous ont servi, hein ?

Je m'accoudai à la table. Au passage, mes yeux s'égarèrent furtivement sur les documents qui la recouvraient. C'étaient des extraits de livres de droit. Des commentaires d'arrêts.

— Vous n'avez pas répondu franchement, Charriac. Je répète : depuis quand savez-vous exactement ?

Il feignit la terreur.

— Oh là, vous n'allez pas me torturer ? Je suis incapable de fournir un instant précis. Comme vous, j'ai commencé à douter. C'était une hypothèse. Un embranchement de l'arbre des possibles. Puis ça a pris forme. J'ai été sûr à soixante pour cent, puis à soixante-dix, puis à quatre-vingts. C'est comme quand on est cocu.

— Je ne sais pas, je ne l'ai jamais été.

— Ça, c'est ce que vous croyez. Mais si c'est le

cas, je suis innocent, je vous le jure, je n'ai pas le plaisir de connaître madame votre femme.

— Et quand lui avez-vous dit que vous saviez ?

— J'ai hésité. J'avais envie de le laisser mariner. Mais je n'ai pas pu me retenir. *Humain, trop humain...* Vous savez qui ? Nietzsche. Nous ne sommes pas aussi incultes que le suppose notre ami arabe. J'ai même lu Mao Tsé-toung, c'est vous dire. Je les attends quand ils veulent.

La fumée de la saleté qu'il tétait me fit tousser.

— On se croirait chez le dentiste. Il faut vous arracher les réponses une à une.

— Naturellement. Qu'est-ce que vous donnez en échange ?

— Je vous ai donné Marilyn et Leroy.

— C'est juste. Ça ne me sert à rien, mais c'est une preuve de bonne volonté. Et puis, maintenant, nous avons peut-être intérêt à faire un bout de chemin ensemble. Depuis le temps que j'essaie de vous en persuader... Ce matin. Je l'ai coincé en fin de matinée. Entre hommes.

— Il n'a pas tenté de nier ?

— Si, bien sûr. Mais (il imita Francis Blanche dans ses numéros d'officier allemand) *nous afons les moyens dé télier les langues...* D'abord, il a essayé de me faire croire qu'il était psychologue. Vous savez, comme dans ces groupes de *training* qu'ils nous fourguent entre deux putes dans les stages de formation pour cadres, la matinée de la semaine où on travaille. Un psychologue qui observe. Ensuite, il vous dit : vous avez un mode de leadership trop autoritaire, trop permissif, trop ceci, trop cela. Vous leur filez dix mille balles et vous dites merci beaucoup. Morin, psychologue ! J'ai cru que je tombais raide ! Ma grand-mère aurait fait mieux !

— Dernière question, et après ça sera fini, on pourra suturer : qu'est-ce qu'il vous a donné ?

— Mais... rien ! Enfin, pour l'instant. Il est très emmerdé. Si je le vends à Del Rieco, Del Rieco le balance et il est au chômage. Comme nous. Ce serait marrant, non ? Il espère que je vais la fermer. Bien sûr, il faudra qu'il me paie un peu... Pas grand-chose...

— Le protocole de notation. La suite des tests. Des choses dans ce genre ?

— Par exemple. Des petits bricolages sur le listing. Mais nous serons à égalité, vous allez faire pareil avec votre Marilyn, non ? Et même Mme Carré avec Leroy. Ça va être très farce. Qu'est-ce que vous dites d'un concours où tout le monde a les réponses à l'avance ?

— Que ça va se savoir et qu'il sera annulé.

— Non. Pas du tout. Vous savez combien Del Rieco facture tout son bordel ? Et combien ça va lui rapporter, trois stages par mois pendant des années ? Si on le fout en l'air et qu'on commence à raconter l'histoire dans tout Paris, il est mort. On le tient par les couilles, Carceville.

Il n'avait peut-être pas tort. Il savoura béatement une nouvelle bouffée.

— C'est nous qui tenons De Wavre, répéta-t-il. Évidemment, ça aurait été mieux si j'avais été seul. C'est dommage que vous soyez tombé sur le même os. Mais vous avez très bien fait de venir me voir. On aurait pu saloper le boulot si on ne s'était pas parlé. Maintenant, il faut qu'on se concerte, Carceville. Qu'on reste dans le vraisemblable. Carré, elle est vraiment dans le coup ? Il faudra qu'on fasse un sacrifice, on ne pourra pas exiger qu'il nous bénisse tous à la fois. Voyons, à vous de déballer la marchandise : qui est au courant chez vous ?

Ça m'ennuyait de passer un accord avec lui. Mais il n'y avait pas beaucoup d'autres solutions. Charriac était antipathique, mais le véritable objectif, c'était Del Rieco. Nous dressâmes la liste des initiés : lui, moi, Laurence, Brigitte Aubert, et Pinetti à qui il avait craché le morceau. Cinq sur treize (puisque nous n'avions jamais été seize). C'était la proportion qu'attendait De Wavre.

— Bon, conclut-il, on réunit tout ce monde-là ici dans, mettons, dix minutes, le temps de rassembler le troupeau. Et motus, un de plus dans le coup et on passe plus.

À onze heures dix ce mercredi soir, les cinq conspirateurs étaient rassemblés dans la même salle. J'avais dû tirer du lit Brigitte Aubert qui était tranquillement partie se coucher, inconsciente de la bombe qu'elle avait lancée. En robe de chambre, les pieds dans des mules, elle détonnait un peu. Pinetti, pourtant innocent, ne parvenait pas à abandonner son masque de traître de comédie. Laurence restait impériale, droite comme un i. Ostensiblement, elle évitait de poser les yeux sur Charriac.

Celui-ci avait débarrassé la table de ses dossiers juridiques désormais inutiles. Il ouvrit la séance en me passant la parole.

— Mes chers amis, la situation a notablement évolué. Notre ami Carceville va en faire la synthèse.

Je leur expliquai en quelques mots les nouvelles perspectives qui se dessinaient. Puis j'entamai l'analyse :

— Il y a plusieurs stratégies possibles, comme

toujours. Ou bien chacun manipule son espion, première solution. Elle ne me plaît pas beaucoup. Morin semble craindre Charriac, mais je ne sais pas comment Marilyn pourrait réagir. Si l'un des trois va expliquer à Del Rieco que nous essayons de le faire chanter, ça pourrait aller mal. Il retournera la faute contre nous et Del Rieco décidera simplement que le marché est infructueux, qu'on est un tas de sagouins et qu'il ne retient personne. Nous n'avons pas le droit d'agir en désordre. Deuxième solution, on se concentre sur un seul. Morin, qui paraît vulnérable. On oublie Marilyn et Leroy et on retourne Morin. C'est à lui que nous demandons collectivement de travailler pour nous.

— Je n'y comprends rien, protesta Brigitte. On lui demande quoi ?

— D'abord, de sortir nos fiches, dit Charriac. Ensuite, suivant ce qu'on y trouvera, de les arranger un peu. Il tripote deux ou trois lignes dans l'ordinateur, ni vu ni connu, il se tait, on se tait, il garde son boulot et on a le nôtre. C'est pourtant pas sorcier.

— Ah, vous voulez tricher, quoi, s'étonna Brigitte.

— Ben oui ! On change un peu les règles... Moi, je trouve ça juste. Avec les modalités d'embauche actuelles, regardez où on en est. Si vous perdez avec les règles en vigueur, il faut les changer, c'est tout.

Quand Charriac était en forme, il aurait pu convertir au catholicisme l'ayatollah Khomeyni et faire inscrire George Bush au parti communiste.

— Attendez, ça veut dire qu'on met dix-huit sur vingt à tout le monde ?

— Mais non, pas à tout le monde. Seulement à nous. Sinon, ça va se voir.

— Et les autres, alors ?

— Ma chérie, dit patiemment Charriac, ceci est une jungle. Dans une jungle, il y a des lions et il y a des antilopes. Qui gagne à la fin, à votre avis ? Et de quel côté préférez-vous être ?

— Il n'y a pas de lions dans la jungle, murmura Laurence avec dédain.

J'arrêtai l'altercation qui menaçait en tapant d'un doigt sur la table.

— On n'est pas là pour faire de la géographie. Ni de la zoologie.

— Attendez, insista Brigitte, nous on s'en sort, mais Mastroni, par exemple, il reste au fond du trou ? Et Hirsch aussi ?

— Tous les jours il y a des gens qui meurent et d'autres qui vivent, répondit Charriac. Des qui ont du boulot et d'autres qui en ont pas. C'est distribué au hasard. Aujourd'hui, le hasard, c'est nous. Ceux qui sont ici.

Je tapai à nouveau sur la table, de deux doigts cette fois.

— S'il vous plaît, je n'ai pas terminé. Troisième hypothèse : nous zappons les intermédiaires et nous allons voir directement Del Rieco pour lui mettre le marché en main. Ça me paraît le moins dangereux. Si ça tourne vraiment mal, s'il met les pieds contre le mur, on le prendra à la rigolade. Une espièglerie.

— Je préfère la deuxième solution, opina

Charriac. Morin fera ce que je lui dirai. Je le contrôle.

– C'est précisément ce qui ne me plaît pas, laissa tomber Laurence.

– Moi, je n'abandonnerai pas Mastroni et Hirsch, dit fermement Brigitte. On fait une équipe et ensuite on joue perso, ça ne va pas. Ils ont autant besoin que nous de ce job.

– Allons, on discute, avança Charriac sur un ton conciliant. On n'a encore rien décidé. Mais je ne vois pas comment on pourrait sortir tout le monde. Moi, ça ne me gêne pas, hein, on est une douzaine sur trois millions, ça n'y changera rien. Mais ça va se voir. C'est comme sur le *Titanic*, à un certain moment il faut choisir qui on sauve et qui se noie. Sinon, tout le monde plonge.

– Eh bien, moi, j'ai choisi, s'entêta Brigitte. Je n'aime pas tricher. Encore moins si des amis paient les pots cassés. Je crois que j'ai ma chance sans ça.

Charriac devint brutal.

– C'est ce qui vous trompe. Vous êtes cuite. Si vous ne jouez pas avec nous, vous êtes aussi morte que Ramsès II. Et puis, vous voyez, c'est ennuyeux, on est obligés d'être solidaires, sinon tout s'écroule. Quoi qu'on décide, et on votera si vous voulez voter, la minorité s'inclinera. Nous avons besoin d'une totale loyauté.

– Ça vous va bien d'exiger la loyauté. Non, je ne marche pas.

Charriac me jeta un regard bizarre, à la fois menaçant et attristé. Il était en train de calculer ce qui allait suivre.

— Vous n'avez pas tellement de choix, dit-il doucement. Comprenez bien : nous sommes sur la même barque. Si quelqu'un rame dans l'autre sens, il fait pivoter le bateau. Et ça, nous ne pouvons pas l'accepter.

— Ah ? Et qu'est-ce que vous allez me faire ?

C'était le moment pour moi d'intervenir.

— Ne nous énervons pas, ça ne sert à rien. Brigitte, écoutez, nous sommes dans une situation très compliquée. Très délicate. J'ai bien noté votre position, elle est tout à fait respectable, elle vous honore, je la conçois parfaitement. Vous m'avez ébranlé. Mais vous n'êtes pas seule, il y a quatre autres personnes, et c'est à votre tour d'en tenir compte. Nous devons poursuivre cette discussion à tête reposée. En attendant, je vous demande comme un service personnel de ne rien révéler à personne. Je vais faire tout ce que je pourrai, je vous en donne ma parole. Mais nous sommes trop engagés pour nous retirer simplement en nous excusant. Ça va être plus difficile. Voulez-vous me faire confiance ?

Elle hésita, concéda un petit « oui » du bout des lèvres. J'insistai :

— J'ai votre parole ?

— Jusqu'à demain. Et si vous ne faites rien d'irréversible.

— C'est entendu. On continue le tour de table ?

— Je partage la position d'Emmanuel, dit Pinetti.

Il me fallut une seconde pour me souvenir du prénom de Charriac. Laurence donna son opinion d'une voix sourde. Elle paraissait fatiguée. Il est vrai que la journée avait été rude pour elle.

— Je crois que nous ne sommes pas assez avancés pour décider quelque chose. Il faut encore y réfléchir. Je propose qu'on renvoie à demain. On pourrait faire un petit déjeuner de travail, ici. La nuit porte conseil.

Charriac sentit comme moi que le fruit n'était pas mûr. Il renonça à l'idée de passer en force.

— Okay, d'accord. On se revoit à, quoi, sept heures et demie ?

Les autres acquiescèrent. J'ai horreur des discussions au petit déjeuner, mais il n'y avait rien d'autre à faire. Brigitte rassembla les pans de sa robe de chambre autour de la chemise de nuit vieux rose qui couvrait son corps, Pinetti glissa de sa chaise comme un serpent. Charriac classait des papiers. J'étais resté assis pour en faire autant avec mes idées. Laurence me toucha l'épaule.

— Vous allez voir Del Rieco demain matin, n'est-ce pas ? Quoi qu'on en pense ?

Je ne niai pas.

— Peut-être. C'est la chose intelligente, non ?

— Je veux en être.

— Pas question, dit Charriac. Deux, c'est un entretien amical. Trois, c'est une délégation. N'y voyez rien de personnel, c'est une question d'efficacité psychologique, on ne discute pas de la même manière. Sauf si Carceville vous cède sa place.

Elle n'insista pas.

— Vous avez peut-être raison. Je ne servirais peut-être à rien.

— Enfin un éclair de lucidité, railla Charriac.

Elle lui lança un regard meurtrier avant de sortir. Charriac essuyait ses lunettes. Il releva le nez.

— On se donne rendez-vous à sept heures, pour Del Rieco ?

Je ne sais pourquoi, je passai au tutoiement de connivence :

— Tu renonces à l'idée de manipuler Morin ?

— Eh oui. Les faits, rien que les faits. Je pouvais le faire si j'étais seul. Avec trois gogols de plus dans les pattes qui ont chacun leur avis, ça devient trop dangereux. Impraticable. Tu sais, Brassens : quand on est plus de deux, on est une bande de cons. Il avait raison. Il faudra qu'on se mette d'accord, toi et moi. Disons sept heures moins vingt ici. Au fait, ta pin-up en déshabillé, tu es sûr de la contrôler ?

— Un moment, oui. Après...

— Je vais lui mettre Pinetti aux fesses. Lui, c'est le genre para. Je lui dis : tue, il tue. Il se pose pas de questions. Si elle nous emmerde, il l'emmènera faire une promenade en barque sur le lac.

— Avec un seau de ciment pour les pieds ?

Il gloussa.

— Ma foi... On perdrait pas grand-chose. Mais non, seulement pour la sortir du circuit. L'emmener visiter le zoo pendant que les grandes personnes s'occupent des choses sérieuses. Il la gavera de barbe à papa et elle nous foutra la paix.

— On verra. Je vais me coucher.

— Sept heures moins vingt, Jérôme. Mets ton réveil.

– J'y serai, Emmanuel.

Nous nous quittâmes amis inséparables. En regagnant ma chambre, je n'étais pas très fier de moi. Mais quand on vous plonge par surprise dans un grand tonneau de fumier, les éclaboussures sont inévitables. Et j'avais vraiment besoin de ce job. J'étais prêt à tout pour ne pas avoir à affronter la compassion de ma femme au retour. C'était ce que je lui pardonnais le moins, son inépuisable gentillesse, ces précautions de mère de famille devant un enfant blessé. Son attendrissement devant mes échecs. J'aurais préféré des injures ou le mépris que je méritais. Dans ses yeux, je lisais ma propre déchéance. Elle n'avait jamais eu un mot de reproche. Notre entourage la trouvait exemplaire. Elle avait le beau rôle et moi le mauvais : elle avait toujours un travail et elle prenait en charge sans un murmure un mari invalide. Une perle qu'on ne pouvait qu'aimer. Moi, j'étais le raté, le courageux malchanceux qui réussira mieux la prochaine fois. Je la détestais de ne pas me haïr. Je m'endormis en pensant à elle, rêvant que je revenais triomphant et que la vie reprenait comme avant.

À un moment de la nuit, des grattements contre ma porte m'éveillèrent. Sans doute Laurence qui, incapable de trouver le sommeil, voulait faire le point une énième fois. Je restai dans mon lit, feignant de dormir profondément.

À six heures et quart, la sonnerie du réveil me transperça au milieu d'un rêve. Je me rasai, demeurai longtemps sous la douche – moi aussi, je commençais à accuser la fatigue, cette impression qu'on vous frotte la peau avec de la craie et que le monde entier est légèrement décalé, un peu irréel. Puis je partis rejoindre mon vieux pote Emmanuel Charriac. Il se tenait à la même place, embusqué derrière les mêmes liasses de documents juridiques, tapant sur le même ordinateur portable. S'il n'avait pas été rasé de frais et inondé d'eau de toilette, on aurait pu croire qu'il y avait passé la nuit entière. Je m'assis comme la veille, les jambes étendues et les mains croisées derrière la nuque, dans une attitude de totale décontraction. Charriac donna deux ultimes instructions à sa machine puis, s'en désintéressant, se tourna vers moi. Il avait changé de chemise et de cravate mais le costume était le même.

— Alors, qu'est-ce qu'on lui raconte, à Del Rieco ? demandai-je.

— Bah, on a déjà vu l'argumentaire hier soir. J'ai bien envie de l'attaquer et de lui en mettre plein la tête. Et puis toi tu arrives derrière avec la vaseline. Ça correspond à nos tempéraments, non ? On aura pas à se forcer.

— Et on lui dit quoi ?

Il prit son air d'innocence vicieuse.

— Mais... la vérité, comme toujours. Je n'aime pas mentir, on finit toujours par se prendre les pieds dans le tapis. On lui dit qu'il est le roi des enfoirés, qu'il nous a collés trois espions, que c'est pas correct et qu'on va lui faire péter la baraque.

— Et c'est tout ?

— Eh oui, tu vois : ça serait pas allé bien loin. Alors, moi, j'ai coincé Morin, cette nuit, et je l'ai fait craquer. Il est allé me chercher nos fiches. Les vraies. Ensuite, j'ai essayé de venir te le dire, mais tu dormais comme un sonneur de cloches.

Je n'étais qu'à moitié étonné. Si je n'avais pas été fatigué, j'aurais pu le prévoir. J'eus quand même un frisson d'inquiétude. Chaque épisode le démontrait, Charriac était meilleur que moi. Plus rapide, plus aigu, plus dépourvu de scrupule. Et sans doute plus intelligent. Il avait imaginé la scène, les répliques de Del Rieco, il avait identifié la faiblesse de notre argumentation, et il avait aussitôt pris les moyens d'y remédier.

— Qu'est-ce que tu lui as dit ?

— À Morin ? Je lui ai fait peur. Je l'ai menacé. La grande majorité des gens sont des lâches. Il en fait partie. Pas de couilles.

— Mais si tu montres tes cartes à Del Rieco, Morin saute.

— Ben oui. C'est le jeu. Je ne lui ai rien promis. Écoute, Jérôme, tu vas pas faire comme ta rouquine. C'est lui ou c'est nous. Au fait, il n'est pas marseillais. Il est d'Avignon.

— Montre-moi les fiches...

Il me décocha un large sourire.

— Bien sûr que non ! C'est pas tout à fait fini. Je t'adore, Jérôme, mais je dois tout prévoir. Qui sait ce que l'avenir nous réserve ? Si on le met K-O, je te les montrerai, je te jure. Tu vois, ça va te motiver.

— C'est pas ce qui était convenu...

— Si tu étais resté avec moi au lieu d'aller ronfler dans ton lit, on l'aurait fait ensemble. Non, je plaisante... Il faut bien que j'exploite tout ce que j'ai. Allez, je vais t'en dire un peu. Par sympathie. Dans l'ensemble, c'est pas mauvais. Mais toute l'équipe de ta Laurence est naze, il n'y en a pas un qui surnage. Même pas elle. Trop émotive. Ça, ça m'a scié. Cette fille, c'est une statue, elle arrive, elle prend la pose et elle bouge plus, et ils la trouvent trop émotive ! Merde, qu'est-ce qu'il leur faut ? Un bout de bois ? Je crois que sa méthode, il peut la revoir... Remarque, c'est pas pire qu'un DRH ordinaire. Mais c'est plus cher.

— Et moi ?

Il eut une expression malicieuse, un rien canaille.

– Ah, toi... C'est mon petit secret... Dis-toi que ce que tu penses de toi, eux le pensent aussi. Réfléchis là-dessus. On y va ?

Nous y allâmes.

Del Rieco n'était pas encore arrivé. Nous nous assîmes sur les marches du chalet, à même le bois. Derrière la ligne des sapins, le soleil se levait, encore embarbouillé de nuages. Sous la lumière rasante, le lac brillait de tous ses feux. Dans l'hôtel, tout était calme. On aurait dit une matinée normale. On aurait pu s'attendre au cri d'un coq, à des bruits de cuisine sentant bon le café chaud, au pas joyeux d'un pêcheur à la ligne partant taquiner le poisson. Si ce terrible poids n'avait pas pesé sur nous.

À sept heures vingt-cinq, Del Rieco traversa la cour d'un pas martial, son blazer accroché à l'épaule tel un officier de uhlans. Il nous contourna comme s'il ne nous voyait pas, lâcha :

— Je ne reçois pas. Je croyais avoir été assez clair.

— Justement, pas assez, dit Charriac. Ce qu'on a à vous dire va vous intéresser.

— J'en doute fort, rétorqua-t-il sans aménité.

Mais il ne nous ferma pas la porte au nez et

nous entrâmes à sa suite. Il traversa la pièce pour ouvrir la petite fenêtre qui donnait sur l'est, souffla un grain de poussière sur la table.

— Alors ?

— Vous n'avez pas joué franc-jeu avec nous, dis-je sur un ton de reproche peiné. Vous m'aviez dit qu'il n'y avait pas d'espions et il y en avait.

— Ah bon ?

— Morin. Leroy. Marilyn Machinchose. Figurez-vous qu'ils ont essayé de se faire passer pour des psychologues !

— Vous m'accusez de mensonge, Jérôme ? Je ne vous ai rien dit d'inexact. Tout est enregistré, vous savez, j'ai la bande, je peux vous la repasser. Vous êtes venu me raconter que Charriac travaillait pour moi. C'était votre obsession. Vous savez maintenant que ce n'était pas vrai. Et moi, je vous ai dit que vous étiez surveillés en permanence. Qu'est-ce qui ne va pas là-dedans ? Rien de ce que j'ai dit n'était faux. Mot à mot. Ce ne sont ni des figurants ni des psychologues. Mettons : des observateurs. Vous n'avez pas posé les bonnes questions, c'est tout.

— Allons, mons... Joseph, c'est de la casuistique jésuite, ça !

— Écoutez, mon vieux, je gère ce stage comme je l'entends, s'impatienta Del Rieco. Si ça ne vous plaît pas, personne ne vous retient.

Charriac, qui devait théoriquement attaquer en lancier polonais, gardait le silence. Un peu inquiet, j'essayai de me substituer à lui.

— C'est quand même pas un procédé correct. Vos zèbres ne sont pas du tout restés inertes et silencieux. Normalement, dans ce genre de truc, l'observateur ne dit absolument rien. Ils n'ont pas arrêté de parler, de faire des suggestions, de nous envoyer sur une piste ou une autre.

— Oui. Ils font partie du test. Ce n'est pas un groupe de diagnostic pour une expérience universitaire en psychologie sociale. C'est un stage qui a un but déterminé. Je manipule les variables chaque fois que je crois pouvoir en tirer un enseignement pratique. Je vous l'ai dit, je ne suis pas là pour vous améliorer ou poser un diagnostic, je suis là pour voir comment vous réagissez chaque fois que je vous inocule une bactérie nouvelle. Un entraînement à balles réelles. Mais Emmanuel ne dit rien...

Charriac faisait semblant d'étudier le plafond. Finalement, il consentit à prendre la parole, du bout des lèvres :

— La question est : qu'est-ce qu'on fait maintenant ? Vous retirez vos zozos ou vous nous les laissez ?

— C'est comme vous voulez, répondit Del Rieco, nullement démonté. J'ai plutôt envie de les retirer, la situation va être faussée, mais...

— C'est vous qui l'avez faussée...

— Non. Je l'ai organisée. À ma façon.

— Si vous les retirez, tout le monde va savoir qu'il y avait un piège.

— Un secret est quelque chose que vous apprenez une heure avant tous les autres, dit sentencieusement Del Rieco. Je ne vois pas comment l'éviter.

— Je vous dis pas l'ambiance pourrie que ça va créer...

— Ah, parce que vous trouvez qu'elle est saine ? J'ai rarement vu un groupe aussi... comment dire ? Indocile. Vous passez votre temps à tenter de passer par les côtés. Vous, Jérôme, vous m'avez considéré tout de suite comme un ennemi. Vous avez eu tort. Je suis là pour vous aider à montrer vos qualités. Mais votre première réaction, ça a été : comment faire pour baiser le vieux Joseph ? Pas les autres équipes : moi.

— Marilyn...

— Naturellement. Elle m'a tout raconté, c'est son boulot. Vous m'avez donné du fil à retordre.

— Et c'est ça que vous avez mis sur ma fiche ? Que je serais parfait pour un poste dans la mafia ?

— Ce que j'ai mis, vous le verrez bien. Ce n'est pas terminé.

— J'ai une question, dit négligemment Charriac. Tout votre protocole a été approuvé par De Wavre ? De A à Z ? Ils sont au courant de vos méthodes ?

Finalement, il se décidait. Il m'avait laissé bien patauger et il faisait donner la garde impériale au dernier moment. Del Rieco ricana.

— De Wavre, c'est moi. Plus exactement, c'est le nom de ma belle-sœur, si vous voulez tout savoir. Je m'occupe de la partie évaluation et elle traite avec les entreprises. Une boîte familiale. Nous sommes à peine trente, vous savez.

— Et les chefs d'entreprise sont au courant du détail ?

— De mes méthodes ? Non. Je ne sais pas. Peu importe. Ils sont au courant des résultats, ça leur suffit. J'ai placé plus de quatre cents personnes et j'ai eu deux mécontents. Deux. Zéro virgule cinq pour cent de déchet. Vingt fois moins que mes meilleurs concurrents.

— Vous savez ce qui va arriver ? Quelqu'un va raconter comment ça se passe dans vos stages...

— Et alors ? Les gens vont se préparer ? Ils le font déjà. Je change de situation chaque fois. Je l'adapte aux profils des participants. Je veux approfondir chez chacun d'eux ce qui nous est apparu comme une possible faiblesse dans les premiers tests. Ce n'est jamais la même. Tout est complètement personnalisé. Le stage dure une semaine, mais je mets dix jours à le mettre au point. Ça ne sert à rien de répéter un comportement. C'est comme un examen : si vous bûchez les sujets de l'an dernier, ça ne vous avance pas beaucoup pour cette année.

— Un peu quand même...

— Oui, concéda-t-il, un peu. C'est négligeable.

— Et si un stage se passait vraiment mal ? Ça ne serait pas un problème ?

— Un problème pour les participants, si ! Ils pourraient songer à aller refaire leur vie au Turkestan. Ils seraient grillés ici. Nous avons une liste des bons, mais nous avons aussi une liste noire. Les entreprises la consultent gratuitement. Et puis, qu'est-ce qui peut se passer vraiment mal ? Qu'un pingouin aille raconter que je ne fais pas mon boulot ? Qui croira-t-on ? Un chômeur aigri qui n'a pas été retenu, et je peux même expliquer pourquoi en détail ? Ou le meilleur consultant européen en ressources humaines qui ne s'est jamais planté ? Le pot de terre ou le pot de fer ?

– On peut écrire un bouquin, hasardai-je. Comment ça se passe chez De Wavre...

– L'écrire, oui. Le publier... Le marché, c'est quoi ? Deux cents exemplaires par an ? Ou même un article, si vous voulez. Une fois, j'ai eu un journaliste infiltré. Je l'ai repéré en moins d'une journée. Je lui ai dit : restez, regardez tout, j'ai rien à cacher. Il est reparti le lendemain. Qui voulez-vous que ça intéresse ? Vous savez quel est le problème avec vous, Jérôme ? Vous essayez minablement de me faire chanter parce que vous partez battu. Dès la première minute, vous êtes parti battu. Vous vous êtes dit : je peux pas gagner ce jeu-là, comment je pourrais carotter ? Tout vient de là.

C'était mon arrêt de mort qu'il signait. Je savais maintenant ce qu'il avait écrit sur ma fiche. Des abîmes effrayants s'ouvraient sous mes pas. Non seulement je n'étais pas retenu, mais encore il allait me coucher sur la liste noire. Je jetai un coup d'œil à Charriac ; le petit salaud buvait du lait.

Notre démarche n'avait rien eu de commun. Charriac avait assuré un service minimum, aux limites de la perfidie : connaissant le contenu de ma fiche, il m'avait laissé m'enfoncer. Dès les premiers mots, il avait compris que nous allions à l'échec. Sans avoir l'air d'y toucher, il m'avait relancé exactement sur la trajectoire que Del Rieco me reprochait, le confortant dans son opinion. C'était machiavélique.

Il ne me fallut qu'une seconde pour saisir toutes les dimensions de la tragédie. Depuis deux jours, depuis que Marilyn, prétextant une première cigarette, s'était empressée d'aller faire son rapport, Del Rieco savait tout de mes manigances.

Il ne s'occupait plus de nous, allumant l'un après l'autre ses ordinateurs. Je ne voyais que son dos massif. J'avais envie d'y planter un couteau. Découragé, je m'adressai à sa nuque.

– Je suppose que ce n'est plus la peine de continuer...

Il se retourna, subitement redevenu chaleureux.

– Comment ? Mais si ! Vous avez des défauts, Jérôme. Qui n'en a pas ? Même pas moi ! Ce qui m'intéresse, c'est la façon dont vous les surmontez. Vous, vous avez une tendance à déraper, mais si vous arrivez à la corriger, tout va bien. Emmanuel, c'est autre chose... Lui, il essaie d'intégrer un million de paramètres et il se lance dans des calculs tactiques si compliqués qu'il finit inévitablement par s'y perdre. Ni lui ni vous n'êtes anormaux. Nous avons tous des caractéristiques, c'est-à-dire les éléments d'un caractère. Tout le secret est dans l'art de les utiliser.

Il s'assit lourdement, plissant le front pour réfléchir. Derrière lui, un écran faisait défiler à une allure folle des lignes d'instructions incompréhensibles.

– Je vais prendre une image... Chacun de

nous a un stock génétique. On est prédisposés à une chose ou une autre. Ensuite, tout dépend de ce que nous en faisons, tout au long de notre vie. Si vous savez que telle chose vous fait mal, vous l'évitez. Si vous pensez que vous n'avez pas assez de résistance physique, vous essayez de vous reposer plus souvent. Cela devient pathologique si vous n'en tenez pas compte : vous forcez la machine et vous tombez malade. Ce que veut un employeur, ce sont des résultats. Peu importe la façon dont vous vous y prenez, si ça vous coûte beaucoup d'efforts ou non. Le salaire sera le même. Qu'est-ce que c'était, ce match qui a tant marqué notre ami Morin ? Marseille-Montpellier ? Quatre à zéro à la mi-temps, cinq à quatre à la fin. Ce qui compte, c'est ce que vous rendez à la dernière minute. Nous n'y sommes pas encore. Si vous laissez tomber maintenant, alors, vous aurez pris vos responsabilités. Mais moi, je ne sais pas encore ce que je vais écrire samedi, quand vous serez partis. J'ai pris des notes, c'est vrai. Elles ne sont pas définitives. Il y a des tas de gens qui ont mené une vie terne et anonyme et qui, un beau jour, sont morts en héros. On ne se souvient que de cela. Les quelques secondes où une existence bascule. Je veux voir si vous en êtes capables. Ça effacera tout le reste. C'est quand tout va mal que les potentialités se révèlent. Après un typhon, eh bien, on sait si la poutre était solide ou vermoulue. Pour l'instant, je n'ai que la couleur de la peinture.

— Vous, vous étiez entraîneur dans une autre vie, plaisanta Charriac.

Del Rieco sourit, satisfait. De longues rides en pattes-d'oie giclaient de ses yeux.

— Peut-être, peut-être...

Avec beaucoup d'habileté, il nous avait replacés dans le jeu. Écartant d'un revers de main nos pitoyables manœuvres, il s'était réinstallé au centre du dispositif, nous avait effrayés, puis, après nous avoir piétinés, nous avait remis sur pieds. Ce type était redoutablement fort, d'autant plus que tout ce qu'il disait avait l'aspect de l'évidence. Nous ne pouvions qu'être d'accord. Le roi des manipulateurs.

— Alors, si je comprends bien, mon ami Carceville et moi allons continuer à nous entre-tuer toute la journée, dit lentement Charriac.

— C'est une option, railla Del Rieco. Ce n'est peut-être pas la seule, mais c'est une option. Vous savez, vous êtes un groupe intéressant. Je ne me suis pas ennuyé.

— Nous non plus, répliquai-je d'un ton morne.

Joseph Del Rieco, Maître du Jeu et Empereur des Salopards, me lança une bourrade amicale.

— Allez, les enfants, au travail. Je vous aime bien, mais j'ai du boulot, moi.

En sortant, nous croisâmes l'inévitable Jean-Claude. Il baissa la tête pour ne pas avoir à nous saluer et le soleil fit briller sa calvitie.

Il me fallut quelques minutes pour reprendre mes esprits. Au pas lourd de Charriac, je devinai que lui aussi était touché. Arrivé à dix mètres de la porte de l'hôtel, je soufflai.

– Bon, on n'a pas vraiment réussi, n'est-ce pas ? Même tes fameuses fiches ne valent pas un clou. À l'heure qu'il est, Morin est en train de lui raconter que tu l'as fait chanter. Je ne suis pas sûr que ça lui plaise.

Il leva l'index.

– Le résultat, Jérôme, le résultat. J'ai compris ça : tous les coups sont permis si le résultat est au bout. C'est sa théorie, non ?

J'eus une moue dubitative. Charriac conserva son calme. Ce type était un robot.

– Il veut la simulation la plus fidèle possible, reprit-il. Bon, dans les affaires, c'est tous les jours qu'on essaie de retourner quelqu'un. Tu veux que je te fasse la liste de ceux qui sont partis de leur entreprise avec le fichier clients pour monter leur propre boîte ? Et qui ont très bien réussi ? Pourtant, en principe, c'est interdit. Il y a des règles, okay. Et puis il y a quelques personnes qui sont plus fortes que les règles. Le président de la République ? Aucun juge ne peut rien contre lui. Mais il tremble devant TF1. Milosevic, il se le fait quand il veut. Bouygues, il se le fera jamais. Morin ne compte pas. Morin est une sous-merde. C'est vraiment pas un problème. Je justifie ce qu'on veut quand on veut. Avec la dernière ligne du bilan. Le fric est la mesure de toute chose. C'est ça qu'il nous a rappelés. Le jour où tu montes au ciel, saint Pierre ouvre son livre et il dit : *How much ?*

— Saint Pierre est américain ?

— Naturellement. Dieu est américain, en ce moment.

Ses propos décousus, et même insensés, étaient l'unique marque de son trouble. Physiquement, il n'avait pas bronché. Je jetai un œil vers le lac qui menaçait d'engloutir tous mes espoirs.

— Reste l'option, remarquai-je. Qu'est-ce qu'on fait ? On s'étripe ?

— Quoi d'autre ?

— Je te propose un truc : on réunit tout le monde, on les met au courant et on décide tous ensemble.

— Un soviet... C'est plus trop à la mode, tu sais...

— Non, non, simplement une explication générale. On remet les pendules à zéro. Sinon, ça va partir dans tous les sens. On contrôlera plus rien.

Il hésita.

— Oui... Peut-être...

— À dix heures dans la salle de travail ?

Du bout des lèvres, il me donna son accord. J'étais à peu près persuadé qu'il ne viendrait pas.

Je rejoignis mon équipe et les mis au courant de la situation sans rien dissimuler. Marilyn n'était pas parmi nous. Brigitte Aubert lui confectionna un pardessus pour l'hiver, la traitant de vipère et de bien d'autres choses beaucoup plus désagréables.

— Tu vois, dit Mastroni, on a pas bien fait, au début. Moi, j'étais pas pour. Il suffisait qu'on joue les règles...

— T'en fais pas, Marilyn l'a noté, que tu étais contre. Elle n'est plus là, c'est pas la peine d'insister. Sur ta fiche, ils vont mettre « bon toutou », sois tranquille.

— C'est pas utile de l'agresser, dit Hirsch. Je comprends que tu aies la pression, mais pense à ton équipe.

Il avait raison. Je commençais à craquer. Il fallait que je me ressaisisse. Je claquai la paume de Mastroni comme le font les adolescents des banlieues.

— Excuse-moi, tu m'en veux pas ?

— Non, c'est ma faute, répondit-il, magnanime.

— Ça baigne. Où on en est, pour le cédérom ?

— Il est prêt, dit Hirsch. J'ai dû le faire traduire, c'était marrant. Le type qui a le copyright voulait le traduire lui-même, il avait peur qu'on lui change des trucs. C'est bien fait, leur truc, parce que c'est souvent comme ça. Après, tu te retrouves avec des fautes de français ahurissantes, personne comprend rien au mode d'emploi. C'est parce que si un mot veut pas dire exactement pareil, tu risques d'avoir des problèmes juridiques. J'ai fait certifier la traduction par un expert assermenté. On vient de le mettre en vente et Brigitte a monté une campagne de promotion. Il faut que ça marche, parce que les hameçons, c'est la Berezina...

— Moi, j'ai eu une idée, intervient Mastroni. On pourrait monter une sorte de parc aquatique où les gens viendraient pêcher dans les périodes où c'est interdit. Il faut que je regarde si la loi le permet. On mettrait un resto, un hôtel...

Hirsch gloussa.

— Le Disneyland des pêcheurs... C'est pas con. Mais il faut des masses de fric, non ?

— Ben, comme le cédérom, intéresser quelqu'un... Je suis sûr qu'il y a un marché...

— C'est un peu casse-gueule... Le truc de tous ces parcs, c'est la famille. Je veux dire, tu as des gosses à la maison la moitié de l'année, l'école est fermée, tu sais plus quoi en faire, alors tu te dis : il faut que je les emmène quelque part. Si tu fais un truc qui plaît pas aux gosses, ça sert à rien. Si tu passes par les gosses, tu remplis. Sinon, tu es mort.

— Moi, je pensais surtout aux retraités, compléta Mastroni. Ils ont pas de gosses mais il y en a de plus en plus, et ils s'emmerdent. Ils aimeraient pêcher, non ? Ça demande pas trop de force...

— Alors, il faut prévoir quelque chose pour leurs épouses. Elles, en général, elles aiment pas trop pêcher. Travaille là-dessus. Qui c'est qui va nous apporter le café, maintenant que Marilyn est plus là ?

Brigitte Aubert me jeta un regard mauvais.

— Ne comptez pas sur moi ! La femme-objet qui sert son seigneur et maître, c'est pas vraiment ma façon de voir...

— La femme-objet ! protesta Hirsch. Merde, vous êtes en train de prendre tous les pouvoirs, les trois quarts de l'argent américain appartiennent à des femmes, et vous avez le culot de nous parler de femmes-objets !

Je poussai un rugissement puissant qui les laissa interdits.

— Ooooh ! C'est pas le café du commerce ! On a école ! Vous en discuterez un autre jour.

Quelques minutes avant dix heures, nous nous mîmes en route pour le premier étage. L'équipe de Laurence était déjà là, massée près de la fenêtre. El Fatawi ricana et, s'écartant, me montra l'embarcadère. Marilyn se tenait près du passeur italien, une valise à la main. D'autres bagages s'empilaient dans la barque. Leroy arrivait en trottinant. Nous ne pouvions pas entendre ce qu'ils disaient ; la scène ressemblait à un film muet, grotesque et saccadé.

— Ils sont pas longs à effacer les traces, fit observer Laurence.

Cette fois, elle portait un ensemble jaune et bleu, gai et lumineux. Le pantalon, très large, tombait jusqu'aux chevilles. Je me fis la réflexion que je ne l'avais jamais vue en jupe courte. Sans doute avait-elle des mollets un peu forts qu'elle s'efforçait de dissimuler. Elle semblait avoir récupéré de la soirée, ou peut-être avait-elle perfectionné son maquillage : aucune ride ne troublait son teint légèrement cuivré.

Après avoir observé un moment avec délectation la comédie qui, au bord du lac, nous tirait des sourires de victoire, je consultai ma montre.

– Dix heures dix. Charriac ne viendra pas.

Laurence renifla.

– Eh bien, nous nous en passerons.

En bas, Morin traînait un énorme panier sur le gravier de l'allée. L'Italien venait de mettre en marche le moteur et s'affairait autour d'un cordage qu'il essayait de resserrer. El Fatawi agita la main pour un cruel adieu mais ils ne le virent pas.

– En tout cas, ajouta Brigitte Aubert en inclinant le pouce vers la fenêtre, en voilà déjà trois de moins.

– Ça ne compte pas, dis-je doucement. Nous n'avons jamais été seize.

Elle retroussa comiquement sa lèvre supérieure sur ses dents, comme un écureuil grignote une noisette. À l'âge de dix ans, quelqu'un avait dû trouver charmante cette gaminerie.

– C'est vrai. Treize. Ça porte malheur, non ?

Sans répondre, je sifflai la fin de la récréation et invitai tout le monde à s'asseoir. La séance qui suivit fut parfaitement inutile, de celles qui m'agaçaient tant quand dans mon entreprise frappait la réunionite. Personne n'ignorait ce qui allait se dire, chaque phrase était prévue d'avance. Tous les acteurs récitaient gentiment leur texte, comme au théâtre. Brigitte Aubert, égale à sa caricature, se fit sarcastique, Mastroni scrupuleux,

Hirsch silencieux, El Fatawi émotif, Chalamont borné. Aucun d'entre eux ne sortit de ses rails caractériels, aucun n'apporta d'information nouvelle ou de réflexion enrichissante. Laurence, concentrée, ouvrit à peine la bouche. Au bout d'une heure dépensée en pure perte, nous convînmes unanimement qu'il n'y avait rien d'autre à faire que continuer comme si de rien n'était. Del Rieco possédait toutes les bonnes cartes et nous n'avions aucune prise sur lui. Les illusions exaltées de la soirée avaient crevé en bulles de savon qui nous laissaient épuisés de déception.

À pas pesants, nous regagnâmes nos bureaux. Hirsch consulta sa messagerie. Les nouvelles n'étaient pas bonnes.

Charriac avait déniché un autre angle d'attaque. Il se déployait maintenant sur trois fronts. D'une part, il avait proposé un nouveau rabais à la chaîne de supermarchés à condition de bénéficier de promotions particulières : la guerre commerciale était relancée. D'autre part, il poursuivait son offensive sur le capital. Il avait publié une offre d'achat de nos actions, plaidant qu'un groupe unique ferait grimper le taux de profit. Selon le Maître du Jeu, quelques-uns se montraient sensibles à ce raisonnement, à hauteur de dix ou douze pour cent du capital social ; pas assez pour nous menacer réellement. Enfin et surtout, il se positionnait sur le terrain juridique. À son instigation sans doute, un consommateur qui avait prétendument blessé une fillette avec un de nos hameçons nous faisait un procès, réclamant en dédommagement une somme colossale et appelant les autres victimes à constituer une association.

— De toute façon, dit Hirsch, dès qu'un type se tord la cheville, il se demande à qui il pourrait faire un procès. Il y en a un million par an. Maintenant, si tu fabriques des balais, il te faut écrire dessus « Attention, ne vous le mettez pas dans le cul », sinon le gars appelle la police et soutient qu'on ne l'a pas prévenu du danger.

— Ça ne tient pas debout ! tempêta Mastroni. Un hameçon, c'est fait pour attraper des poissons par la lèvre. Si on ferre une petite fille à la place parce qu'on l'a confondue avec une truite, ça lui fait pareil qu'au poisson, comment veux-tu l'éviter ?

— Oui, répondit Hirsch, mais ça va être jugé par un magistrat qui n'a jamais vu un hameçon de sa vie. On lui fera voir des photos de la fillette défigurée, on lui soumettra des rapports d'experts décrivant les blessures en termes terrifiants, et tu seras condamné. Maintenant, c'est la mode américaine. Tu pètes, tu as un procès. Ce sont les avocats qui y poussent pour se remplir les poches en te faisant miroiter le jackpot. Prenez-le très au sérieux. Ce mec, avec son procès, peut faire des dégâts gigantesques. Ils peuvent nous condamner à des sommes hallucinantes. Regarde, le coup du sida, quatre milliards sur la table, et ça on l'a jamais dit. Non, tu vas voir, on va y avoir droit.

— C'est le cas de le dire.

— Oui, si on veut. Quand on a tout foiré, il reste la Justice. Et attends, c'est pas fini, j'ai un nouveau mail... Maintenant, il nous prend sur les statuts. Il dit que les statuts de notre société ne sont pas conformes et il demande la dissolution.

C'était donc ce que Charriac étudiait quand j'étais allé le voir et qu'il avait négligemment dissimulé ses documents. Il était juriste, moi non. Peut-être n'y avait-il rien de solide dans les attendus dont il nous accablait, mais ces embûches allaient nous faire perdre du temps. Et pour peu que la presse s'en mêle (ce qui, logiquement, n'allait pas tarder), inquiéter nos clients. Ou nos actionnaires.

– Il tire vraiment toutes ses balles, fis-je observer. Guerre des prix, offensive sur le capital, manœuvre juridico-médiatique...

– Ben oui, répliqua Hirsch, les trois terrains classiques pour couler une société... Il veut notre peau, ce n'est pas une surprise. Mais on va se défendre.

– Non. On va contre-attaquer. Sur la promo, Mastroni, fais-leur la même offre. Exactement la même. Sur le capital, dommage que nous n'ayons plus Marilyn, elle torchait des lettres splendides. Brigitte, essayez de vous débrouiller, je veux quelque chose qui rassure. L'actionnaire est un oisillon que tout effraie. Tiens, servez-vous de l'Américain. Si les Américains entrent dans le capital, c'est qu'il y a du fric à gagner. Charriac ne doit pas le savoir. Et demandez à ce Yankee si ça ne l'intéresserait pas de prendre vingt pour cent. Ça ferait bon effet. Et toi, Hirsch, prends un super cabinet d'avocats, du genre qui défend les truands de la drogue. Des durs. Des voyous sans morale. Deux objectifs : un, gagner du temps, enliser le dossier, que ça prenne dix ans. Charriac se croit très fort mais il a bien dû laisser passer deux ou trois conneries de forme, c'est la seule chose qui passionne les tribunaux. Deux, on le prend à contre-pied. Épluche son bilan et dénonce-le au fisc. Une VASFE, ou je sais plus comment ça s'appelle maintenant, ça devrait l'occuper. Et fous-lui au cul une association d'écologistes qui se plaint de lui.

– Du genre ?

– N'importe quoi. Qu'il pollue les rivières. Que ses hameçons contiennent de la dioxine, de l'ozone, ce que tu voudras...

Hirsch éclata d'un rire caverneux qui nous fit sursauter.

– C'est pas possible ! Du titane, peut-être, mais pas de la dioxine ou de l'ozone.

– Mais on s'en fout ! De toute façon, personne y comprend rien ! Prends les mecs qui défilent dans les rues contre la dioxine et demande-leur ce que c'est et quels sont au juste les effets, y en a pas un sur cent qui le sait. On leur a dit que c'était caca, point barre ! Après, ils ont peur, et ça suffit. Dis simplement qu'on fait analyser les poissons pêchés avec ses hameçons et qu'on attend le résultat des analyses, mais qu'il y a comme un problème.

– On va se foutre en l'air avec lui...

– Écoute, on est au bord du précipice et il vient de nous pousser. Qu'est-ce qu'on fait ? On s'accroche à sa manche. Ou il nous retiendra, ou on plongera ensemble. Écoutez-moi, je veux une guerre totale, sur tous les fronts. Pas de quartier, pas de prisonniers. Au lance-flammes. Je m'arrêterai quand on l'aura broyé.

Nous étions trop occupés pour aller déjeuner. Mastroni partit au ravitaillement et rapporta des saucisses, des chips et de la bière. Il nous rapporta que Charriac non plus n'était pas dans la salle à manger. Seule l'équipe de Laurence était descendue.

— Et ils ont pas le moral. Ils ont l'air de s'ennuyer.

— Ils attendent de voir qui va gagner. Quoique, pour eux, ça ne changera rien. Mets-toi à leur place.

— Non, ça va, je préfère la mienne.

Nous n'arrêtions pas de lancer des messages. L'imprimante de Hirsch crépitait sans relâche, grinçant ces bruits d'agonie que lâchent toujours les imprimantes. La chaîne de supermarché hésitait. Au milieu de l'après-midi, elle nous renvoya dos à dos. Nos actionnaires, désorientés, se taisaient. Mais pour l'instant, ils ne donnaient pas suite aux propositions de nos adversaires. Eux aussi attendaient la fin du combat pour choisir le camp du vainqueur. Quant aux opérations juridiques, les avocats s'échangeaient des mémoires totalement incompréhensibles, bourrés de références à des textes dont nous ignorions tout et frappés au coin d'une inébranlable – mais fallacieuse – bonne foi. Aucune issue claire ne semblait se dessiner et le dossier s'enfonçait sous son propre poids dans d'inextricables marécages.

Petit à petit, mon équipe retrouvait le sourire. Je le voyais à leurs traits détendus, aux remarques amusées qu'ils lâchaient du coin des lèvres sans cesser de travailler. Les visages sont semblables au ciel : d'un coup d'œil, on sait s'il y fait beau ou gris, si l'ambiance se charge d'humidité, si l'orage approche ou si les nuages s'éloignent. Les nôtres respiraient le printemps.

Vers quinze heures, Hirsch se retourna.

— Tiens, ça y est : il nous envoie nos fiches !

Mastroni et Brigitte oublièrent ce qu'ils faisaient et se rapprochèrent de l'écran.

— C'est vrai ?

— Ouais. Carrément une télécopie.

Je saisis Brigitte par le bras.

— Ne regardez pas. Intox. Qu'est-ce qui nous garantit qu'il n'a pas changé quelques petits détails sans importance ? Remplacé « génial » par « nul » ? Il essaie de nous impressionner. C'est bon signe. S'il en est là...

Elle se dégagea.

— Attendez, je veux voir... Juste par curiosité...

Me penchant, je coupai l'imprimante.

— Non. On perd du temps. C'est une manœuvre. Lisez votre horoscope, ça sera pareil. Ce ne sont pas nos fiches. C'est ce que Charriac veut qu'on croie. Il panique, il essaie n'importe quoi. C'est très bon signe. Vos fiches, les vraies, vous les verrez vendredi soir. Ça, ce truc, c'est rien.

— On peut voir, quand même, ça vous fait peur ou quoi ?

— Ou quoi. Des fiches comme ça, je vous en fais une tous les matins quand j'ai bien dîné. Réfléchissez, qu'est-ce qu'il veut ? Il veut qu'on passe les trois heures qui restent à se regarder le nombril et à se dire : oh ! la la ! c'est ça qu'ils pensent de nous ? Mais c'est pas Del Rieco qui les faxe, c'est Charriac, vous le comprenez, ça ? Tiens, ça me donne une idée. Hirsch, envoie-les à Del Rieco. Qu'il voie le genre de procédé dont on se sert contre nous. Vous voulez vraiment savoir ?

J'arrachai de l'imprimante les quelques lignes qu'elle avait commencées avant que je ne l'éteigne et fis semblant de lire :

— Brigitte Aubert. Jolie mais mal baisée...

— Vous aviez raison, c'est tout faux, c'est exactement le contraire, répondit-elle avec une gravité pince-sans-rire qui suscita l'hilarité générale.

J'eus un sourire approbateur. J'aime bien les gens qui savent se moquer d'eux-mêmes. Cinq minutes plus tard, nous reçûmes un mail de Del Rieco : « Je ne comprends pas pourquoi vous m'envoyez ces fiches. JDR. »

— Il croit que c'est nous qui nous amusons. Précise-lui qu'on les a nous-mêmes reçues de Charriac et qu'on ne comprend pas non plus. Et puis ensuite, arrête, on a autre chose à foutre.

— JDR..., ironisa Hirsch. Je Dois Regretter. Ou : Je Devrais Regarder.

— Jeune Dirigeant Ringard, proposa Brigitte, décidément en verve.

— Stop, dis-je sévèrement. Au boulot. On rigolera samedi.

Hélas, vers seize heures trente, nous fut porté le dernier coup. Mortel. L'Américain changeait de camp. Il s'associait avec Charriac, lui apportant en même temps son cédérom, ses financements et les vingt pour cent de notre capital qu'un quart d'heure auparavant il avait achetés. Charriac, sans laisser refroidir la sauce, construisait en toute hâte une holding pour gérer l'ensemble. Comme au Meccano, les sociétés s'emboîtaient l'une dans l'autre : la holding possédait une partie des actions de l'équipe A qui, à son tour, contrôlait à 50 % les parts de la holding, laquelle détenait un tiers de l'équipe Laurence, 20 % de la nôtre et, à travers ces 20 %, le cinquième du second tiers de l'équipe B... C'était à donner le tournis.

Hirsch essaya de coucher sur un diagramme la complexité de ces imbrications financières. C'était à peu près illisible. Des flèches surchargées de pourcentages partaient dans tous les sens.

— Il faut une heure pour comprendre qui est

propriétaire de quoi, commenta-t-il. La seule chose certaine, c'est que nous n'avons plus grand-chose. Avec un peu de chance, il va placer la holding aux Bahamas et là, tu peux toujours courir, il sera à l'abri et du fisc et de la justice...

Il se trompait de peu : la holding s'installa au Luxembourg, puis, revendant ses titres à une nouvelle société créée de toutes pièces aux îles Caïman, disparut sous nos yeux. Charriac, tel un magicien, sortait de son chapeau des statuts en cascade qui se déployaient un instant avant de s'envoler. Le funambule dansait au-dessus des abîmes du droit international, déplaçant à toute vitesse des capitaux comme au bonneteau. Il était en train de donner toute sa mesure. Et de nous administrer une leçon qui nous laissait ébahis, presque admiratifs.

— Je le sentais venir, dit Mastroni. Il n'a jamais eu l'intention de fabriquer des hameçons. Il surfe sur la bulle financière. On l'a dans le cul.

Un détail me tracassait.

— Comment a-t-il su, pour l'Américain ? Un de vous a eu la langue trop longue ? C'est parti de là, hein...

— Laurence, avança Brigitte.

— Je ne crois pas. Elle ne peut pas le saquer, pourquoi l'aiderait-elle ? Et ce n'est pas le genre à raconter des trucs pour se faire briller. Qui d'autre ?

— On n'a jamais parlé boutique avec eux, plaida Mastroni. Qu'est-ce que tu crois ? Qu'il y a encore un traître, un de plus ? On n'est que quatre...

— Des fois, il suffit d'un mot malheureux...

— Non. On n'est pas fous.

— Alors, il n'y a qu'une solution : c'est Del Rieco qui le lui a dit. Je vais éclaircir ça.

Je me levai et repris le chemin du chalet. Soudain, toute la fatigue des trois derniers jours s'abattait sur mes épaules. Je me sentais épuisé. Écrasé. Je comprenais maintenant ce que Laurence avait dû ressentir quand elle se noyait et me voyait ergoter sur la berge, cherchant les motifs de ne pas lui envoyer une bouée.

Del Rieco commença par ne pas m'ouvrir.

— Ce soir, ce soir, après le repas, me cria-t-il à travers la porte.

— Non. Tout de suite.

Comme un enfant, je donnai un coup d'épaule contre le battant. Quand je repris mon élan, il consentit à se montrer. Il avait l'air sévère et excédé.

— Qu'est-ce qui se passe, Jérôme ? Les nerfs lâchent ?

— Il y aurait de quoi. Qui a informé Charriac de nos tractations avec l'Américain ?

— Moi, bien sûr. Quelques lignes dans un article de presse. Vous ne pouviez pas espérer que cela resterait secret.

— Et pourquoi pas ?

Immobile sur le seuil, il m'empêchait d'entrer, bouchant l'issue de toute sa masse.

— Parce que rien ne reste secret. Je n'ai pas spécialement attiré son attention, c'était noyé dans un tas d'autres foutaises. Mais il a eu le nez creux et il a deviné. Avez-vous songé à lire scrupuleusement la revue de presse que je vous envoie chaque jour ? Lui, oui.

C'était vrai qu'il nous envoyait chaque matin une liasse de mails récapitulant les articles des revues professionnelles. Et il était vrai aussi que nous n'y avions pas prêté attention : la première fois, il n'y avait rien d'intéressant, des rubriques techniques sur la pêche au lancer et l'alevinage. Ensuite, nous avions cessé de les consulter. Hirsch ne les sortait même plus sur imprimante.

– Ensuite, reprit Del Rieco, il a pris contact avec toutes les sociétés américaines avant de trouver la bonne. Puis il a discuté avec elle. Comment aurais-je pu le lui interdire ? Si je l'avais fait, je ne serais pas resté neutre. Il a évolué dans le cadre des règles, de façon tout à fait correcte.

– Admettons. Pourquoi l'Américain a-t-il traité avec lui ?

– Parce que ce qu'il offrait était intéressant. Pour les Américains, nous sommes un tas de grenouilles exactement semblables les unes aux autres. Ils traitent avec la plus grosse. Si c'est du sentiment que vous voulez, voyez Hollywood. Pas Wall Street. Vous avez approfondi la situation de cet Américain lui-même ?

– N... non, pas vraiment.

– Vous auriez dû. Supposons que vous me posiez la question. Je vous répondrais que, comme beaucoup de sociétés là-bas, c'est un fonds de pension qui est majoritaire chez lui. La rentabilité moyenne du capital industriel est inférieure à trois pour cent en monnaie courante. Les actionnaires veulent cinq fois plus. Comment faites-vous pour quintupler ?

Je restai muet. Il me toisa avec une indulgence humiliante.

— Eh bien, reprit-il, vous jonglez. Vous achetez et vous vendez. Peu importe quoi. Je ne suis pas certain que vous ayez bien compris la manière dont fonctionne l'économie moderne. C'est comme une mine ; on va là où est le filon. Quand il est épuisé, on creuse ailleurs. Comme il faut bien se nourrir, on laisse quelques manants cultiver des tomates et des pommes de terre pour trois francs six sous. Ou fabriquer des hameçons. Mais ce n'est pas là qu'est l'argent. J'avoue que je suis impressionné par les performances d'Emmanuel Charriac. Vous ne vous en tirez pas trop mal vous non plus. Mais vous ne boxez pas dans la même catégorie.

Chaque mot était une flèche, chaque phrase une blessure. En venant le débusquer avant l'heure, je l'avais irrité. Il se vengeait en crachant le morceau.

Il adopta un ton apitoyé.

— Que voulez-vous, il a mis la barre très haut. Ce n'est pas vraiment un stage normal. D'habitude, nous avons des gens qui ont fait des erreurs de parcours dans leur vie, qui sont très bons mais qui se sont trompés quelque part. Ils suivent gentiment les consignes, on voit ce qui ne va pas et on les recycle là où il faut. Mais cette fois, c'est la guerre dans les Balkans. Très stimulant intellectuellement. Les uns et les autres, sauf peut-être Mme Carré, vous n'avez pas cherché à gagner la course. D'emblée, vous avez voulu vous détruire mutuellement. Vous avez dépassé ma logique et vous avez traversé le mur tout de suite. Ça m'a passionné de vous voir faire. Chicago au temps d'Al Capone. Mais c'est vous, Jérôme, qui avez commencé. Peut-être étiez-vous surmotivé... Vous savez, ça peut être un handicap, paradoxalement...

— C'est votre logique qui ne va pas, avançai-je piteusement.

Il se récria :

— Mais ce n'est pas *ma* logique ! C'est la logique du système ! C'est le monde qui est comme ça, pas moi spécialement. Ce sont les plus durs qui gagnent. Je n'y puis rien. De temps en temps – je vais vous faire une confidence –, de temps en temps ça me rend pessimiste. À la fin du siècle prochain, c'est le syndicat du crime qui dominera la planète et personne ne verra la différence. Des gens avec la mentalité d'Attila mais en complet veston à la place des peaux de bêtes. Heureusement, je n'y serai plus : nous y allons tout droit. Il paraît que c'est depuis qu'on a abandonné les cours de morale à l'école...

— Ça vous va bien de parler de morale...

— Oubliez la morale. Je vous parle de logique. Les causes et les effets s'enchaînent, c'est programmé inexorablement et personne ne peut casser la courbe. C'est comme une explosion atomique : à un certain moment, on ne la contrôle plus. Elle dévaste tout mais chaque détail en reste rigoureusement prévisible. Tout ce qui s'est passé ici n'est que la conséquence logique des attitudes que vous avez choisies, les uns et les autres. Je ne crois pas du tout à la fatalité, c'est l'excuse des vaincus. En revanche, je crois profondément à la logique. Nous ne pouvons pas prévoir l'avenir uniquement parce que nous ne possédons pas tous les paramètres. Mais chaque fois qu'on en maîtrise un de plus, on réduit l'incertitude. Je suis là pour ça : en savoir encore plus sur chacun de vous et ainsi réduire les incertitudes à propos de votre comportement futur. Vous aussi vous êtes soumis à la logique.

– Ce n'est pas *la* logique, c'est *votre* logique, répétai-je stupidement. Ça ne se passe pas comme ça.

Il haussa les épaules.

– Lisez les journaux. Bon, assez discuté, Jérôme, j'ai des choses à faire. Le jeu s'arrête au dîner. Nous reprendrons cette conversation demain soir, quand je vous recevrai comme les autres.

J'étais en train de perdre toute dignité, toute assurance. Je durcissais tous mes muscles pour ne pas m'écrouler.

– Je suis venu chercher un emploi ici, Joseph. Pas autre chose, dis-je en m'efforçant d'empêcher ma voix de trembler.

– Alors, faites ce qu'il faut pour, répondit-il brutalement.

Ce fut sa conclusion. Ou plutôt un ultime défi. S'il n'avait pas prononcé cette phrase, s'il s'était contenté de son prêchi-prêcha cybernético-philosophique, peut-être les choses eussent-elles été différentes. Mais tout ce beau discours m'incitait à les pousser jusqu'au bout.

Il avait voulu voir jusqu'où nous étions capables d'aller, nous entraîner à franchir une frontière de plus. J'étais déjà trop loin pour revenir en arrière.

Mon équipe, ou ce qu'il en restait, ne me demanda pas comment l'entrevue s'était passée. C'était inscrit sur mon visage. Ils me jetèrent un coup d'œil et baissèrent la tête.

— Je suis entré en contact avec les syndicats de chez Charriac, dit Mastroni. J'essaie de lui planter une grève. Ça pourrait dissuader l'Américain.

— Tu crois ? demandai-je sans conviction.

— Oui. Je leur ai glissé qu'à l'occasion de la fusion Charriac s'apprêtait à licencier vingt pour cent du personnel. Ils préparent les pancartes. S'ils s'énervent, l'Américain prendra peur.

Ce n'était pas mal pensé. Ça n'aurait pas été la première fois que les syndicats auraient servi sans le savoir de pions sur l'échiquier des conflits financiers. Mais la manœuvre échoua piteusement. Charriac promit, jura et signa, qu'il n'y aurait pas l'ombre d'un licenciement. Il ne lui fallait gagner qu'une paire d'heures. Aurait-il tenu sa promesse ensuite, si le jeu avait continué ? Nul ne peut le dire. Probablement pas. Ça n'avait pas d'importance.

Nos actionnaires, constatant que la balance penchait, vendaient à tour de bras. À un certain moment, Charriac ne se donna plus la peine de racheter. Il avait maintenant plus du tiers de nos parts de propriété et, disposant de la majorité relative un peu avant l'apéritif, il annonça la fusion de nos sociétés sans même convoquer de conseil d'administration.

— Je ne vais pas dîner, dit Brigitte. Je ne supporterais pas de voir sa tronche de merlan frit.

Hirsch se rassit pesamment face à son écran.

— Je pourrais aussi bien tout effacer, grogna-t-il. Ça ne servira plus à rien maintenant...

Mastroni était le seul à essayer de faire bonne figure. Il tenta de nous réconforter.

— On est tombés les armes à la main... On est quand même allés en finale, ils en tiendront compte...

J'avais posé sur mes lèvres un doigt pensif.

— Attends, qu'est-ce que tu viens de dire ?

— Qu'on est tombés...

— Non, pas toi. Hirsch.

— Que je vais tout effacer, dit Hirsch.

Je frappai dans mes mains, les faisant sursauter.

— Bon Dieu ! La voilà, la solution !

Ils me regardèrent comme on dévisage un ivrogne, avec un mélange de commisération et de vague dégoût.

— Qu'est-ce que tu as encore imaginé ?

— Rien, rien, il faut que j'y réfléchisse encore. Vous allez être où, ce soir ?

Brigitte leva les sourcils, incrédule.

— À votre avis ? Au *Lido* ? Ou peut-être qu'on va aller manger à *La Tour d'argent* et ensuite on ira danser...

— Il faut que je puisse vous joindre. Je me débrouillerai. Venez, on va dîner.

— Sans moi, répéta Brigitte. Pas faim. Ils me couperaient l'appétit.

— Si, si. On va garder la gueule jusqu'au bout. Et le bout n'est peut-être pas là où ils le croient.

— Il a raison, dit Hirsch. Ce ne sera pas agréable, mais sauvons la face. En tout cas, ça a été sympa de travailler avec toi. On a fait ce qu'on a pu. Dommage qu'on soit tombés sur des ripoux.

— On a peut-être encore une chance de lui faire la peau, répondis-je à voix basse.

Ils n'y croyaient pas. Le match était perdu et ils frottaient leurs hématomes.

Au dîner, Charriac se montra plus détestable encore que prévu. Nous attendions sa charge, embusqués dans nos tranchées, prêts à riposter à des missiles de mépris, des grenades de sarcasmes, des mitraillages d'ironie. Nous restâmes l'arme au pied. Charriac commentait un week-end qu'il avait passé à Venise en compagnie d'une imprécise demoiselle, détaillait ponts et ruelles de la cité des doges, supputait le chiffre d'affaires du *Danieli* et, de là, se lança dans un examen perplexe des finances du Vatican. À l'entendre, la bataille historique entre christianisme et islam ne recouvrait qu'une querelle sur la répartition des parts de marché, marginale par rapport au procès Microsoft. Il se montra brillant, jonglant avec les paradoxes sans se départir d'un sourire distant comme si, tout en jouant avec les concepts, il nous laissait entrevoir qu'il n'y croyait pas lui-même et se bornait à illustrer ses talents. Ce fut le seul indice de son extrême satisfaction. On sentait qu'il se détendait, pensait déjà à autre chose.

J'avais la défaite rageuse ; je m'attendais à ce qu'il eût le triomphe insolent. Son indifférence affectée à ce qui venait de se passer n'en était que plus blessante. Elle nous disait clairement : « Voyez, tout cela a été si facile, un exercice préparatoire, je n'y songe déjà plus. » C'était plus humiliant encore que l'arrogance brutale ou, pire, doucereuse à laquelle nous nous étions préparés.

Laurence entra dans son jeu, tentant de le faire trébucher. Elle semblait connaître Venise mieux que lui et essayait, à coups de références, de le faire passer pour un béotien, un barbare ignare. Il revint volontiers au sujet, cita les *Mémoires* de Casanova, disserta sur la naissance de la notion de ghetto et nous conta une anecdote qui avait trait aux couleurs et au *Harry's Bar*. Léger, agréable, il écouta Laurence avec une sincère attention quand elle plaça la conversation sur la peinture. En un mot, le convive idéal. Exaspérant de courtoisie.

Je sentais mes collaborateurs bouillir. Ils eurent l'intelligence de se retenir. Naturellement, Del Rieco ne se montra pas.

Dehors, le temps s'était remis à l'orage. Nous entendions le vent siffler entre les arbres et bientôt quelques lourdes gouttes de pluie s'écrasèrent sur les vitres.

La fin du dîner nous laissa un peu désemparés. Morin n'était plus là pour animer le bar. D'ailleurs, l'équipe de Charriac disparut aussitôt après le café pour une séance privée de *debriefing*. Je suppose qu'en réalité ils s'apprêtaient à boire le champagne pour fêter leur succès, se délectant de chaque épisode et se rappelant combien ils avaient été bons et nous mauvais.

Et surtout combien Del Rieco les avait aidés. Car, j'en étais convaincu, c'était bien ce qui s'était passé. D'entrée, les jeux étaient faits. La compétition n'avait rien eu d'une course loyale. Pour je ne sais quelle raison, Del Rieco avait décidé de favoriser Charriac et avait tout fait pour y arriver, attirant son attention sur les informations pertinentes, choisissant les réactions des actionnaires comme des fournisseurs ou des clients, nous désorientant à plaisir, aplanissant le terrain devant lui et multipliant les embûches devant nous. Quel lien mystérieux les unissait, c'était ce que je n'avais encore pu discerner. Mais il y en avait un. Toute la machinerie, en apparence si compliquée et si réaliste, n'était qu'une illusion, le moyen d'embrouiller la crue vérité : Charriac devait gagner. À aucun moment ils n'avaient eu l'intention de nous évaluer équitablement, mais seulement de justifier une option *a priori*, arrêtée bien avant notre arrivée.

Dans le fond du bar, je m'en ouvris à Laurence et à Hirsch, réunis autour d'une tasse de café. Laurence, qui avait pourtant été la première à soupçonner une entente entre Charriac et Del Rieco, avait changé d'avis. Selon elle, ils nous avaient placés en situation extrême et chacun avait eu ce qu'il méritait. Dans la vie non plus, plaidait-elle, la balance n'était pas égale entre le jeune énarque formé à Louis-le-Grand et le petit dealer issu de sa banlieue. Ici, le jeu avait été plus équilibré et nous avions tous eu notre chance.

Trop de scrupules, pas assez de méfiance, un zeste de naïveté et des réflexes archaïques, c'était le secret de notre échec. Charriac, au contraire, était à l'image de ce qu'il ambitionnait : brutal, sournois, impitoyable, glacé. Je lisais dans les yeux de Laurence une admiration résignée – ou, pour être exact, une résignation amèrement admirative.

— J'ai été éliminée, disait-elle, parce que, finalement, je ne suis pas assez comme eux. Au fond, ils ont raison : ma place n'est pas dans le staff d'une major mondialisée. Je ne suis pas tout à fait prête à marcher sur le ventre de tout le monde. Peut-être ne le serai-je jamais. Ils m'ont montré où était le terminus et j'ai compris que je n'avais pas tellement envie d'aller jusque-là.

— Ils vous ont fait du bien, quoi...

— En un certain sens. Ça se passe partout comme ça, vous savez. Que ce soit à l'université, dans la haute administration, dans les grandes entreprises ou les milieux artistiques. Ils ont chacun leur culture et si vous n'êtes pas exactement comme eux, ils ne vous veulent pas. Moi, il me reste à trouver ma place exacte. Elle n'est pas ici. Ils ne m'aiment pas parce que je ne les aime pas. Je n'ai pas envie de leur ressembler. Ils l'ont senti et ils me l'ont fait toucher du doigt. Je ne serais pas capable de faire ce que fait Charriac, de devenir comme lui. Ce qu'ils ont fait est plutôt brillant. Ils n'ont pas perdu trois ans à essayer de me modeler : en quatre jours, ils ont fait le tour. Je suis assez impressionnée : peu de moyens, finalement, et de bien meilleurs résultats que tous les *accointance forms* que les grosses boîtes expédient aux postulants.

— Qu'est-ce que c'est ? demanda Hirsch.

Elle se tourna vers lui.

— Eh bien, quand vous prétendez vous faire engager par une major, ils vous envoient d'interminables questionnaires. L'idée, c'est de vérifier que vous correspondez bien à ce que vous allez trouver chez eux. Non seulement que vous êtes ce dont ils ont besoin mais surtout que vous ne leur ferez pas d'ennuis, que vous adhérerez pleinement, que ça va coller avec l'esprit de l'entreprise, la mentalité maison. Ensuite, c'est traité par ordinateur et ils vous sortent un profil. Del Rieco fait mieux : il anime le modèle *live*. Au moins, on sait où on en est.

Ces propos m'irritaient.

— Ils vous foutent un coup de pied au cul et vous dites merci...

Elle faillit sourire.

— Je n'en suis pas loin. J'ai l'impression de sortir du séminaire et d'avoir perdu la foi. Je veux toujours un boulot, j'en ai toujours un besoin impératif, mais en fin de compte, peut-être pas exactement celui-là. Je n'ai pas été heureuse pendant ces trois jours. J'en conclus que je ne suis pas faite pour ça. Je vais voir si je peux trouver quelque chose dans un secteur qui me convienne mieux.

— Il n'y en a pas d'autre, Laurence. La fonction publique est fermée à nos âges, peut-être pas vous mais moi oui, j'ai plus de quarante ans. Je n'ai pas fait médecine, je ne peux pas être avocat, je ne sais pas réparer une télévision ou un robinet, je n'ai même pas de quoi acheter une licence de chauffeur de taxi. Je vais faire quoi ?

– Je ne sais pas, vendre des fleurs sur les marchés de Provence... Si ça vous va, je vous embauche !

– Ou jouer de l'accordéon à la terrasse des bistros. Désolé, Laurence, mais c'est ça qui n'est pas pour moi. Nous sommes en train de passer à côté d'une merveilleuse histoire d'amour.

Cette fois, elle rit franchement.

– Il vaut mieux s'en rendre compte maintenant, rétorqua-t-elle. D'ailleurs, je n'y aurais pas songé, j'ai déjà donné.

– Bon, ben, moi, je vais vous laisser roucouler, ironisa Hirsch.

Au contraire, ce fut Laurence qui nous souhaita une bonne nuit avant de s'en aller. Elle franchit la porte et sortit en même temps de mes préoccupations. Elle n'était plus dans le circuit. Si elle était restée, je ne crois pas qu'elle aurait pu me convaincre. Sans doute ne le désirions-nous ni l'un ni l'autre. Elle avait juste traversé la route devant moi sans s'arrêter.

Je poursuivis la conversation avec Hirsch. L'exprimant différemment, nous étions sur la même longueur d'onde : le sentiment rageur d'avoir été bernés.

Lui aussi trouvait que le jeu avait été biaisé. À chaque instant, nous exhumions un détail qui nous confortait dans cette idée.

– Les observateurs ! s'étonnait Hirsch. Ils ont même essayé de les faire passer pour des psychologues ! Alors, moi, je suis patineur artistique, non, archevêque de Paris ! Morin psychologue ! Et ils nous sortent ça sans rire ! Non mais, tu as vu la tronche du psychologue ? Ou alors c'était la Caméra invisible !

— Le coup le plus gros, renchéris-je, c'était quand même l'Américain. C'est nous qui l'inventons et dès qu'on est appuyés dessus ils nous le retirent et on se casse la gueule. Moi, je prenais un Paris-Los Angeles et j'allais lui parler, à ce gus. Ça n'aurait pas été la même musique. Les affaires, ça ne se fait pas à coups de fax : on va voir les gens et on discute, les yeux dans les yeux. Le web, c'est de la connerie : rien ne remplacera jamais le contact humain. Mais justement, ils nous l'ont refusé.

— Et cette histoire de hameçons ! rebondit Hirsch. Qui c'est qui l'a proposée, cette idiotie ? Pinetti, non ?

— Je crois. C'est pareil. Aussi bien, il était dans le coup lui aussi.

Tournant vainement nos cuillers dans nos tasses vides, nous nous montions la tête l'un l'autre. Finalement, quand je le sentis mûr, j'abattis mes atouts.

— On est cuits, tu es d'accord ?

— Plus que cuits. Brûlés.

— On n'a plus rien à perdre ?

— Avec eux, non.

— Alors, écoute : on va leur foutre le bordel.

Il ne demanda pas pourquoi mais seulement comment. C'était ce que j'espérais.

— On va leur bousiller leur joujou. Tout dévaster. Clausewitz : la guerre est la continuation de la politique par d'autres moyens. Ils adorent cette formule, ils la répètent chaque fois qu'ils matraquent quelqu'un, ils en ont plein la bouche, ils trouvent que c'est génial, le fin du fin de la philosophie. Pendant deux mille ans, on a enseigné Platon, maintenant c'est Clausewitz. Okay, on va leur montrer. Ils ont pas de limites ? D'accord, nous non plus.

Hirsch ne discuta pas.

– Concrètement ?

– Concrètement, on fait semblant d'aller se coucher, on se retrouve à deux heures du mat' et on investit leur QG. Et on s'occupe de leurs ordinateurs. Tu en es ?

S'il avait dit non, je m'arrêtais. J'avais besoin d'être conforté dans ma fureur. Mais il inclina la tête avec une expression farouche.

Nous décidâmes de n'inclure personne d'autre dans l'opération commando. Laurence était déjà partie dans un autre rêve, Mastroni était trop pusillanime, Brigitte Aubert trop rigide et les autres ne valaient pas un clou. Quand on veut casser la baraque, on n'engage que des tueurs.

Sur le chemin de ma chambre, je croisai l'équipe Charriac qui sortait de sa réunion. Pinetti m'envoya un clin d'œil presque amical.

À deux heures précises, je retrouvai Hirsch dans le hall sombre et désert. Seule une petite loupiote allumée devant l'entrée jetait une timide lueur jaunâtre sur l'escalier. Rien ne bougeait dans la maison.

Hirsch s'était assis pour m'attendre dans un des fauteuils de l'accueil. Il avait passé un blue-jean et un pull-over noir. Il ne lui manquait qu'une cagoule et une mitraillette pour compléter le portrait du terroriste international.

— On y va ? chuchotai-je.

Il se leva d'un mouvement souple. Il paraissait encore plus résolu qu'avant, le visage fermé. Il avait dû, comme moi, remâcher longuement sa rancœur, étendu tout habillé sur son lit.

À l'extérieur, le vent et la pluie se battaient en duel. Nous arrivâmes au chalet trempés et ébouriffés. Tout était silencieux. Devant la porte, Hirsch sortit de sa poche une tige de fer. Je l'interrogeai du regard.

— Tu ne sais pas d'où je viens, souffla-t-il en l'introduisant dans la serrure.

Il avait dû perdre un peu la main : il lui fallut plusieurs minutes pour faire céder la fermeture. Mais finalement, il y eut un craquement qui se perdit dans les tourbillons du vent. Je vis les dents de Hirsch briller dans l'ombre.

— C'est pas la Banque de France, murmura-t-il. Ils croient qu'ils ne risquent rien.

Du bout de l'épaule, il poussa la porte. Nous nous glissâmes dans la caverne d'Ali Baba, refermant aussitôt le battant.

— On n'allume pas, ordonnai-je.

Dès que nos yeux furent accoutumés à l'obscurité, Hirsch se dirigea vers les ordinateurs et poussa des boutons. Docilement, les machines ronronnèrent et commencèrent à emplir deux écrans de formules cabalistiques.

Hirsch fronça les sourcils, attentif plus qu'inquiet. Puis, empoignant une chaise, il s'assit et commença à taper sur les touches. Je ne suis pas expert en informatique mais j'ai, comme tout le monde, quelques vagues notions de base. Je compris qu'il cherchait à explorer le contenu de la mémoire.

Pendant ce temps, j'ouvris les tiroirs. Ils ne contenaient que des disquettes de sauvegarde. Pourtant, Del Rieco avait bien dû conserver des traces écrites de son activité, n'eût-ce été que pour des raisons légales. Je me souvenais d'une conférence entendue quand j'étais étudiant : un prophète nous expliquait catégoriquement qu'en l'an 2000 le papier aurait disparu, que les gens ne communiqueraient plus que par des messages sur réseau, en toute liberté. Vingt-cinq ans plus tard, jamais les entreprises n'avaient consommé autant de papier, jamais la paperasse bureaucratique formelle n'avait été aussi abondante, jamais les procédures juridiques officielles n'avaient autant pesé sur la vie quotidienne.

Je m'attaquai ensuite aux placards, des meubles de bureau en acier. Deux d'entre eux étaient fermés à clef. Les deux autres étaient bourrés d'archives, sagement pendues sur les tringles réglementaires. Je sortis un dossier et l'étalai sur la table de travail. Dans l'obscurité, j'avais beaucoup de mal à décrypter les documents qui le composaient. Je tentai de tirer chaque feuillet et de l'approcher de la fenêtre pour l'incliner vers la zone un tout petit peu moins sombre qui l'entourait, dans l'espoir de déchiffrer quelques lettres.

Hirsch tourna la tête.

— Tu vas te crever les yeux et tu arriveras à rien. Te casse pas le cul, on l'emporte.

— Attends, il faut d'abord que je voie ce que c'est. Si c'est la facture du blanchisseur, on sera bien avancés.

La fenêtre ne se révélant pas d'une grande utilité, j'entrouvris très légèrement la porte. Une inscription au crayon feutre barrait la couverture cartonnée.

— C'est un stage précédent. Du début de l'année.

— Prends, prends...

— Tu as trouvé quelque chose ?

Il lâcha son clavier pour s'agenouiller, examinant le plancher.

— Oh, il y a sept ou huit fichiers, mais ils sont

tous protégés. Je vais essayer sur l'autre machine. À voir le câblage, elle n'est pas en réseau, ils n'ont pas tout sous Unix. Peut-être que du coup ils l'ont moins protégée, mais c'est pas sûr.

Je retournai aux placards. Tous les dossiers présentaient un aspect semblable. J'en soumis un second à l'épreuve de la porte entrebâillée. C'était un autre stage, plus ancien. Je le replaçai sur son étagère. Nous nous déplacions le plus silencieusement possible.

— Mot de passe, chuchota Hirsch... Et merde !

— Tu peux pas le craquer ?

— Si, mais ça va me prendre la nuit. En tout cas une heure ou deux, au minimum, si j'ai du bol.

— J'ai jamais vu un hacker aussi nul, plaisantai-je.

— Eh ben, t'as qu'à y aller, toi, se fâcha-t-il.

— Amène plutôt ton rossignol de cambrioleur et essaie d'ouvrir cette armoire.

Il me donna un coup de coude.

— Ce n'est pas un rossignol de cambrioleur, c'est une tige pour forcer les portières des bagnoles. C'est mon neveu qui me l'a donnée.

— Celui qui est à Fresnes ?

— Ouais, celui-là...

Se courbant, il enfonça son outil dans la fente et remua le poignet. Il y eut un nouveau craquement.

— Merde, je l'ai cassée, se plaignit-il.

— Le rossignol ?

— Non, la serrure. Ça va se voir...

Je haussai les épaules.

— Au point où on en est...

Dans le placard, nous trouvâmes une bouteille de whisky, une autre de Perrier, trois verres et un torchon. Hirsch se frotta pensivement le menton.

— Bon, ben, dans l'autre, il doit y avoir les glaçons... Remarque, c'est normal qu'ils planquent ça mieux que leurs archives... C'est plus intéressant. Un drink ? C'est moi qui régale...

— Je ne crois pas que ce soit le moment.

Il fit demi-tour, contempla les écrans allumés.

— Ils ont tout dans l'ordinateur. Qu'est-ce que je fais ? Je l'emporte ?

Je réfléchis un instant.

— Attends... Non, laisse-le là. On va d'abord regarder ce qu'il y a dans cette chemise. Normalement, quand un stage est fini, ils reportent tout sur papier pour clôturer le dossier. On aura une idée de ce qu'il faut chercher.

Il me fit l'amitié de m'approuver.

— Okay, d'accord. Et on va essayer de dégoter une lampe de poche avant de revenir. Les codes de protection ne sont pas tous de la même longueur. Ça veut dire qu'ils ont un code différent pour chaque fichier. Quand il y en a plus d'un ou deux, on les note sur des bouts de papier, pas trop loin de la machine. Tu comprends, tu veux travailler et, merde, tu te souviens plus du code, il faut que tu puisses le retrouver. C'est comme avec ta carte bleue, tu consignes le code quelque part, personne n'est à l'abri d'un trou de mémoire, si tu es enrhumé ou n'importe quoi... Nous, notre mémoire, c'est pas un disque dur qui bouge pas. Comme toujours, l'homme est le point faible du système.

L'heure ne me paraissait pas bien choisie pour une dissertation ontologique. Je le fis taire d'un geste.

Bien à l'abri dans ma chambre fermée à clef et parfaitement éclairée, nous déballâmes notre trésor. C'était un stage de janvier. Le dossier s'ouvrait par la liste des participants, quatorze au total. Les noms ne me disaient rien.

Chacun d'entre eux avait sa fiche, une grande grille, deux feuilles A4 reliées par du papier collant, composée de colonnes au sommet desquelles s'inscrivaient des abréviations incompréhensibles : FA, PL, C, IP, et cetera. Dans chaque case, un chiffre ou une lettre. Il n'y avait pas de total final. J'en déduisis habilement que les données ne s'additionnaient pas, qu'elles étaient de nature différente.

Ensuite, quelques notes manuscrites, de la main de Del Rieco. J'appris qu'un dénommé Marceau bafouillait, qu'une dame Montceny avait les jambes serrées (?), qu'un certain Halmer faisait songer à Donald Duck (? ?).

On avait, comme nous, réparti les malheureuses victimes en trois groupes. C'était la session consacrée à la vente de viande en gros, celle à laquelle Del Rieco avait fait allusion et qui l'avait tant amusé. Frappés par l'épidémie de la vache folle, les entrepreneurs avaient réagi comme ils le pouvaient. L'un avait contesté les résultats des analyses et lancé une campagne mettant en doute les compétences des scientifiques, l'autre avait engagé la discussion avec les pouvoirs publics pour obtenir des indemnisations, le dernier s'était tourné vers les producteurs de canards et d'oies. Malgré des pertes sévères, tous trois avaient à peu près surnagé (le premier moins bien que les autres, le deuxième nettement mieux). À aucun moment ils ne s'étaient affrontés. Peut-être aurions-nous dû nous aussi passer un pacte initial. Mais c'eût été inutile : nul ne l'eût respecté.

Naturellement, rien de tout cela n'était rédigé. C'était au travers de multiples abréviations, de notes rapides, que je pouvais reconstituer l'aventure.

Les ultimes pages portaient sur de nouvelles séries de tests, ceux, sans doute, qu'on nous avait préparés pour le lendemain. Les grilles recommençaient, certains chiffres cerclés de rouge.

Enfin, le dernier feuillet récapitulait tous les noms, suivis cette fois d'une série de lettres. Marceau était coté ACDBA< ?>2114BZ. Les autres à l'avenant. C'était du chinois. Il n'était même pas certain que A fût de meilleur augure que D.

Hirsch était aussi perplexe que moi. Il fit un effort pour en rire, montra une case.

— BZ... Peut-être que c'est un Breton... S'ils ont la même chose sur ordinateur, c'est vraiment pas la peine de se casser le tempérament. On a le message secret, on a pas le code de déchiffrage. Si on avait trouvé notre propre groupe, ça serait pareil.

Je tapotai la table du bout des doigts.

— Pourtant, ils doivent bien l'écrire en français quelque part...

— Ou ils le faxent à Paris et c'est là-bas qu'ils font les comptes. Si c'est ça, on est marrons...

Finalement, je pris ma décision.

— Ça ne change rien. On ne veut pas savoir le détail de ce qu'ils magouillent, on veut leur casser la baraque. Bousiller un ordinateur, tu sais faire ? Visiblement, ils n'ont encore rien reporté sur papier...

— Oui, je sais faire. Toi aussi : tu prends un marteau et tu tapes dessus.

— Et quelque chose de plus fin ?

— Aussi. Il faut reformater le disque dur. Quatre fois. Si tu le reformates une seule fois, tu peux encore récupérer une partie des données.

— Est-ce que ça peut avoir l'air d'un accident naturel ?

Il hésita.

— Naturel, pas vraiment... C'est pas une panne de secteur qui peut faire ça. En revanche, un bon petit virus... Oui, c'est possible d'introduire un virus qui te foute tout en l'air et personne ne saura jamais qui l'a mis. Ça arrive tout le temps, la moitié du web est infectée. Et il y en a qui te reformatent le disque dur. Pas quatre fois, mais une, ça fait déjà des dégâts impressionnants.

— Tu as ça sur toi ?

Il se mit à rire.

— Non. Tu crois que je me balade avec une disquette de virus ? Au cas où il faudrait flinguer une machine ?

— Et en fabriquer un ?

Il ouvrit les bras.

— Mais c'est pas la peine. On y retourne, je reformate le disque des deux engins et bonsoir. Qui l'a fait ? Ah, pas moi, je dormais... Inutile de chercher midi à quatorze heures. Ils verront que quelqu'un a assassiné leurs machines, mais qui ? S'ils te demandent, tu dis : c'est moi ? Ah, s'ils commencent à te frapper la tête avec un annuaire, c'est différent. Mais tu crois qu'ils vont le faire ?

Non. Je ne le croyais pas. Et même cela ne m'impressionnait pas. Dans le climat actuel, j'avais vu des entreprises qui apprenaient à leurs cadres comment résister à une garde à vue et quelle attitude adopter face à une descente de la Brigade financière ou devant un juge d'instruction. Le grand chic consistait à assez embrouiller le commissaire pour qu'il oublie de vous informer de vos droits dans les délais, ce qui faisait annuler l'ensemble de la procédure.

— Bon. On va faire ça. C'est possible à retardement, par exemple que ça se déclenche seulement demain ?

— Avec un virus, oui. Mais le formatage, non, à moins d'écrire un programme exprès.

— Tant pis. Allons-y.

Sur la pointe des pieds, nous nous faufilâmes dehors. Dans l'obscurité de la nuit, le temps hésitait toujours, alternant une rafale de vent et quelques gouttes de pluie. Dans la cour, ils avaient laissé allumée une lanterne, collée sous le toit. Je n'y avais pas prêté attention lors de notre première excursion. Cette fois, j'avais l'impression de m'évader d'un camp de prisonniers et de devoir traverser sous le feu des miradors. Curieux comme certains détails sont effacés puis, tout à coup, sautent aux yeux. La lanterne ne servait à rien : aucune fenêtre ne donnait sur l'esplanade. Peut-être ne l'utilisait-on que pour tenir éloignées les bêtes sauvages qui, sans doute, hantaient les forêts.

Hirsch sur mes talons, je rasai la ligne des arbres, puis sautai sur les marches du chalet. J'en poussai la porte et la lumière s'alluma.

Charriac était assis dans le fauteuil de Del Rieco. Sur ses genoux, il tenait un fusil de chasse. Derrière nous, Pinetti referma la porte et s'adossa au battant. Nous dûmes avoir l'air de collégiens pris en train de dévaliser le local de l'intendance : Charriac se mit à rire.

— *Les Visiteurs du soir*..., grinça-t-il. Très beau film. Un peu vieilli. Pouvez-vous montrer votre carton d'invitation au majordome ? Je ne suis pas sûr que vous ayez été conviés...

Nous nous tenions immobiles, pétrifiés. Je fus le premier à réagir.

— Qu'est-ce que tu fous là, Charriac ?

Il se balança indolemment comme si le siège avait été un rocking-chair.

— Ce serait plutôt à moi de te le demander... Nous, on a pensé qu'à quatre ce serait mieux pour jouer au bridge. C'est bien ce que tu es venu faire, n'est-ce pas ? Au fait, passe-moi donc ce dossier que tu caches sous ton bras...

D'un geste négligent, il pointa le canon du fusil sur moi.

— Tu déconnes ou quoi ? Où tu as trouvé cette pétoire ? Il jeta un coup d'œil distrait sur son arme.

— Ça ? Oh, il y a un râtelier dans la grange. Non, sois gentil de ne pas t'approcher !

J'avais esquissé un mouvement. Je m'arrêtai.

— Tu veux rire ? Il n'est même pas chargé...

Lentement, il dit :

— Je n'en jurerais pas... C'est ce qu'on appelle la roulette russe. Chargé ou pas chargé ? Moi, je pense plutôt qu'il est chargé. Tu veux vérifier ?

— Attends, tu vas pas me tirer dessus... Tu es complètement fou ! Pourquoi ferais-tu ça ?

Il fit la moue.

— Par plaisir ? Eh bien, ça ne me déplairait pas. C'est à cause des fiches. J'ai eu tort de t'envoyer des fiches bidon, mais tu as vraiment été odieux de les renvoyer sur Del Rieco. Il est venu me voir et il a été franchement désagréable. On peut faire ce qu'on veut, mais pas jouer avec ses fiches. Même pour plaisanter. Ça l'a réellement irrité. Il m'a dit que je n'étais pas plus correct que toi. Il paraît qu'on ne doit pas toucher aux règles. Tu vois, tu as essayé de me faire couler avec toi, ce n'est vraiment pas gentil. J'ai eu beau lui dire que je n'avais rien fait du tout, que tu avais tout inventé, il ne m'a pas cru. Il veut nous confronter. Comme dans un film policier. Et s'il nous confronte, comme je te connais, tu vas lui dire la vérité. Il était certain que tu n'aurais rien, mais maintenant, il n'est même plus sûr que, moi, j'aie quelque chose. Enfin, si tu es en mesure de parler... Tu trouves ça normal ? Alors, voilà comment je vois les choses...

Il cala la crosse du fusil sur son ventre.

— Nous nous promenions paisiblement, reprit-il d'une voix allègre, lorsque nous avons entendu du bruit dans ce local. J'ai pensé à un cambrioleur et je suis allé chercher un fusil dans la grange, juste pour me défendre. Et comme j'avançais, une silhouette m'a menacé. Il avait une arme...

Du menton, il désigna un hachoir à viande qu'il avait déposé sur la table.

— Un cambrioleur sur une île isolée ? ironisa Hirsch qui reprenait ses esprits. Avec un hachoir à viande ? Il a vraiment pété les plombs...

Charriac l'ignora.

— Et savez-vous ce que c'était ? Ce pauvre Carceville qui, totalement démoralisé par son échec, était devenu fou. Ça s'est passé si vite... ! Il a essayé de m'attaquer, j'ai tiré, au hasard dans la nuit. Mise en examen. Non-lieu. C'est un véritable traumatisme pour moi. Qui aurait pu penser une chose pareille ? Je mettrai des mois à m'en remettre. Non, pas des mois, le temps d'intégrer mon nouveau poste. Jérôme, donne-moi ce dossier !

D'un geste lent, je le déposai sur le coin du bureau.

— Ça t'avancera à rien. Ce n'est pas le nôtre.

— Je sais. Un signe supplémentaire de dérèglement mental. Ce dément de Carceville a pris un dossier au hasard et un hachoir dérobé aux cuisines. Ensuite, il s'est mis à attaquer tout le monde, comme ces malades en Amérique qui craquent et qui massacrent une école entière. Trop de stress... Un caractère fragile, une motivation excessive, mais surtout trop de stress. Quelle pitié !

— Et Hirsch ? Comment tu l'expliqueras ?

— Hirsch ne pourra pas grand-chose. Tu l'auras déjà assassiné. Avec le hachoir. Quand j'y pense... Je l'aurai échappé belle !

Pour la première fois, j'eus un instant d'inquiétude. Il avait l'air tout à fait sérieux. Plus il parlait et plus il se mettait à croire à son film policier. Ce type était fou à lier. Je tentai de faire fond sur ce qui pouvait lui rester de raison.

— Ça ne marchera pas, Emmanuel. Quand il y a mort d'homme, ils ne se contentent pas des dépositions. Ils font des analyses balistiques, ils recherchent les empreintes digitales. Tu en as semé partout. Même sur le hachoir.

— Ah non, c'est Pinetti, pas moi. Il l'a touché machinalement quand il a voulu porter secours à Hirsch.

Je sentis la chair de poule picoter mes avant-bras.

J'insistai :

— Et si je t'écris une déclaration où j'avoue tout ?

— Oh, les aveux... ! Ça ne vaut pas un clou. Tout le monde se rétracte.

Je levai les mains très doucement, attentif à ne pas agacer le dingue.

— Ça n'en vaut pas la peine, Emmanuel. Pas simplement pour un boulot. On ne tue pas pour ça.

Il redressa encore ses lunettes sur son nez.

— Bien sûr qu'on tue pour ça. Il y a des endroits où ils t'assassinent pour cinquante balles. Pour ta montre. Ton blouson. Tes godasses. Et même pour rien du tout, parce que tu as regardé quelqu'un dans les yeux. Nous sommes bien peu de chose...

Que doit-on faire face à un psychopathe armé ? Quelqu'un qui a parlé toute la semaine de tuer et qui, ne se contentant plus du symbolique, passe à l'acte ? Nous étions vraiment tous passés de l'autre côté du mur. J'essayai d'argumenter.

— Il y a d'autres solutions, Emmanuel. Bien moins coûteuses.

— Pour toi, sans doute.

— Non. Pour toi aussi. Deux morts, ça fait tache. Il y aura une enquête, sérieuse. Des soupçons. Des articles de presse. Pas bon pour ton CV, ça... Je ne vois pas l'intérêt que tu as à me tuer.

Il eut une expression rêveuse.

— À vrai dire, moi non plus. Tout ce sang... Ce serait tellement vulgaire ! Il y a une bien meilleure solution. Nous allons tous ensemble réveiller Del Rieco et tu lui expliques ce que tu fabriquais dans son quartier général. Tu sais que tu n'avais pas perdu toutes tes chances ? Oh, bien sûr, ils ne voulaient pas te proposer un poste aussi intéressant que celui qu'ils me réservaient, mais enfin, peut-être, de quoi nourrir ta famille, si tes enfants ne sont pas trop exigeants...

— Et toi, tu lui raconteras ce que tu faisais dans son fauteuil avec ce fusil ridicule entre les mains ?

— Bien sûr. Je défendais ses biens en même temps que l'ordre social. J'ai entendu du bruit, je suis accouru.

Il baissa les yeux un instant, fronça les lèvres.

— À la réflexion, je n'y gagnerais pas grand-chose, reprit-il. Il me croira, mais il aura peut-être un doute. J'ai envie de revenir à ma première idée.

Je fis un pas en arrière, pris appui sur l'armoire.

— Emmanuel, tu t'es foutu dans la merde. Tu ne vas pas tuer deux personnes, à supposer que tu en sois physiquement capable. On arrête tout, on rentre chez nous et on oublie. Tous les autres scénarios sont foireux.

Il soupira.

— Oui, mais moi, je ne sais pas ce que vous avez trafiqué tout à l'heure sur les ordinateurs... Je n'ai pas Delval avec moi et notre ami Hirsch peut me faire avaler n'importe quelle connerie, je ne pourrai pas vérifier. Revenir à la situation d'avant ta visite, d'accord. Seulement, on ne peut pas. Vous avez fait des trucs et je ne sais pas quoi au juste, c'est très ennuyeux...

— On n'a rien fait, on n'a pas pu rentrer sur les programmes, dit Hirsch. Ils sont protégés.

— À d'autres ! Tu as le nez qui s'allonge ! Vous n'êtes pas venus simplement pour faucher un dossier périmé.

— Tu as ma parole, dit Hirsch.

Charriac s'énerva.

— Ta parole, je m'en torche ! C'est la guerre

civile, ici. Tu donnes ta parole et dès que le type tourne les talons tu lui tires dans le dos.

— Alors, je ne vois pas comment en sortir, fis-je remarquer.

Charriac déplaça légèrement son fusil.

— Quand on dit qu'il n'y a pas de solution, c'est simplement qu'on n'aime pas la solution. Il y a toujours une solution. Ou plusieurs. Plus ou moins désagréables. Ah, je crois que j'en ai trouvé une... Pinetti, tu prends ce dossier et tu vas le mettre dans la chambre de Carceville. Bien caché, mais pas trop. Ensuite, tu reviens ici.

Je fus soulagé de constater qu'il semblait avoir renoncé à ses projets de meurtre.

— C'est quoi, le plan ?

— Rien. Tu regardes trop la télé. À la fin, le méchant explique tout ce qu'il a en tête et le bon s'échappe et lui fout tout par terre. Sauf que le bon, c'est moi. Alors, j'ai rien à expliquer. On arrête la pendule, on fait un *rewind* et on revient à ce que c'était il y a une demi-heure : tu es dans ta chambre avec le dossier que tu as piqué et il ne s'est rien passé.

Naturellement, il allait aussitôt prévenir Del Rieco et j'allais devoir justifier la présence des documents dans ma chambre. Personne ne croirait une seconde à cette extravagante histoire de fusil et de coup monté. Charriac avait raison : il ne se serait rien passé. À part la révélation de manœuvres dolosives qui me feraient aussitôt expulser sous les huées avant qu'on ne me crucifie pour l'éternité sur la liste noire.

C'était une chose à éviter. Je devais faire parler

Charriac jusqu'à ce qu'il se fatigue. Ce type adorait s'écouter, faire la roue devant son miroir. Comme il était certain de contrôler la situation, il allait vouloir la savourer. C'était ma chance.

– Comment vas-tu t'y prendre ? demandai-je.

Il prit un air peiné. Mais son désir de se pavaner fut le plus fort et il céda, démentant ce qu'il venait de dire quelques secondes auparavant – et qui était infiniment plus sensé.

– Jérôme... Tu me déçois, tu peux très bien l'imaginer. Pinetti va aller planquer ce dossier, nous trois on reste là. Et ensuite j'appelle Del Rieco et je lui dis la vérité : que tu es revenu chercher des documents après en avoir sûrement déjà volé quelques-uns. Ah, au fait, j'ai trouvé la liste des tests de demain. Ou plutôt tu l'as trouvée et je t'ai pincé avec elle. Elle est là, sur la table.

Il désigna une chemise orange du bout du canon, reprit :

– C'est amusant. Entre autres farces, ils veulent nous faire jouer au mah-jong. Dieu sait pourquoi. Les échecs, à mon avis, seraient plus pertinents. Un type qui joue aux échecs ne peut pas être tout à fait mauvais : il sait au moins qu'il faut anticiper les coups de l'adversaire et surtout ne jamais le sous-estimer. Tu sais que les champions abandonnent quand ils voient que l'autre a un coup gagnant, même si le gars est incapable de le voir lui-même et s'apprête à jouer tout autre chose ? C'est grand, ça. Faire crédit à l'adversaire de sa propre intelligence. J'admire.

Il s'abandonnait de nouveau à son goût de la digression et sa diarrhée verbale s'était remise à couler. J'attendais le moment où les muscles de son bras, imperceptiblement, se relâcheraient. J'essayai de le distraire encore plus :

— On joue pas aux échecs, Emmanuel. Tu as un fusil. Tu viens de passer une porte, là, c'est plus du tout pareil.

— Allons ! C'est la même chose. Que tu bousilles un type avec des assignations d'huissier, des articles de presse ou un 7.65, c'est exactement la même chose. La seule différence, c'est qu'il se suicidera tout seul, ce qui t'économisera le prix de la balle. Bérégovoy, ils l'ont tiré comme un lapin, Nixon pareil. Ils n'ont même pas eu besoin de payer quelqu'un pour le tuer comme Kennedy. On a fait beaucoup de progrès.

J'étais encore en train de guetter l'expression de ses yeux lorsque les événements se précipitèrent – et tout bascula dans la folie. Au moment où Pinetti, sans doute las d'entendre les divagations de son patron, se décidait à passer la porte, Hirsch lui sauta dessus.

Il y eut un instant de confusion. Se bousculant dans tous les sens, ils semblèrent envahir entièrement l'étroit local puis, soudain, dans un grand remous, disparurent ensemble par la porte ouverte. Charriac bondit sur ses pieds. Je lui envoyai un violent coup de pied juste au-dessous du genou et il se courba de douleur, oubliant son fusil. J'empoignai l'arme par le canon. Il se dégagea brusquement, retourna le fusil dans le mouvement et m'envoya un brutal coup de crosse dans la poitrine. Le choc me fit tomber assis sur le plancher. Je reçus un deuxième coup sur la pommette droite, une vague rouge m'inonda brièvement les yeux. Je me relevai, la joue meurtrie, grimaçai en sentant un éclair me transpercer le thorax. Je devais avoir une côte cassée – ou plusieurs.

Charriac était déjà dehors, sautillant sur un pied. Je me traînai jusqu'à la porte. Il avait descendu les marches et épaulait son arme. Un peu plus loin, au ras de la ligne des sapins, Hirsch et Pinetti se roulaient par terre, cherchant mutuellement à s'étrangler.

— Arrêtez ! cria Charriac. Arrêtez ou je tire !

Et comme ils ne s'arrêtaient pas, il tira. Finalement, le fusil était chargé. La détonation résonna longuement dans la cour encaissée.

Pendant un quart de seconde, je restai pétrifié. Il l'avait fait. Le fou était passé à l'acte. Hirsch et Pinetti, en se battant, avaient libéré la violence qu'il avait mal contenue depuis le début.

Charriac avança d'un pas, cherchant à distinguer ce qui se passait sous les arbres.

Sans attendre le résultat, moitié courant moitié clopinant, je me glissai derrière lui, le coude serré contre ma poitrine défoncée, et fonçai vers les ténèbres du hangar, à gauche du chalet.

Arrivé là, je m'accroupis dans l'ombre, gémissant. Ma pommette saignait et chaque mouvement du torse me tirait des larmes.

Dehors, plus rien ne bougeait. Charriac avait disparu. Au fond de la cour, à demi caché par les arbres, un corps était étendu. Hirsch, sans doute.

Mes douleurs à la poitrine et au visage me crucifiaient. Mais j'étais surtout abasourdi. Toutes les barrières, patiemment accumulées par une longue éducation mais progressivement érodées par la tension que nous avions subie, venaient de sauter ; ces hommes froids et rationnels s'étaient subitement mués en garnements de cour de récréation se battant dans la boue. En coqs armés de fusils. Moi-même, j'étais en proie aux sentiments les plus primitifs, ceux que j'avais tenus à distance ma vie durant : la peur, la haine, le désir de vengeance, l'envie de tuer. Quand ils s'emparent tout à coup de nous, on se sent aussi impuissants que devant une vague qui balaie la jetée. Comme elle, ils jaillissent du plus profond ; comme elle, rien ne peut les arrêter.

Reculant de quelques mètres, j'essayai de percer les ténèbres du hangar. J'étais assis dans un étroit couloir entre une machine agricole et une étagère remplie de bidons d'huile. Un peu plus loin, une muraille de bottes de foin masquait la cloison. Rampant à demi, je m'en rapprochai. Je voulais me mettre à l'abri et je n'avais pas la force de me relever.

Quand je parvins enfin à poser ma joue enflammée contre la paille, j'entendis un chuchotement :

— Jérôme ?

Je sursautai. C'était la voix de Hirsch. Un instant après, il s'accroupissait à côté de moi.

— Ça va ?

— J'ai un peu morflé, mais ça va. Tu n'as pas été touché ?

— Non. Ce con a tiré au hasard et il a zingué Pinetti. Il est fait complet. Où est le râtelier ?

— Quoi ?

Il me secoua, me tirant un miaulement étranglé.

— Le râtelier ! Il a dit qu'il avait pris son flingue sur un râtelier dans la grange. Il doit y en avoir d'autres.

— Attends, on va pas...

— Si, on va ! Il a un fusil et il tire ! Il a plus rien à perdre, maintenant ! Il faut qu'on sauve notre peau, Jérôme ! Notre peau !

M'abandonnant, il entreprit de fouiller le hangar. Avec des gestes précautionneux de malade, je finis par me lever. Je commençais à m'habituer à la douleur. Ce n'était pas la seule chose à laquelle j'allais devoir m'adapter. Je fis deux pas très lents, jetai un œil dans la cour toujours déserte. Dans l'hôtel, en revanche, on percevait un début de remue-ménage. Le coup de feu avait dû réveiller quelques-uns de nos excellents collègues.

Loin derrière moi, Hirsch poussa un cri de triomphe :

— Là ! Il y en a encore deux ! Tiens...

Il me fourra dans les mains une carabine avec un viseur.

— Voilà les cartouches. Putain, c'est un self-service, ici !

Étrangement, il avait l'air de s'amuser beaucoup. Un peu de sang coulait de sa lèvre inférieure, là où Pinetti l'avait égratigné. J'essayai de le calmer.

— Attends, c'est de la folie ! On va sortir et on va s'expliquer !

Agenouillé à côté de moi, un fusil semblable à

celui de Charriac sous le bras, il scrutait l'orée de la forêt.

— Non. Il est toujours là-bas. Il nous attend. Il faut qu'il nous tue, il n'a plus d'autre issue.

— On pourrait...

— On pourrait rien du tout, coupa-t-il. Pinetti a ramassé la décharge dans la poitrine, il doit pas être beau à voir. Le sang sur ma chemise, c'est pas le mien !

Pour la première fois, j'étais totalement dépassé par les événements. Charriac avait perdu les pédales et Hirsch ne valait guère mieux. On aurait cru qu'il prenait plaisir à jouer à la guerre.

— Tu vas voir, me souffla-t-il.

Il attrapa un bidon d'huile d'un geste vif et le lança devant lui dans la cour. Il y eut une deuxième détonation et un peu de poussière s'envola, assez loin du bidon.

— Il tire comme un manche, mais on peut pas prendre le risque.

Quelques minutes s'écoulèrent. Je vis deux ombres se faufiler dans le court espace entre l'hôtel et la forêt. Bizarrement, le vent et la pluie s'étaient simultanément arrêtés, comme stupéfaits de ce qu'ils avaient vu.

Tout à coup, une voix s'éleva, puissante et autoritaire :

— Jérôme ! Rendez-vous ! Ça ne sert à rien !

Del Rieco. Hirsch et moi échangeâmes des regards perplexes. Nous n'eûmes pas le temps d'un commentaire, Del Rieco reprenait :

— Sortez de la grange les mains en l'air ! Vous n'avez rien à gagner à rester là-dedans !

Hirsch mit ses mains en porte-voix. Sous ses doigts, son énorme pomme d'Adam saillait comme jamais.

— Où est Charriac ?

— Ici. Avec nous. Tout va bien. Sortez de là.

Hirsch jeta un second bidon d'huile. Cette fois, personne ne tira. Du dos de la main, il essuya le sang qui coulait de sa lèvre.

— Qu'est-ce qu'on fait ?

J'étais encore en train d'hésiter quand Del Rieco, toujours dissimulé derrière les arbres, jugea bon de lancer un dernier argument :

— Pinetti n'est pas mort. Vous ne l'avez que blessé.

Hirsch recula et, secouant la tête comme un cheval fatigué, souffla à mon oreille :

— Comment ça, *vous* l'avez blessé ? C'est Charriac qui l'a blessé, pas nous !

Entre deux grimaces, je commentai :

— Ouais. Mais c'est Charriac qui leur explique ce qui s'est passé. Pas de bol, non ? Ce serait lui dans le hangar et nous dans les bois avec eux...

— Attends, on a des témoins, toi, Pinetti s'il survit...

— Justement. J'aimerais pas être à la place de mon assureur... On doit avoir une espérance de vie assez limitée...

La plaisanterie le fit sourire. Moi, je ne pouvais pas : les élancements de ma pommette irradiaient jusque dans mon menton, semblables à une rage de dents. Il y avait très longtemps – depuis ma jeunesse sportive – que je n'avais pas reçu de coups ; j'avais oublié combien cela faisait mal.

Peut-être au visage aussi un os avait-il été fracturé.

Le no man's land de la cour était suffisamment petit pour qu'on puisse communiquer d'un camp à un autre. Il suffisait de crier en visant le mur ; les mots y rebondissaient avant d'atteindre l'interlocuteur.

Au bout de dix minutes, cependant, la situation n'avait pas sensiblement évolué : sortez-non-vous, venez-non-vous... Au ton de sa voix, Del Rieco commençait à perdre patience. Ils devaient être une douzaine maintenant autour de lui : le bois bruissait de chuchotements excités. Final musical avec toute la troupe.

— Bon, y en a marre, souffla Hirsch. On va pas rester comme ça toute la nuit... J'y vais, on va s'expliquer...

— Fais pas le con !

Il ne m'écouta pas et cria, les mains en porte-voix :

— Je sors ! Sans armes !

— Envoyez le colis ! répondit Del Rieco qui se détendait.

Tout cela me paraissait très imprudent. Certes, Del Rieco était probablement un homme équilibré et intelligent, provisoirement abusé par une fripouille, et il y avait peut-être moyen de négocier. Mais il avait à ses côtés un psychopathe en proie à des pulsions meurtrières, ce qui est toujours dangereux.

J'ébauchai un geste pour retenir Hirsch mais je me repliai aussitôt autour de ma poitrine endolorie. Il fallait que j'apprenne à calculer mes mouvements. Hirsch posa le fusil sur le sol et se dressa. Lentement, je m'étendis à plat ventre dans la fameuse position du tireur couché, m'apprêtant inutilement à le couvrir.

Hirsch s'avança jusqu'au milieu de la cour d'un pas ferme, tel Gary Cooper dans la scène ultime d'un western. Arrivé à mi-chemin, il se retourna, comme pour me dire : « Tu vois ? Il n'y a aucun risque. »

C'est à cet instant que la balle le frappa. Je vis avec horreur un jet de sang jaillir de son estomac et il s'écroula. La détonation m'arriva aux oreilles une demi-seconde plus tard. Ils l'avaient tiré comme un lapin.

Les yeux écarquillés, j'entendis les hurlements d'une femme, puis la voix tonitruante de Del Rieco :

— Mais ça va pas, Charriac !

Il y eut un second coup de feu, des piétinements de cerf aux abois dans les buissons, la cavalcade d'une course sous la futaie et enfin, après un instant de silence, un sanglot, un seul. Hirsch, la face contre le sol, remua une main puis ne bougea plus.

Les veines battant aux tempes, j'essayai de réfléchir. Charriac avait tué Hirsch ou, au mieux, l'avait gravement blessé. Ensuite, ils avaient dû se disputer. Peut-être avait-il tiré aussi sur Del Rieco, ou bien le coup était parti tandis qu'ils s'arrachaient le fusil. À présent, en tout cas, Del Rieco et les autres savaient que tous les torts n'étaient pas du même côté. S'il y avait encore quelqu'un de vivant. Les choses tournaient au carnage. J'avais l'impression qu'on peut ressentir quand on voit une tempête dévaster subitement une forêt enracinée depuis des siècles : un mélange d'effroi et d'incrédulité.

Bien sûr, Charriac pouvait encore inventer une explication fumeuse : qu'il avait cru que Hirsch se tournait pour sortir une arme, ou quelque chose dans le genre bavure policière. Mais sa position était devenue beaucoup plus inconfortable.

La mienne, à vrai dire, n'était guère meilleure. D'une façon ou d'une autre, il m'attendait. Et j'étais coincé comme un rat au fond de mon trou. Si je tentais de traverser l'esplanade illuminée, je n'avais pas une chance.

Illuminée... Voilà qui me donnait une idée... Posément, l'œil dans le viseur, j'ajustai la lanterne et tirai dedans. À quinze mètres, ce n'était pas une cible difficile. Je la touchai du premier coup. Dans le bois, quelqu'un – Charriac, certainement – poussa un cri de rage et un nouvel impact frappa le mur loin à gauche de ma tête. Une obscurité opaque avait envahi la cour.

Je ramassai le fusil du pauvre Hirsch, m'accroupis, comptai jusqu'à dix lentement. Puis je bondis.

Charriac tira en direction du bruit mais je n'étais déjà plus là. Pendant quelques secondes, étrangement, mes nerfs avaient suspendu toute sensation de douleur, me permettant de courir jusqu'au chalet puis, de là, de me jeter dans les buissons. Je m'assis par terre, une arme dans chaque main. Courbé en deux : mes côtes cassées me présentaient l'addition avec les arriérés. Respirant difficilement, je me forçai quand même à demeurer immobile. Charriac était encore là, quelque part, la mort au bout des doigts.

Beaucoup plus tard, j'entendis du bruit dans les fourrés, loin à ma droite. Une minute après, le pâle pinceau d'une lampe de poche troua la nuit. Il s'était remis à pleuvoir, des gouttes épaisses, lentes et solennelles, qui me rafraîchissaient. La lampe s'éteignit, puis se ralluma, comme si elle émettait un message en morse. Peut-être était-ce le cas : je n'avais jamais été boy-scout. Plus probablement, ils espéraient que j'allais tirer pour situer le départ du coup de feu. Je ne bougeai pas. Je commençais à me comporter comme un commando de marine en opération : professionnel, même si ce n'était pas exactement ma spécialité habituelle.

Devant mon silence, ils durent croire que je m'étais enfui dans la forêt et ils s'enhardirent. Ils ne pouvaient pas savoir que j'étais abîmé, je n'avais essuyé ni bagarre ni fusillade, ils devaient me croire intact.

C'était Delval qui tenait la torche électrique. Charriac avançait quelques pas derrière lui. D'où j'étais, je les voyais et les entendais parfaitement.

Delval balaya le hangar de sa lampe.

— Il est plus là...

— Évidemment qu'il est plus là, grinça Charriac. Regarde le râtelier, les fusils...

— Vide !

Charriac marmonna une obscénité. Quand Delval se retourna et l'éclaira, je vis qu'il traînait la patte, lui aussi. Aucun d'entre nous n'avait été formé aux violences physiques, le moindre choc marquait. C'était une des lacunes de leurs questionnaires.

Je ne comprenais pas très bien ce que Delval faisait là-dedans. Il n'avait pas été témoin, comme Pinetti, de l'enchaînement qui avait mené à cette situation mais il n'avait pas l'air effrayé de la tournure que prenaient les choses – ou de l'état mental inquiétant de Charriac. Sans doute ce dernier lui avait-il raconté quelque conte de fées dans lequel je tenais le rôle de Barbe-Bleue. Il devait penser que le fou, c'était moi. Cela n'avait rien de rassurant : nul n'est plus résolu qu'un homme sincère.

Pendant que Delval et Charriac exploraient la grange, j'entamai un mouvement tournant, mi-marchant mi-rampant. Mon thorax me faisait moins mal – la joue, plus, mais elle ne m'empêchait pas d'avancer.

Arrivé à destination, je constatai avec une amère ironie que nous avions inversé les positions : maintenant, Charriac et Delval étaient dans le hangar et moi de l'autre côté, en lisière de la forêt. Quand Delval ralluma sa lampe, je ne pus me retenir d'une petite farce : je tirai – au-dessus de sa tête : je n'avais aucune intention de blesser ce brave garçon. Il lâcha la lampe et plongea dans la grange. J'entendis un cri de douleur : il avait dû heurter le tracteur et se faire une jolie bosse. C'était stupide : cela n'allait pas contribuer à le mettre de mon côté. Mais je n'en étais plus au stade où on pèse les conséquences de ses actes. Charriac jura.

J'avais dix minutes de paix devant moi, le temps qu'ils se demandent si j'étais toujours en train de les guetter. La torche, restée allumée sur le sol, éclairait le corps inerte de Hirsch. Son immobilité me serra le cœur.

Aussi rapidement que possible, je clopinai vers l'allée de l'hôtel. Un coup d'œil à l'embarcadère suffit à me renseigner : la barque n'était plus là. Ou ils la rentraient pour la nuit, ou quelqu'un avait franchi le lac, pour prévenir les autorités, transporter un blessé – ou bien s'enfuir terrorisé, l'explication importait peu. Del Rieco certainement. Il avait dû filer à vitesse grand V sous un prétexte quelconque, mettant sa précieuse personne à l'abri du massacre.

La retraite coupée, j'avançai à pas de loup vers l'hôtel. La pluie qui s'intensifiait me fouettait le visage. Quelque part au-delà des collines, le tonnerre gronda et le ciel se tartina d'une lueur blafarde.

L'entrée de l'hôtel était aussi paisible qu'au premier jour. Je risquai un œil à l'intérieur, vide et calme, puis me glissai dans le hall. Le bar était plongé dans l'ombre. Une loupiote éclairait l'amorce de l'escalier. Je traversai silencieusement et entrai dans la salle à manger.

Laurence était là, accroupie au-dessus du corps de Pinetti. Elle releva la tête, écarquilla les yeux et fit un geste apeuré. Je relevai le canon de la carabine.

— Chut, Laurence...

Elle recula, faillit perdre l'équilibre et se redressa. Elle me regardait en silence. Dans ses yeux, il y avait de l'incrédulité, de la terreur, mais aussi – oui, sans doute – de la curiosité.

— Vous ne risquez rien, chuchotai-je. Vous n'êtes pas mon ennemie.

Deux appliques seulement étaient restées allumées, de part et d'autre de la salle. Dans cet éclairage tamisé de restaurant romantique, je distinguais à peine ses traits. Mais je ne quittais pas son visage du regard. Je ne savais pas encore si elle pouvait constituer une menace.

Je tendis un doigt vers le corps étendu, recouvert d'une couverture de tissu écossais.

— Pinetti, il est...

— Non. Une balle dans l'épaule. Mais il faudrait quand même l'hospitaliser au plus vite, il perd beaucoup de sang.

— Ils ont eu Hirsch...

— Je sais. J'ai vu. J'étais là. Charriac a dit qu'il était en train de sortir une arme. Pourquoi avez-vous fait ça ?

Tout à coup, une immense lassitude s'abattit sur ma nuque. Je déposai les deux fusils sur une table et m'assis lourdement.

— Je n'ai rien fait, Laurence... Ce serait trop long à raconter... Je n'ai jamais voulu cela...

— Mais maintenant, ça y est, trancha-t-elle. Vous êtes blessé ?

Très délicatement, je me tâtai la joue.

— Oui, je crois. La pommette. Je crois qu'elle est fracturée. Et j'ai pris un gnon dans les côtes.

— Où est Charriac ?

— Je ne sais pas. Peut-être encore dans la grange.

J'avais du mal à parler, chaque mouvement de la mâchoire me déchirait la moitié droite de la face. J'économisai mes mots.

— C'est de la folie, dit Laurence. De la démence. Des cas psychiatriques. Qu'est-ce qui vous a pris de vous entre-tuer ?

— Programmé depuis le début, articulai-je difficilement. Si quelqu'un refuse de perdre, ça va jusque-là. Et aucun d'entre nous ne pouvait se permettre de perdre.

— Mais il y a des limites, objecta-t-elle. Moi, je ne suis pas allée jusque-là...

— Non. Il n'y en a plus. Vous verrez : ça fait à peu près dix ans qu'il n'y a plus aucune limite. Écoutez, ne me faites pas parler...

— Laissez-moi voir ça...

Elle me palpa la poitrine, m'arrachant des couinements dolents, posa son diagnostic :

— Trois côtes cassées. Et peut-être une ou deux autres fêlées. Le cartilage intercostal ne vaut pas plus cher.

— Vous êtes médecin ?

— J'ai été infirmière, jadis, répondit-elle en s'attaquant à mon visage.

Cette fois, elle m'arracha un vrai grognement.

— Là, là... C'est même pas sûr que ce soit fracturé... Mais il y a un hématome, je vous dis pas... Quand ils tireront votre photo, à l'identité judiciaire, pensez à présenter le profil gauche. Le droit ne ressemble plus à rien.

L'identité judiciaire... J'étais à cent lieues d'y penser. Ici, sur cette île fouettée par le vent, les institutions devenaient abstraites. Je me secouai.

— Où est Del Rieco ?

Elle eut un geste évasif.

— Je n'en sais rien. Il voulait aller dans son chalet mais il n'a pas osé s'en approcher. Il paraît que c'est la guerre civile, là-bas...

— Bof, la banlieue un samedi soir, pas pire...

J'essayai de parler du bout des lèvres, sans bouger le menton. En y allant lentement, on y arrive très bien. Peut-être aurais-je dû envisager une carrière de ventriloque.

Je crus entendre un bruit, dehors. Charriac était toujours là, en train de rôder. Un instant, je l'avais oublié.

Je me levai, repris mes armes. J'étais terriblement fatigué. Mais j'avais déjà vécu cela, quand une affaire est enclenchée, qu'il faut la boucler dans les délais, qu'on dépasse même le stade de l'épuisement mais qu'on sait qu'on ira jusqu'au bout quoi qu'il en coûte. La peur réapparut dans les yeux de Laurence.

— Qu'est-ce que vous allez faire encore ?

— Finir de régler mes comptes avec Charriac. Vous croyez quoi, que je vais m'endormir entre vos deux seins ?

Elle sourit imperceptiblement. Elle avait lu dans mes yeux la tentation de m'asseoir là et d'abandonner, d'échanger l'orage et le sang contre un peu de tendresse.

— Vous feriez peut-être mieux... Si vous arrêtiez cette absurdité...

Je n'en avais pas le droit. Je ne pouvais pas être une fois de plus le perdant, celui qui s'incline et qui accepte. Plus maintenant. Timidement, je tendis la main et lui caressai le cou.

— Je ne peux pas, Laurence. C'est entre lui et moi, maintenant. Del Rieco se planque dans un trou de souris, il n'y a plus d'arbitre.

— Toute son équipe est avec lui, vous savez. Ils croient que vous êtes un de ces monstres psychopathes de film d'horreur. Ils font bloc.

— Il n'en reste plus beaucoup.

Elle posa sa main sur la mienne, presque tendrement.

— Jérôme, arrêtez tout, s'il vous plaît. On file dans la forêt et on attend la police. Je vais avec vous, si vous voulez. De toute façon, je ne peux rien pour Pinetti.

Je faillis secouer la tête, me retins au dernier moment.

— Laurence, pendant vingt ans, j'ai dit oui, amen, j'ai obéi. Ils m'ont coupé les couilles et je viens de les retrouver. Laissez-moi être un homme encore une heure ou deux.

— Ce n'est pas la meilleure façon d'être un homme, protesta-t-elle. Il n'est pas nécessaire de tuer les gens pour ça. On a fait du chemin depuis John Wayne... C'est une civilisation, Jérôme, une civilisation ! Il y a des lois, des tribunaux, une police ! Pas seulement des cow-boys et des Indiens.

Décidément, elle ne comprendrait jamais ce que le monde était devenu. Ou redevenu. Ou n'avait jamais cessé d'être sous le vernis des conventions, des « cher ami », des recours juridiques, des contrats certifiés : une bagarre pour la suprématie entre singes supérieurs. J'abandonnai. Je n'avais ni le temps ni la force de le lui expliquer.

— Où est Mastroni ? demandai-je.

Elle écarta les bras, impuissante. Deux larmes perlaient au bord de ses cils. Dans l'entrée, il y eut un raclement. Quelqu'un s'approchait. Je fis signe à Laurence de se cacher sous une table et m'embusquai contre le mur, la carabine pointée vers le battant.

Les pas s'arrêtèrent devant la porte. Puis le promeneur s'éloigna. Cela pouvait être n'importe qui. Pas Charriac : il serait rentré.

Je me détendis et décollai mon dos de la cloison. À cet instant, la porte s'ouvrit brutalement et vint claquer contre le mur juste à côté de moi tandis qu'une silhouette jaillissait à hauteur de mon ventre. Il avait dû revenir silencieusement et préparer son coup. Je faillis tirer mais je m'étais empêtré dans les deux fusils qui s'entrecroisaient sur mon nombril. Je n'étais décidément pas doué pour la guerre de commandos.

Le temps de redresser mon arme, le visiteur avait achevé sa glissade, heurtant de la tête le pied d'une table, et se redressait en se massant le cuir chevelu avec une expression comique de surprise dégoûtée. C'était Mastroni.

Il s'assit lourdement, continuant à se frotter la tête.

— Ah, c'est toi ? dit-il. Tu t'en es sorti ?

— Moi, oui. Hirsch, non.

— Je sais. J'y étais. Quand il a flingué Hirsch, je lui ai sauté dessus, mais c'était trop tard. J'ai bien failli prendre une balle moi aussi. Je crois que c'est Del Rieco qui a été touché. C'est bizarre, il était derrière nous et pourtant il est parti en se tenant le bras. Peut-être que ça a ricoché...

Bon, maintenant, j'avais l'explication du second coup de feu. J'interrogeai :

— Il est où ?

— Del Rieco ? J'en sais rien.

— Non, Charriac...

— Je ne sais pas non plus. Il nous cherche. Tu as un plan ?

Non. Pour la première fois, je n'avais pas de plan. Sinon avancer tout droit en mitraillant tout ce qui dépassait. Je tendis le fusil à Mastroni, conservant pour moi la carabine à lunette. Il le prit, caressa le double canon, essaya le viseur. Je le dévisageai, étonné : il avait l'air d'avoir l'habitude des armes.

— Avec ça, ça va un peu mieux, dit-il. Je me sentais un peu à poil. Qu'est-ce qui s'est passé ? Il est devenu dingo d'un seul coup ?

— Mettons que les choses ont mal tourné. On est passés à une phase supérieure. Une confrontation plus directe... Plus franche, quoi...

— Ouais, répondit-il d'une voix traînante, on peut le voir comme ça... Il y a un moment où ça a dérapé, c'est ça ? Tu sais, comme quand tu te prends une plaque de verglas, tout d'un coup tu décroches et, si tu es pas entraîné, tu as le mauvais réflexe, tu contre-braques. Après, tu peux plus récupérer la glissade et tu vas dans le mur. Non ?

Je n'avais ni le temps ni l'envie de discuter de

technique de pilotage. Je ne répondis pas. Il hocha la tête pensivement et poursuivit :

— Peut-être que ça a commencé à déraper dès le début. Peut-être que, de toute façon, on roulait trop vite sur une route gelée. Enfin, ce qui est fait est fait, hein. Comment on procède, maintenant ?

— Comme tous ceux qui sont attaqués : on va se défendre. Tu vois autre chose ?

Laurence s'interposa, un pli d'angoisse entre les sourcils.

— Écoutez, vous allez arrêter ça, répéta-t-elle. Vous pensez qu'ils sont fous et qu'ils veulent vous tuer, ils pensent que vous êtes fous et que vous voulez les tuer... Il doit y avoir moyen de discuter, non ?

— Toutes les guerres sont parties de là, ma chérie, dit Mastroni paternellement. Quand le sang commence à couler, il est trop tard pour revenir en arrière. Nous n'avons plus confiance, vous comprenez ?

Je me retins de sourire. Effectivement, nous n'avions plus confiance. À vrai dire, nous n'avions *jamais* eu confiance.

La présence de Mastroni, solide et tranquille, me réconfortait. Étrangement, mes blessures me faisaient moins souffrir.

Laurence fit une dernière tentative :

— Restez là. Barricadez-vous et attendons le jour. Quelqu'un finira par prévenir la police.

J'avalai ma salive deux ou trois fois. Sous la pluie, j'avais dû finir par prendre froid par-dessus le marché.

— Oh, la police... Ils vont tirer dans le tas. Et

derrière, il y a la justice, dis-je lentement. Je suis comme la plupart des Français : je n'ai aucune confiance dans la justice de mon pays. Non, je vais tout nettoyer et ensuite il n'y aura plus qu'une version : la mienne. Charriac a la même idée. Les balles qui ont eu Pinetti et Hirsch sont toutes sorties de son arme. Il ne peut pas me laisser en vie. Il faut qu'il me fasse taire. Il n'a plus que cet objectif. C'est un être logique. Donc prévisible.

— Ou alors, dit Laurence de plus en plus agitée, on prend la barque et on passe de l'autre côté, on sera à l'abri.

— Il n'y a plus de barque. Elle est partie.

— Mais enfin, geignit Laurence, je ne sais pas de quoi vous avez peur ! Il y a des témoins : vous, Mastroni, moi, Del Rieco... Il ne peut pas nous tuer tous !

— Il en a déjà abattu deux, il n'est plus à ça près. Je ne peux pas laisser Charriac embobiner un juge. C'est un juriste, et un bon. On va quoi ? S'ensabler dans un procès interminable, se taper un an de préventive pendant que Charriac et ses avocats dépiauteront le code de procédure et rouleront les juges dans la farine ? Et puis finir avec, au mieux, cinq ans de taule dont trois avec sursis ? Et chercher du boulot ensuite, complètement grillés ? Vous rigolez ! Del Rieco a fichu le camp, il est allé prévenir la police, le tribunal de commerce, la COB et peut-être l'OMC. Vous croyez que ça va faire peur à Charriac ? D'ailleurs, c'est plus le problème. Maintenant, c'est de notre peau qu'il s'agit.

J'en avais assez dit. Je me tournai vers Mastroni, réfléchissant tout en parlant.

— Il faut qu'on tienne le hall d'entrée. Je ne suis pas très fort en stratégie, mais si on bloque cette position, on a bon. De là, on contrôle à la fois les étages et l'extérieur. Un de nous deux...

Laurence s'accrocha à ma manche dans une ultime supplication silencieuse. Je l'écartai doucement et repris :

— Un de nous deux s'installe là et ne laisse passer personne. L'autre balaie les étages. Quand on aura sécurisé la baraque, on verra si on attaque l'extérieur.

— Monsieur, oui, monsieur ! cria Mastroni en se mettant au garde-à-vous, le menton dressé, imitant les Marines américains.

Ce n'était qu'à moitié de l'ironie. Comme Hirsch, on aurait cru qu'il commençait à y prendre plaisir.

— Repos, soldat. Vous, Laurence, restez ici. Vous n'avez qu'à monter un hôpital de campagne. Ce sera sûrement plus rentable que vos hameçons. On vous amènera les blessés.

Elle se résigna et partit s'asseoir par terre, la hanche contre la tête de Pinetti.

— Comment ça se passe là-haut ? demandai-je à Mastroni.

— Je pense que chacun s'est enfermé dans sa chambre. Je n'ai vu personne quand je suis redescendu. Dans le bois, ils étaient tous là et puis, pfft, disparus. C'est comme les oiseaux, quand ça commence à canarder, tout d'un coup tu en vois plus un. Nos amis doivent être sous leurs couvertures en espérant qu'il va s'arrêter de pleuvoir.

— Et du côté des cuisines ? Il y a bien une issue par là, non ? Au fond de la salle ?

— Eh oui, dit Charriac.

Il était entré silencieusement dans notre dos, justement par la porte de service. J'avais vu dix fois le serveur la franchir et, parce que, nous, nous ne passions jamais par là, je ne m'en étais souvenu que trop tard. Dans mon esprit, le restaurant n'avait qu'une seule issue. Pendant un centième de seconde, je maudis ma distraction.

Charriac pointait son fusil sur nous, quelque part entre Mastroni et moi (peut-être un peu plus près de moi). Ses lunettes penchaient sur son nez et il n'avait plus de cravate. Avec son costume froissé, déchiré à l'épaule, affaissé sur son dos, il avait l'air d'être en pyjama. Delval se tenait prudemment derrière lui, prêt à reculer vers la cuisine à la moindre alerte.

Charriac souriait. C'était sans doute le plus effrayant de la situation : il paraissait parfaitement normal, comme nous l'avions toujours connu, sûr de lui, attentif et légèrement méprisant.

— Salut les filles. Vous posez gentiment vos armes et il n'y aura pas de bobo, dit-il lentement.

Laurence enfouit son visage dans ses mains et se mit à pleurer. Moi, cette scène de film policier me faisait plutôt rire. Étrangement, je n'avais pas du tout peur. J'avais l'impression que le jeu continuait, que j'allais recevoir une balle de paint-ball maculant ma veste de couleur. Ou peut-être une vraie balle – mais c'était quand même le jeu qui continuait.

— Et si toi tu posais la tienne ? On est deux et tu es un...

— Exact. Mais j'en aurai au moins un des deux. Question à cent mille francs : lequel ? Ou les deux, qui sait ?

Delval, devant l'odeur de roussi, disparut prudemment dans l'ombre protectrice. Charriac déplaça légèrement le canon de son fusil.

— Tchpp ! Si quelqu'un bouge, je tire ! Bon, on va pas y passer la nuit... Carceville, tu es vraiment têtu comme un âne rouge ! Pourquoi ne veux-tu pas admettre que tu as perdu ? Moi, je n'avais pas l'intention de blesser qui que ce soit... Mais on a fait monter les enchères un peu haut, là... Et maintenant, comment on sort ?

S'il se lançait dans une de ses grandes péroraisons didactiques, nous avions peut-être une chance qu'il se relâche. Il fallait le faire parler, sans cesser de surveiller ses yeux.

— À ton avis ? dis-je.

Laurence gâcha tout. Entrevoyant l'espoir d'un armistice, elle se leva tout en commençant une phrase que je n'entendis pas.

Mastroni avait fait feu, Charriac aussi. Moi, je

plongeai sous une table et, la saisissant par les pieds, la renversai bruyamment devant moi.

Quelques secondes s'écoulèrent. Contrairement à ce qu'on lit dans les livres, elles ne me parurent pas une éternité, mais à l'inverse très brèves. Un silence massif s'était abattu sur nous. L'air sentait la poudre, cette odeur piquante de soufre. Très lentement, je hasardai un coup d'œil.

Mastroni était couché par terre, non loin de Pinetti. Laurence gisait à côté de lui. Charriac n'était plus là. Il ne restait de lui qu'un peu de fumée stagnant près de la porte.

Je m'accroupis pour sortir de mon bunker. Dans le mouvement, une côte fêlée avait dû se casser, réveillant la douleur dans toute ma poitrine. En rampant à demi, sans lâcher ma carabine, je m'approchai des corps étendus.

C'était Mastroni qui avait été touché. En me voyant, il eut un pâle sourire.

— Chevrotines, bredouilla-t-il. Ce salaud a chargé à chevrotines. J'en ai pris dans la jambe. C'est pas grave, occupe-toi de la fille.

De petites taches de sang surgissaient l'une après l'autre de son pantalon déchiqueté, entre cheville et genou.

Toujours à moitié agenouillé, je me tournai vers Laurence. Si elle avait reçu une partie de la décharge, elle devait être morte. Mais elle ouvrit les yeux, son visage à quelques centimètres du mien.

— Ça va ? demandai-je avec douceur.

Elle battit des cils. Il n'y avait pas trace de blessure sur son corps.

— J'ai eu peur..., dit-elle.

Puis elle se remit à pleurer. Je lui tapotai le bras.

— Essayez de voir ce que vous pouvez faire pour Mastroni.

Celui-ci étendit une main vers nous.

— C'est drôle, dit-il d'un ton perplexe, je ne sens presque rien. Mais je crois que c'est râpé pour les Jeux olympiques. Il te visait, j'ai vu qu'il allait faire feu et j'ai tiré avant lui. Ça a dû le dévier et c'est moi qui ai pris. Ça m'apprendra à te sauver la vie, tiens ! Mais moi aussi, je crois que je l'ai eu.

Il souriait courageusement. Moi pas. Une immense colère m'envahissait. Hirsch, Mastroni... Toutes ces vies brisées ! Et pour quoi ? Pour un emploi de merde, cinquante heures par semaine et vingt mille balles par mois ? J'étais presque aussi furieux contre Del Rieco qui nous avait poussés jusque-là que contre Charriac. Mes tempes bouillonnaient, je devais avoir dix-huit de tension. Quelque part au fond de moi, un ultime dispositif de sécurité avait dû céder. Je n'avais plus qu'une idée en tête : en finir avec tous ces voyous.

Négligeant rageusement les élancements qui me taraudaient le thorax, je me dirigeai vers la porte des cuisines. Il y avait un peu de sang par terre, puis quelques gouttes sur le carrelage de la cuisine.

Je me tournai vers Mastroni, levai le pouce.

— Bravo, chef ! Tu as raison, tu l'as eu !

Il sourit à nouveau, d'un étrange rictus de grand malade.

– Normal. Je suis chasseur. Je ne pouvais pas le louper. Gros comme un éléphant dans un couloir.

Sur le dernier mot, il dérailla et se mordit la lèvre. Le premier choc passé, qui anesthésie les victimes, il commençait à avoir mal. Le bilan commençait à être vraiment lourd : Hirsch mort ou presque, Mastroni blessé, et du côté adverse, Pinetti. Et tout cela sans profit pour personne. Les actionnaires n'allaient pas être contents. Mastroni s'alanguissait sur la cuisse de Laurence comme un grand poupon contre sa maman. Je lui adressai un dernier geste de réconfort et me lançai sur la piste de Charriac.

Il n'était pas nécessaire d'être né chez les Sioux. Il suffisait de suivre la trace des gouttelettes. À un certain moment, il allait s'apercevoir qu'il signait son passage, mais je me serais déjà assez rapproché de lui. J'étais blessé, mais lui aussi. Nous étions enfin à armes égales, force contre force, ruse contre ruse.

Je traversai une cuisine luisante de propreté puis un réduit à provisions bourré de boîtes de conserve. Sur une petite table s'empilaient deux énormes roues de fromage et trois jambons enveloppés dans des torchons pendaient du plafond au-dessus d'un gros congélateur. L'état des communs aurait pu me rassurer quant à la qualité de la nourriture que nous avions mangée, mais ce n'était pas exactement ma préoccupation du moment.

À gauche de la cuisine, une porte de service s'ouvrait sur l'extérieur. Charriac était entré par là et s'était enfui par là aussi. Peut-être était-ce également là qu'il m'attendait. J'avais laissé le fusil entre les mains de Mastroni, mais la carabine me suffisait. Je me couchai à plat ventre et risquai un œil par la porte, au ras du sol. Quand on guette, on pointe son arme à hauteur d'un mètre quarante, pour toucher dans la région du cœur, et on est surpris si l'agresseur se présente à dix centimètres du plancher – j'avais au moins retenu cela des films de la télévision que nous étions en train d'imiter.

Mais il n'y avait personne. Le jour commençait à se lever, gris et triste. La pluie semblait avoir cessé, des nuages jaunâtres s'attardaient dans le ciel. Je me redressai, encore à demi abrité. J'avais devant moi une sorte de corridor, un canyon de béton entre le mur du hangar et une autre construction plus basse, peut-être les salles qu'on avait mentionnées à notre arrivée et dont nous ne nous étions jamais servis. Là non plus il n'y avait pas de fenêtres. Rapidement, je traversai le passage et, m'arrêtant un instant avant le dernier angle, recommençai ma manœuvre.

En face, il n'y avait plus que la forêt. Comme dans la cour de la grange, les branches du premier sapin touchaient presque le mur. Je scrutai le sol, couvert d'aiguilles brunâtres, sans pouvoir y distinguer de taches de sang.

Charriac était forcément parti par là : il n'y avait pas d'autre chemin. Ou il s'était enfoncé dans la forêt pour lécher ses blessures. Ou bien, moins atteint, il avait entrepris de faire le tour pour revenir vers l'entrée principale. Qu'aurais-je fait à sa place ? Après un instant de réflexion, je décidai que je serais revenu. Pour achever le travail, si la même hargne que la mienne l'habitait.

Précautionneusement, je suivis la route que je lui supposais.

Rasant les murs, je me glissai le long de la façade ouest encore dans l'ombre. Un sentiment nouveau s'était emparé de moi avec l'odeur du sang, une excitation aiguë qui me faisait frémir mais ne m'enlevait rien de ma lucidité, comme si tous mes sens avaient gagné en intensité. J'avais déjà ressenti quelque chose qui y ressemblait, cet accès d'adrénaline face à une initiative hardie, une offensive inattendue, ces drogues que le corps produit lui-même et qui rendent la vie intéressante. Mais c'était alors une forme bien édulcorée, réfrénée, policée, dénuée de la sauvagerie qui m'habitait à présent.

J'étais au milieu du parcours quand un coup de feu retentit dans la maison. Je sursautai. Charriac avait dû aller beaucoup plus vite que prévu. Je me mis à courir.

Juste avant l'entrée de l'hôtel, je dérapai sur le gravier et chutai lourdement. J'étais en train de me relever quand Laurence jaillit de la porte, terrorisée.

J'eus la force de l'attraper par le bras et de la tirer à couvert, derrière l'un des deux bacs de fleurs alpestres qui encadraient les marches.

— Où il est ? questionnai-je avidement.

Elle ne me répondit pas. Son menton tremblait.

Elle enfouit son visage dans ma chemise, sans égard pour mes côtes douloureuses.

Au-dessus de nous, une explosion fit voler en éclats la fenêtre et une longue flamme lécha le ciel un instant tandis que des débris de verre nous arrosaient. Cramponnant Laurence par la nuque, je reculai en désordre jusqu'à l'abri d'un sapin et la poussai dans le dos. Je ne comprenais plus rien à ce qui se passait.

Laurence avait roulé à deux mètres de moi. Je la rejoignis à couvert, brandissant mon arme. Puis, tout à coup, je me demandai si elle était chargée. C'était idiot, je n'avais pas eu l'occasion de le vérifier. Avec effort, je tirai de ma poche la boîte de cartouches, une vieille boîte ronde en métal, fabriquée pour des pastilles contre la toux. Elle refusait de s'ouvrir. Je forçai rageusement.

– C'est Brigitte, dit Laurence entre deux hoquets.

– Quoi, Brigitte ?

Je fronçai les sourcils. Il ne manquait plus qu'elle.

– Elle était venue m'aider à soigner les blessés, et puis Delval est arrivé. Je ne sais pas ce qui s'est passé, mais elle a pris le fusil de Mastroni et elle lui a tiré dessus. Elle était en colère à cause de Mastroni.

J'étais éberlué. Voilà que, dans ce déchaînement de violence, même Brigitte Aubert se mettait subitement de la partie. L'univers entier avait basculé dans la folie.

Une nouvelle flamme montra le nez à la fenêtre, hésitante, puis arracha le rideau et le mua en torche. La salle à manger brûlait.

— Elle a foutu le feu ?

— Non. Je ne sais pas. C'est bien possible, elle a toujours été cinglée. Mon Dieu, les blessés !

Ranimée par l'angoisse, elle bondit sur ses pieds et, avant que j'aie pu esquisser un geste, regagna l'hôtel en courant maladroitement. Au même instant, la boîte céda et les cartouches se répandirent sur le sol. Je les ramassai une à une, laborieusement. Je n'étais pas encore au niveau, Robocop n'avait pas de souci à se faire.

Les quelques instants qui suivirent ne m'ont laissé qu'un souvenir d'extrême confusion. Dans la maison, tout le monde hurlait. Je vis Laurence débouler sur le perron, halant par les jambes Pinetti dont la tête ballottait sur les marches – ce qui ne devait pas l'arranger. Puis je reconnus la voix d'El Fatawi réclamant de l'eau et Nathalie, la charmante Nathalie, seule rescapée de l'organisation, qui finissait par prêter main-forte à Laurence pour sortir Mastroni du brasier. Les victimes s'empilaient dans l'allée. Chalamont, en pyjama à rayures, tituba sur le palier, se grattant frénétiquement les fesses. Visiblement, il venait de se réveiller – et sans doute croyait qu'il rêvait encore. Je le comprenais – que dis-je ? Je l'enviais.

J'aurais pu moi aussi aider aux secours. Mais je préférais rester en embuscade. Les responsables du massacre étaient toujours dans les parages, le doigt sur la détente : dans la mêlée, je ne voyais ni Charriac ni Delval. Encore moins Del Rieco qui avait vraiment dû aller se terrer en lieu sûr.

Brigitte Aubert s'encadra finalement dans le chambranle noyé de fumée. Elle semblait sortir du brouillard, une tache de suie sur le front. Elle se tenait très droite. Le fusil de Mastroni contre le flanc, à bout de bras, elle avait des allures de scène finale de western. Calamity Jane. C'était dommage que Del Rieco n'ait pas été là pour voir ce qu'elle avait vraiment dans le ventre. Il eût été édifié. Je pouvais être fier de mon équipe. Ils m'avaient tous suivi aveuglément, jusqu'au bout de la route, sans chercher à comprendre. Comme d'ailleurs les collaborateurs de Charriac avaient aussi épousé sa cause. C'est à cela qu'on reconnaît les chefs : leur équipe ne les lâche jamais. C'était peut-être ce que De Wavre avait voulu tester, en fin de compte.

D'une démarche lente et souple, enjambant les corps étendus, Brigitte fit quelques pas. Calme, presque amusée, elle était tout à coup – je ne trouve pas d'autre mot – radieuse. Sans trop me montrer, je l'appelai. Elle redressa son arme, le regard durci, puis m'aperçut. Un instant après, elle était accroupie près de moi. Un muscle qui jouait sur sa joue trahissait seul sa tension.

— Qu'est-ce qui s'est passé ?

— Oh, j'ai entendu du bruit, je suis venue voir, Laurence m'a raconté. J'ai trouvé le pauvre Mastroni qui essayait de nous faire croire qu'il n'avait pas mal. Il est salement amoché, vous savez ? Ça m'a vraiment fait de la peine. Et ça m'a énervée, aussi. Et puis Delval est arrivé. J'ai pas réfléchi, j'ai pris le fusil de Mastroni et je l'ai aligné. Delval, Charriac, c'est la même bande d'enfoirés. Simple justice, non ? Et puis, il était peut-être armé, qu'est-ce que j'en sais ? Malheureusement, je crois que je l'ai loupé.

Elle parlait d'une voix paisible, comme si elle me décrivait la chose la plus banale du monde.

— Et l'incendie ?

On continuait à apercevoir les flammes qui ronronnaient dans la salle à manger. Après avoir dévoré les rideaux et les textiles, le feu piétinait. La combustion du bois massif est beaucoup plus difficile et lente qu'on ne le croit et le sinistre ne semblait pas se propager. Dans un hôtel moderne, recouvert de matières plastiques, il ne serait déjà resté qu'un tas de cendres.

Brigitte haussa les épaules.

— Aucune idée... Quelqu'un a dû toucher quelque chose qui a pris feu. De l'huile, ou je ne sais quoi. Ou alors ils l'ont fait exprès.

Je n'en ai jamais su plus. Les experts des compagnies d'assurances nous renseigneront peut-être.

— Il me faut Charriac, soufflai-je. Tant qu'il sera vivant, ça va continuer.

Brigitte me regarda du coin de l'œil.

— Et moi j'aimerais bien avoir Delval. Après ce qu'ils nous ont fait... Question de principe. Mais des Charriac et des Delval, il y en a beaucoup, on va avoir du mal si on veut faire le ménage à fond. Aïe, mais vous êtes blessé, vous aussi ?

Se tenant jusqu'alors à ma gauche, elle n'avait

pas eu le plaisir de découvrir mon profil droit déchiqueté. Elle posa un doigt sur ma pommette et je rugis.

— Ça va pas, non ? Ça fait très mal, vous savez !

Elle prit un air compatissant, mi-ironique et mi-apitoyé, comme devant un enfant qui s'est légèrement écorché le genou.

— J'imagine, dit-elle.

Soudain, elle sursauta, tendit le bras au-delà de la ligne de sapins.

— Charriac ! Là-bas, sur la berge !

Elle avait raison : longeant la rive du lac, Charriac s'enfuyait vers le sentier que j'avais exploré avec Laurence. Il boitait bas. Brigitte épaula son fusil. D'un geste brusque, j'abaissai le canon.

— Non !

Renonçant, elle me dévisagea avec perplexité.

— Non ? On ne tire pas dans le dos ?

— Si. Mais Charriac, il est pour moi.

— D'accord. Alors, allez le chercher, c'est vous le patron, répondit-elle en me regardant dans les yeux. Qu'on en finisse.

Si elle ne m'avait pas défié, si je n'avais pas eu peur de perdre la face devant elle, les choses eussent-elles été changées ? Je ne crois pas. Nous étions déjà tous beaucoup trop loin. D'ailleurs, je le lui avais dit moi-même : Charriac, il est pour moi. Je le méritais. Cela ne pouvait finir que par un combat des chefs.

M'appuyant au sapin, je me levai péniblement. Elle resta un genou en terre, le fusil sur la cuisse.

— Moi, j'attends Delval, reprit-elle. Je l'ai

jamais aimé, celui-là. S'il a le malheur de repasser devant moi... Eh, Carceville...

— Oui ?

Elle sourit, dévoilant ses dents inégales.

— C'était un putain de stage, non ? S'ils nous embauchent pas après ça...

D'un seul coin des lèvres – le gauche –, je lui rendis son sourire.

— Ouais. Chez *Soldiers of Fortune*, par exemple. C'est une bonne boîte. Pas de chômage dans ce boulot. Au Kosovo, il paraît qu'ils cherchent du monde, on pourrait essayer...

Elle rit, puis se mit à tousser. Finalement, elle avait dû avaler un peu de fumée. Ce n'était pas volé : il n'y aurait pas eu de justice à ce qu'elle fût seule à s'en sortir indemne.

Quand je passai devant Laurence, elle ne détourna pas la tête et ne fit pas un mouvement pour me retenir.

Finalement, j'ai eu Charriac. Il est là, à mes pieds, aussi mort qu'on peut l'être. Il était en train de traverser la clairière quand je suis arrivé sur ses talons. Dans la montée, je lui avais repris du terrain : on marche plus vite avec des côtes cassées qu'avec une patte folle.

Je l'ai appelé. Il s'est retourné et j'ai tiré. Il aurait pu tirer aussi. Il ne l'a pas fait. Je pense qu'il a eu du mal à me voir : j'étais encore à l'orée du bois et je venais de l'est, le soleil dans le dos. Et je crois qu'il avait perdu ses lunettes. Mais c'était quand même un combat loyal, il a eu sa chance.

Il est tombé d'un seul coup, face contre terre. Je me suis assis à côté de lui. J'attends. Déjà, quelques mouches vertes viennent bourdonner contre son oreille, et pourtant il n'est pas encore froid.

Un peu plus tard, j'ai entendu le moteur de la barque, puis les appels des gendarmes – ou des pompiers. Très vite, ils sont repartis. Ils vont revenir. Pour l'instant, c'est le silence. L'incendie a été maîtrisé, je suppose : le toit de l'hôtel, qu'on entrevoit entre les branches, est aussi tranquille qu'auparavant. Ils ont certainement évacué les blessés dès la première navette. J'espère que personne n'est mort – à part Charriac. Et peut-être Hirsch. Ça me fait de la peine. J'aimais bien Hirsch.

Je ne sais pas si Brigitte a eu Delval. C'est son problème. J'espère pour elle qu'elle a pu le régler. On n'a pas si souvent de telles satisfactions.

Je n'ai pas réfléchi à ce qui allait se passer maintenant. Je pourrais poser mon arme et redescendre gentiment. Vers le lac, vers la civilisation, les *major companies*, les affrontements feutrés mais tout aussi meurtriers. Cet endroit où l'on ne tue que symboliquement, où l'on a droit à tout sauf aux dommages physiques apparents.

Oui, je pourrais... Ou peut-être que je ne pourrais pas. Je n'envie pas la place du juge d'instruction qu'ils vont désigner. Il va devoir faire le tri entre les victimes et les assassins. C'est, de nos jours, une chose horriblement délicate. À moins que nous ne plaidions tous la folie. Mais comment plaider la folie dans un monde qui est devenu fou ? Nous sommes simplement, les uns et les autres, allés jusqu'au bout de nous-mêmes. Comme le souhaitait Del Rieco.

Lui, en revanche, il est flambé. Je ne crois pas que De Wavre International résiste aux manchettes de la presse. Un moment, j'ai caressé l'idée de le tuer lui aussi. Après tout, c'est lui, le responsable. Mais je ne sais pas où le trouver. Et de toute façon, c'est inutile. Qu'il le sache ou non, il est mort. Il va connaître à son tour les portes qui se ferment, les interlocuteurs qui sont toujours en réunion quand on les appelle, les secrétaires glaciales, les créanciers inquiets, les nuits sans sommeil et le regard attendri et excédé de ceux qu'on aime. La pire des punitions : une interminable agonie.

Mais moi non. Plus jamais. Il me reste encore quelques cartouches. Évidemment, je pourrais aussi contourner l'île et traverser le petit bras du lac, au nord. Ce ne doit pas être bien profond. Mais j'ai vraiment mal à la poitrine, je ne sais pas si j'y arriverais. Derrière, qu'est-ce qu'il peut y avoir ? Encore des kilomètres de forêts et de montagnes, et puis la frontière italienne ? Mais il n'y a plus de frontières, plus d'abri nulle part. Partout des Charriac, des Del Rieco, partout des gens qui veulent savoir combien d'argent on peut leur rapporter et si on a dans le ventre ce qu'il faut pour cela. Charriac, on sait maintenant ce qu'il a dans le ventre : une balle.

Je suis bien content de l'avoir tué. Même si ça ne sert à rien. Même s'il faudra que d'autres, beaucoup d'autres, finissent le boulot.

J'essaie de repenser à tout ce que je viens de vivre, depuis le premier jour. J'ai beau y réfléchir, je n'ai pas commis d'erreur. Aucune erreur. Ça ne pouvait pas se dérouler différemment. Maintenant, ils vont arriver, avec leurs gendarmes, leurs magistrats, leurs journalistes, et on va me parler de ma responsabilité. Quelle responsabilité ? Le soleil naissant me pique les yeux et une immense lassitude m'envahit. Qu'est-ce que je pourrais bien leur dire ? Que je n'ai jamais eu d'autre choix ? Que je leur ressemble trop pour qu'ils me jugent ? Je n'ai plus rien pour leur faire peur, la seule chose qu'ils respectent. Je vais seulement les faire rire. Je doute de pouvoir le supporter.

En face de moi, les sapins immobiles me regardent. Et moi je les regarde aussi. Si je reste assez longtemps sans bouger, comme eux, peut-être vais-je me changer en pierre. Nous dialoguerons de végétal à minéral. C'est une bonne solution quand il n'y a plus rien d'humain.

Mais ils ne vont pas me laisser le temps. Rebondissant sur la surface de l'eau, j'entends le ronronnement de la barque qui revient. Il va falloir que je me décide.

DU MÊME AUTEUR

Aux Éditions Denoël

CHASSEURS DE TÊTES, 2000 (Folio Policier nº 250) Grand Prix de Littérature policière, 2000

Aux Éditions Calmann-Lévy

ROMAN D'AMOUR, 1984

LA PRINCESSE SANS MÉMOIRE, 1981

Aux Éditions Fayard

LES VOYAGES DE L'ÉPICIER, 1978

LA DESTRUCTION DE BELLEGARDE, 1977

LE PRINTEMPS DU BATELEUR, 1976

Composition Nord Compo
Impression Novoprint
à Barcelone, le 30 septembre 2004
Dépôt légal: septembre 2004
1er dépôt légal dans la collection: avril 2002
ISBN 2-07-042195-3. /Imprimé en Espagne.

133197